Love Diary

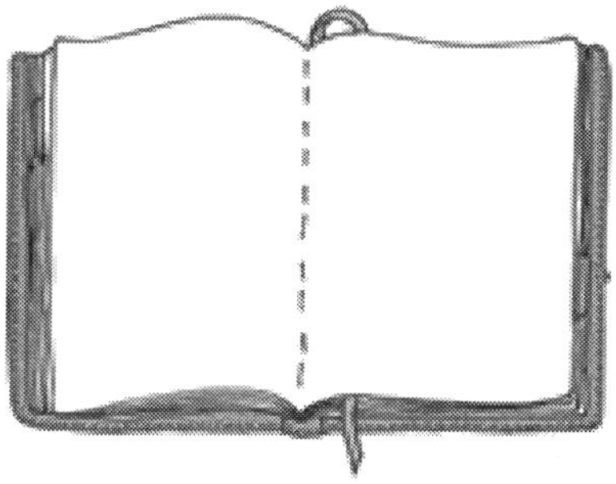

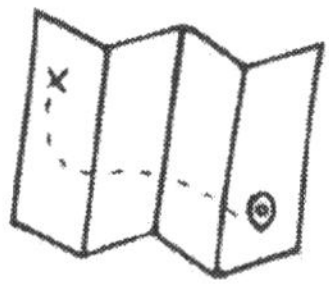

1. Noah

Je profite de la pause déjeuner pour rattraper le retard dans mon boulot, mais c'est tout simplement une mauvaise idée ; qui arrive à manger tout en travaillant ? Je capitule et décide de me poser quinze minutes, juste le temps de grignoter sauf que d'être là, à l'agence, seul avec mes pensées... c'est trop.

Je choisis d'écrire un mot à ma secrétaire expliquant que je serai absent tout l'après-midi et de retour dès le lendemain à la première heure. Il est à peine 13h30 quand je quitte l'agence de voyages.

Nous sommes au mois d'avril, et nous avons de la chance, car il fait beau aujourd'hui. L'air sent bon, le soleil caresse mon visage. J'aime ces douces journées.

En sortant d'un Starbucks, je vois Rachel au loin. Elle marche sur le trottoir opposé au mien avec deux autres femmes. Comment est-ce possible de la croiser alors que nous sommes dans une si grande ville ? À moins que ce ne soit mon cerveau qui me joue des tours ?

Planté à la porte du café, mon caramel macchiato glacé en main, je secoue la tête et reprends la route en direction de chez moi.

Depuis combien de temps Rachel me trompait-elle avant que je la surprenne ?

Cela fait un mois, jour pour jour, que je l'ai découverte avec un autre homme et pourtant, j'ai l'impression que c'était hier. Même si je suis bientôt arrivé chez moi, je décide de m'asseoir sur un banc, pour profiter du soleil, laissant mes pensées vagabonder.

***

Le 4 mars, je rentre plus tôt que prévu, car cela fait un petit moment que nous n'avons pas eu de véritable soirée ensemble et comme je veux faire les choses bien, je décide de faire la totale. Je lui prends un bouquet de fleurs et fais quelques courses. Je vais même jusqu'à acheter le vin qu'elle préfère et prévois de cuisiner en attendant qu'elle rentre. Travaillant dans l'évènementiel, elle a peu de soirées de libres et je veux que l'on profite du fait qu'elle ne travaille pas ce soir, pour une fois, mais il y a un imprévu.

À peine franchi le pas de la porte, je sais que quelque chose cloche. Rachel est quelqu'un de maniaque et possède certains tocs. Impossible pour elle de laisser traîner quelques miettes sur la table, d'avoir un t-shirt non repassé dans le dressing et encore moins de laisser la lumière allumée quand il n'y a personne dans la pièce. Cependant, ce soir-là, la lampe éclaire le salon.

Je me persuade que ça arrive à tout le monde et qu'elle a dû être pressée pour ne pas y faire attention. Je ferme la porte et amène les courses dans la cuisine, mais là encore, rien ne va. C'est là que j'aurais dû comprendre.

En voulant y déposer le sac de courses, je découvre deux verres de vin ainsi qu'une bougie allumée sur la table basse du salon. Tout en fixant ces verres, j'entends des gémissements. Ses gémissements. Je les connais trop bien pour ne pas savoir de qui ils proviennent... Rachel.

***

Je me souviens encore avoir eu le souffle coupé, et une douleur dans le torse. Comme si j'avais reçu un coup. Mon cœur ne voulait pas y croire, mais mon cerveau savait déjà ce qui se passait dans la pièce d'à côté. Je bois une gorgée de mon café glacé tout en me replongeant dans ces souvenirs douloureux.

***

Les gémissements reprennent de plus belle. Je finis par quitter les verres des yeux pour me diriger vers la chambre, presque au ralenti. Comme si j'avais peur de les surprendre. Je colle mon oreille à la porte pour être sûr de ne pas rêver.

— Attends, bébé, tu vas voir ce que je vais te faire ! dit une voix masculine.

— Vas-y, montre-moi ça, répond Rachel en gémissant.

Je n'ai pas besoin d'en entendre davantage pour ouvrir la porte à la volée. Ce que je vois me glace le sang en une fraction de seconde. Un connard et Rachel, dans le lit. Notre lit. Un bruit sourd retentit. C'est le sac de courses que j'avais gardé en main et que je viens de lâcher.

Ils tournent leur tête vers moi. L'un avec le sourire aux lèvres, l'autre honteuse d'avoir été prise sur le fait.

— C'est quoi ce bordel ? hurlé-je.

— C'est qui lui ? demande le mec.

— Toi, tu dégages !

— Mon mari, répond Rachel en même temps que moi.

Je suis déjà en train de lui sauter dessus quand il se relève et positionne ses deux mains face à moi, pour me retenir de le détruire.

— Calme-toi, mon gars, dit-il en essayant de remonter son pantalon.

— Mon gars ? répété-je, énervé.

— Je ne savais pas qu'elle était mariée, mec. Sinon, je ne l'aurais pas sautée !

Je vois rouge. Je veux sa peau. Il arrive à m'échapper et part sans demander son reste. Pendant que Rachel est toujours dans la même position, dans le lit, enroulée dans le drap.

***

Rien que de repenser à ce moment, mon cœur s'emballe et les pulsions s'accélèrent. J'ai l'impression de revoir la scène se dérouler sous mes yeux. Je serre un peu plus ma boisson dans ma main, essayant de contrôler la colère qui renaît en moi.

***

Je l'observe, la respiration haletante.

— Tu as bu ou quoi ? Qu'est-ce que t'as ?

— Qu'est-ce qu'il se passe, chéri ? Tu ne devais pas finir plus tard ? demande Rachel faisant l'innocente.

— Tu te fous de moi ? Bordel !

Sa réaction me stoppe net dans mes questions. Je la regarde, bouche bée, ne comprenant pas ce qu'il se passe ici. Je me mets à faire les cent pas devant le lit, essayant de me calmer pendant que Rachel descend du matelas et s'habille d'un peignoir en soie rose pâle.

— Je ne voulais pas que tu nous surprennes, dit-elle en changeant de comportement.

Je m'arrête de marcher et je tourne la tête pour l'observer. Que lui arrive-t-il ? Depuis quand agit-elle de la sorte ?

— Depuis quand ? me demande-t-elle.

J'ai dû parler à voix haute sans m'en rendre compte.

— Depuis quand ne fais-tu plus attention à moi, Noah ? C'est quand la dernière fois que nous avons fait l'amour ? En fait, c'est quand la dernière fois que tu m'as regardée ? J'en ai marre de toi, j'en ai marre de cet appartement, j'en ai marre de nous.

— Et tu ne pouvais pas m'en parler ? Avant de faire... ça? questionné-je en montrant le lit d'un geste.

— T'en parler quand, Noah ? Tu n'écoutes pas quand je parle!

Sur ces paroles, elle s'enferme dans la salle de bain en claquant la porte et tout en m'insultant. Elle refuse toute discussion.

Vu la situation, je décide de faire un sac pour passer la nuit ailleurs. Avant que je termine de réunir mes affaires, elle sort de sa cachette. Elle paraît calme et souhaite discuter. J'hésite à partir de suite, la laissant plantée là. Nous décidons de nous installer dans le salon, elle fixe la bougie allumée alors que je fais de nouveau les cent pas.

***

Je porte ma boisson aux lèvres tout en continuant de réfléchir à tout ce qui vient de me repasser en tête.

Nous avons eu une conversation. La fameuse. Ce mariage était devenu une comédie pour elle, mais pas pour moi. Je l'aimais toujours. Certes, on s'était un peu éloignés depuis un moment mais le boulot avait pris une grande place dans notre vie, aussi bien de son côté que du mien. Ses horaires de nuit n'arrangeaient rien et n'étaient pas compatibles avec mes horaires de jour. Malgré tout, je l'aimais encore.

Enfin, c'est ce que je pensais.

Suite à la conversation, j'ai pris le sac préparé plus tôt et je suis parti pour la nuit. On s'est dit « *on réfléchit ce soir, et on verra demain* ». Ce soir-là, je suis allé prendre une chambre d'hôtel, à l'Embassy Suites, où ma sœur travaille, en plein quartier des affaires. Un mois plus tard, nous en sommes toujours au même point.

Je me lève du banc et décide de reprendre mon chemin et de rentrer chez moi. Ou plutôt, du lieu qui me sert de domicile.

Un mois que je suis parti… et aujourd'hui est un jour particulier, car c'est notre anniversaire de mariage.

J'ai connu Rachel lors d'une soirée entre potes, dans un bar. C'était naturel entre nous. Nous avons rapidement emménagé ensemble et le mariage a vite suivi. Nous avions envie d'être dans cet appartement, jusqu'à notre plus vieil âge, mais ça, c'était avant...

Maintenant, je suis seul dans un hôtel, sans même savoir comment sera mon avenir.

Après être arrivé dans ma suite, je prends une douche, me change et je choisis de ressortir. Je vais devenir fou à tourner comme un lion en cage. J'ai besoin de changer d'air, j'ai besoin de me sortir Rachel de la tête.

Sur le chemin, près du musée d'histoire naturelle, je décide de m'arrêter auprès d'un vendeur ambulant pour lui acheter un *Cheesestake*. C'est un sandwich chaud à base de fromage, steak haché, oignons et poivrons. Un délice. Je le déguste tout en continuant ma route.

Je m'assieds sur un banc face à un terrain de baseball. Un groupe de gamins est en train de jouer un match. Tout en mangeant, je me perds dans mes pensées, et celles-ci dérivent de nouveau vers Rachel. Sur un souvenir vieux de plusieurs années qui a eu lieu sur ce même banc, face à ce même terrain de baseball rempli d'enfants.

***

Tous les deux, avec un hot-dog en main, nous sommes installés. Samedi midi, les gradins débordent de parents encourageant leurs enfants.

— Tu es plutôt chien ou chat ? demandé-je à Rachel.

— Aucun des deux, pourquoi ?

— Comme ça, pour savoir quel animal nous adopterons pour

les enfants.

— Les enfants ?

— Oui, ceux que nous aurons. Non ?

Cela fait un peu moins d'un an que nous sommes en couple. Et pourtant, on dirait que ça fait une éternité déjà. Je sais que l'on va pouvoir tout endurer ensemble.

***

Enfin, je pensais le savoir. J'essaie de chasser ce souvenir de ma tête sauf qu'il est encore trop présent. C'est comme si je revivais la scène.

***

Elle pose sa main libre sur ma cuisse et prend un air sérieux.

— Écoute, Noah...

— Tu n'en veux pas, c'est ça ?

— Non, enfin si, mais... c'est compliqué.

— Compliqué ?

— Je ne peux pas en avoir...

Sans la moindre hésitation, je lui réponds :

— Ce n'est pas grave, le plus important c'est que je sois avec toi.

***

Il y a quelques mois, je l'ai surprise en train de faire un test de grossesse. Ou devrais-je préciser qu'il était mal planqué dans la poubelle et quand je lui ai demandé ce que c'était, elle m'a alors expliqué qu'elle avait du retard et que ça l'inquiétait. C'est à ce moment-là qu'elle m'a avoué qu'elle m'avait menti six ans auparavant et qu'elle pouvait avoir des enfants. Elle n'en voulait tout simplement pas.

Tout en mangeant mon sandwich, je repense à toute cette histoire de bébé. Peut-être que le test n'était pas de moi, mais d'un autre ? Je secoue la tête pour chasser ces nouvelles interrogations et me concentre sur les enfants devant moi.

J'ai toujours voulu une grande famille et j'étais prêt à faire des sacrifices pour la femme que j'aimais, mais plus maintenant. Comme un électrochoc, pour donner suite à mes pensées, je me lève et hurle à travers la grille :

— ALLEZ, DONNEZ TOUT CE QUE VOUS AVEZ !

À peine ai-je fini ma phrase, toujours mon sandwich à la main, je comprends que ce que je viens de faire est ridicule.

D'autant plus quand les parents me jettent des regards noirs. Je hausse les épaules pour leur dire « *ça va, désolé* » et reprends la route vers les marches situées au pied du Museum of Art.

À cet endroit, la foule vient toujours par vague. J'adore voir les touristes arriver aux marches. Ils se divisent en deux catégories. Pour la première, ceux qui se prennent en photo devant les marches et les montent doucement. Quant à la seconde, ils descendent du bus de touristes et se mettent à courir à toute vitesse pour arriver en haut des marches. Ensuite, arrivés au sommet, le but est de lever les deux bras en sautant et en hurlant de bonheur. Cette joie immense qu'ils ont sur le visage est la plus belle chose à voir. Tout cela pour imiter Rocky Balboa. Une scène mythique du film que j'ai moi-même imité un nombre incalculable de fois.

Pour les habitants de Philadelphie, ce lieu est devenu banal, mais pour chaque personne le découvrant, c'est incroyable. C'est pour cette raison que j'aime venir me poser ici, pour découvrir toutes ces nouvelles personnes, heureuses d'être là.

L'endroit que j'aime particulièrement pour me poser est un banc situé dans un petit renfoncement. Il est un peu à l'écart, mais me permet tout de même d'observer ce qu'il se passe sur les marches. Il y a rarement quelqu'un qui s'installe ici, car ils préfèrent s'asseoir directement sur les escaliers du Museum of Art. Encore aujourd'hui, la place est libre, mais il y a quelque chose d'inhabituel que je remarque tout de suite. Un objet traîne au sol. En m'approchant, je constate que c'est un carnet. Je tends la main pour le récupérer et m'aperçois qu'une page est bloquée par un stylo. Le cahier s'ouvre automatiquement et mes yeux tombent sur une date, celle d'aujourd'hui.

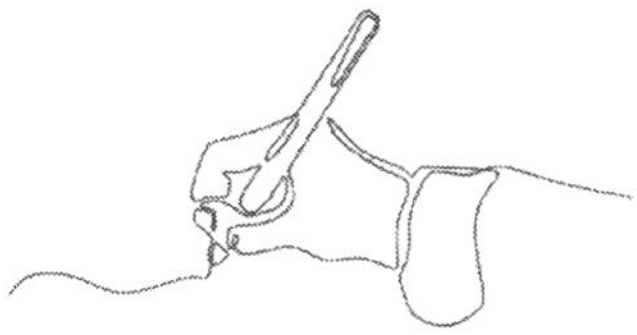

2. Le Journal

05.04.17

Cela fait des jours qu'il a un drôle de comportement et Abby a réussi à me persuader de fouiller dans ses affaires. Je ne veux pas y croire, elle a réussi à me mettre en tête qu'il allait me demander en mariage.

Au début, j'ai su me retenir sachant très bien que c'était une idée farfelue... et étant seule chez lui, j'ai fini par fouiller dans son tiroir de chaussettes, entre ses tenues de sport et même dans son armoire à chaussures.

Je n'ai rien trouvé.

Malgré moi, je suis déçue. Abby m'a monté la tête à force de m'en parler et une partie de moi a fini par y croire.

Depuis quand j'attends qu'il me fasse sa demande ? Le sujet a été vaguement abordé il y a quelques semaines... La conversation n'a duré que trois minutes. En y repensant bien, il est peut-être temps de savoir où nous allons parce que ça fait deux ans que nous sommes ensemble.

Deux ans, et nous n'avons jamais abordé sérieusement le sujet. De plus, nous avons encore chacun notre appartement. Certes, j'ai la clé du sien, mais ne faut-il pas d'abord vivre ensemble avant de se fiancer ? Non, c'est débile ce schéma à suivre. Tout de même, pourquoi suis-je frustrée de ne pas trouver de bague ?

Évidemment, en sortant de là, j'ai appelé Marty pour lui en parler. Il est tellement amoureux de l'Amour que pour lui « ce n'est qu'une question de temps, chérie » m'a-t-il répondu. Il est persuadé qu'il va m'offrir une bague avant même que je ne réalise ce qu'il se passe.

Quant à Abby, elle n'a pas d'avis sur la question. Pourtant, c'est elle qui m'a forcée à chercher partout une boîte contenant une bague. Elle est douée pour me mettre dans des situations loufoques et ne pas assumer par la suite.

Qu'est-ce que je…

3. Noah

Est-ce que j'ai vraiment lu ce qui semble être un journal intime? Oui.

Est-ce que je suis gêné ? Un peu.

En prenant le carnet sur le sol, je pensais trouver un *Bullet Journal*. Ashley, ma secrétaire, a le même carnet à l'agence et je sais que c'est une sorte d'agenda un peu amélioré. En ouvrant celui-ci, j'étais loin d'imaginer ce que j'allais y découvrir.

J'ai attendu quelques minutes avant de me demander ce que j'allais en faire. Le reposer ? Le jeter ? Le garder ?

J'ai opté pour la troisième option et cela fait maintenant une semaine que je le traîne partout avec moi. À l'hôtel, à l'agence, pendant mes balades. Avec cette envie de lire ce qui est écrit et, en même temps, cette gêne de découvrir quelque chose d'intime d'une personne inconnue.

Pour être totalement honnête, quand j'ai récupéré le carnet au sol, j'ai lu la page que j'avais sous les yeux. Une seule fois. Puis je l'ai refermé, pour finalement, la relire une seconde fois. Ok, trois fois. Non, quatre. Pas plus. J'essayais juste de comprendre pourquoi la dernière phrase n'était pas terminée.

— Toujours pas ouvert ? me demande ma secrétaire en me montrant le journal posé sur le coin du bureau.

— Non, toujours pas.

— Pourquoi ? s'impatiente-t-elle.

— Je n'en sais rien... dis-je, en le prenant en main. J'ai envie de le lire, mais quelque chose me retient, tu vois ?

— Mouais… répond-elle, sceptique. Tu devrais juste l'ouvrir et ne pas te poser de questions. Après tout, tu l'as trouvé, donc fais-toi plaisir !

C'est vrai, qu'est-ce que je risque à le lire ? Je ne connais pas cette personne et ne la connaîtrai sûrement jamais. Pourquoi m'en priver ?

— Bonsoir, j'espère qu'il n'est pas trop tôt ! s'exclame une voix masculine.

Tout en rangeant le carnet dans mon sac à dos, je relève la tête vers la voix du nouvel arrivant qui passe le pas de l'agence.

— Pile à l'heure, bébé ! s'excite Ashley. Je finis de ranger ces dossiers et on peut partir !

— Bonsoir, Noah, salue-t-il.

— Bonsoir, Alex ! Alors, quoi de prévu ce week-end ?

— Eh bien, je pensais emmener Ashley pour un petit week-end en amoureux, me chuchote-t-il.

— Est-ce indiscret de te demander la destination ?

— C'est un secret, répond Alex, tout sourire. Je ne veux surtout pas qu'elle entende. Ne t'en fais pas, elle sera de retour lundi à la première heure.

— Quel rabat-joie, se plaint Ashley en récupérant son sac à main. Passe un bon week-end, patron !

— Je t'ai déjà dit de ne pas m'appeler patron !

Les deux tourtereaux ont déjà claqué la porte avant que ma phrase ne soit terminée. Je finis de ranger dans mon sac les quelques dossiers professionnels que je dois clôturer pendant le week-end, fais le tour des dernières lumières allumées et me dirige vers la porte. Une journée de plus à travailler dans cette agence de voyages. Mon agence. Presque trois ans à présent et, comme chaque soir, un sentiment de fierté quand je ferme les portes.

— Déjà fini ?

Je pourrais reconnaître cette voix entre mille.

— Eh oui, Ellie, toi aussi à ce que je vois, dis-je en me tournant vers ma sœur. Que fais-tu là ? Je pensais que tu bossais ?

— On peut même plus te faire une surprise maintenant ? dit-elle en croisant les bras.

— Disons que j'ai connu mieux, la taquiné-je.

— Heeeeey ! crie-t-elle en me donnant un coup sur le bras.

Comme je m'y attends, elle râle davantage tout en éclatant de rire.

— J'allais venir te voir ce soir ! Tu ne bosses pas ? lui demandé-je en rangeant mes clés.

— Non, changement de dernière minute. À la place, je bosse demain…

— Ah… ce n'est pas grave, je me débrouillerai.

— Ne fais pas cette tête, Jake sera là pour t'aider à bouger tes affaires. Et moi, je suis là ce soir pour t'aider à finir les cartons. Dis-moi que t'as déjà avancé ?

Pour réponse, je la prends sous le bras et nous prenons la direction de l'hôtel. L'agence se trouve à deux pas.

— Ah d'accord, dit-elle en s'arrêtant sur le pas de la porte de ma suite.

Je n'ai absolument fait aucun carton. En cinq semaines ici, j'ai mis un bazar monstre. En temps normal, je suis quelqu'un d'ordonné et qui aime que les choses soient chacune à leur place, cette fois-ci, c'est tout l'opposé. Chaque soir, quand je rentre, je dépose mes affaires un peu partout et pars le lendemain matin en laissant l'endroit dans le même état. J'ai demandé à la femme de ménage de ne passer que deux fois par semaine pour changer les draps et me mettre de nouvelles serviettes propres.

Ellie regarde la pièce au ralenti pour faire un état des lieux et ne panique pas en voyant les dépôts ici et là. Pourtant, il y a du travail qui nous attend.

Sur le canapé, il ne reste qu'une seule place de libre, car le reste est encombré de vêtements propres. Sur la table au fond, des restes de pizzas dans leurs boîtes en carton. Sur la table basse, des dossiers sont posés par piles ainsi qu'à côté, sur le sol. Il n'y a que dans la cuisine où les dégâts sont minimes avec quelques bouteilles vides posées dans l'évier.

Ellie s'avance dans la pièce et se dirige vers le coin nuit, constituée de la chambre et la salle de bain. Je n'ai aucune utilité à la suivre parce que je sais ce qu'elle va y découvrir. Une pile de vêtements sales, sur le sol de la salle de bain, ainsi qu'une valise ouverte dans le coin de la chambre.

Elle revient dans la salle principale, et me demande :

— Tu es sûr que c'est demain que tu pars ?

— Oui, pourquoi ?

— Comme ça, dit-elle en souriant.

— Ouais, je sais, j'ai abusé sur le désordre, dis-je, gêné.

— Ah ça va, répond-elle en effaçant mes paroles d'un geste de la main. Je suis là pour t'aider, c'est le principal. Bon, je vais commencer par la chambre, si tu veux bien !

— Merci, Ellie.

Elle me laisse au milieu du chaos et part dans la chambre. Je fais le tour sur moi-même pour regarder, une seconde fois, ce qu'il y a autour de moi. Du bordel, encore et encore. À quel moment me suis-je laissé aller de cette manière ? J'ai l'impression d'être de nouveau cet adolescent à la fac. Je souffle, exaspéré.

— On va y arriver, me dit-elle en passant la tête par la porte, ne réfléchis pas et commence par la première chose que tu vois.

Elle me connaît par cœur. Je lui souris et suis son conseil. Je m'assieds au sol pour trier une pile de dossiers échouée sur la table basse.

La soirée est passée à une vitesse folle. Ellie s'est occupée de ranger tous les vêtements dans différentes valises et sacs. De mon côté, j'ai trié mes papiers. J'ai réparti ceux de l'agence, ceux dont j'ai besoin pour la revente de mon appartement, et pour finir, les documents que j'ai en commun avec Rachel. On a également débarrassé les restes de nourriture qui pourrissaient.

Je regarde l'heure à ma montre : vingt-deux heures. Nous sommes affalés dans le canapé. Un rapide coup d'œil autour de nous me fait réaliser tout le travail effectué en à peine quelques petites heures. C'est la tornade Ellie qui a fait son effet !

— Qu'est-ce qu'il y a dans le sac de sport ? demandé-je, fixant l'endroit où sont entassés mes bagages.

— Tes vêtements sales, répond-elle simplement.

— Il n'y avait plus de place dans les valises ?

— Ne sois pas bête, répond-elle en me tapant la cuisse. J'ai séparé le sale du propre.

Je la regarde, étonné. Comment peut-elle penser à ce genre de chose ? J'éclate de rire.

— Tu penses vraiment à tout !

— Je suis une femme, que veux-tu.

Nous rions de plus belle.

— Je t'invite à manger ? lui demandé-je, connaissant déjà la réponse.

— Ah enfin, j'attendais que ça !

— Allez, viens, je sais où nous pouvons aller à cette heure-ci.

Le Con Murphy's est un pub irlandais, où il est possible de manger. Ouvert très tard le soir, c'est le lieu parfait pour finir cette soirée de dur labeur. Après avoir jeté un coup d'œil à la carte, nous prenons chacun un Veggie Burger ainsi qu'une bière.

— On ne se ferait pas un petit selfie ? demande-t-elle en sortant son téléphone.

— Pour quoi faire ?

— Pour se souvenir de ce jour !

Ellie adore prendre des photos et son excuse est toujours la même : « pour s'en souvenir ». Elle tend le bras sur la gauche et je me penche légèrement au-dessus de la table pour me rapprocher d'elle. Comme à chaque fois que nous nous prenons en photo, notre ressemblance me frappe à nouveau. Tous les deux bruns, yeux bleus, même nez en trompette. La seule différence, c'est qu'elle porte des lunettes et que ma barbe a déjà repoussé depuis hier matin.

— On devrait se prendre plus souvent en photo ! dit-elle en regardant le selfie.

N'étant pas fan de photo, je ne lui réponds pas.

— Ça te fait quoi de te dire que demain, c'est comme un nouveau départ ? me questionne Ellie en buvant une gorgée de sa bière.

— Je pense qu'il était temps. Surtout qu'il me fallait ce délai pour réaliser certaines choses.

— Et qu'as-tu réalisé exactement ?

Un mois que j'évite d'aborder ce sujet avec Ellie. Chaque fois que je la vois, elle me pose les mêmes questions. Elle veut que je parle plutôt que de me renfermer. Un mois que je me mens à moi-même, et hier matin, j'ai eu un déclic, au moment où j'ai eu les clés de mon nouvel appartement en main.

— Je peux comprendre que tu ne veuilles pas en parler, c'est ta vie privée, dit-elle, sérieuse. Je suis inquiète pour toi… Pourquoi être parti de l'appartement, alors que c'était le tien ? Pourquoi tu n'as récupéré pratiquement aucune affaire ? Tu dois avoir quoi… ? Cinq ou six cartons ? Plus tes valises, ajoute-t-elle en réfléchissant. Juste… Pourquoi ?

Je vois bien, à ses yeux, que toutes ses questions sans réponse lui font du mal. Elle a beau être ma petite sœur, de douze mois ma cadette, c'est elle qui, ces dernières semaines, s'est comportée avec moi comme si elle était la plus âgée de nous deux. Comme si elle devait s'occuper de moi. Je fixe mon verre de bière. Que sait-elle de cette histoire au fond ? Le strict minimum : que Rachel m'a trompé et que j'ai décidé de rester quelques jours à l'hôtel.

Si la situation avait été inversée et que c'était Ellie à ma place, j'aurais déplacé le monde entier pour qu'elle me parle et me dise les choses.

La situation dure depuis cinq semaines et elle a le droit d'avoir l'histoire entière. Je ferme les yeux quelques instants et inspire profondément. Je suis prêt à lui raconter.

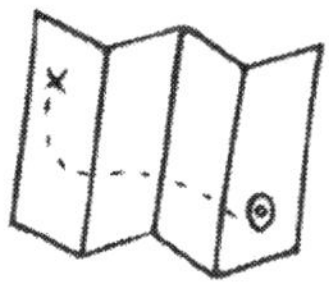

4. Noah

— Quand j'ai surpris Rachel avec ce mec, j'ai compris que tout allait changer, qu'il était déjà trop tard. Même dans son regard à elle, c'était différent. Elle était différente, précisé-je.

Ellie se contente de hocher la tête. Comme si le fait de parler pouvait me stopper dans mon élan.

— Elle m'a dit que, pour elle, le mariage était devenu une blague. Sur le coup, je me suis dit que j'avais merdé. Avec le recul, je trouve ça complètement con puisque dans un mariage nous sommes deux. Donc je ne suis pas le seul à avoir merdé. Loin de là.

— C'est vrai, lâche Ellie.

— Je suis parti ce soir-là. Et pour être honnête, je ne sais même pas pourquoi j'ai fait ça. Je n'ai rien trouvé de mieux que de venir à l'hôtel. Qui fait ça après une dispute ?

— C'était quand même plus qu'une dispute, rétorque-t-elle.

— Oui, mais quand même ! Le lendemain matin, quand je me suis réveillé dans cette chambre d'hôtel, je me suis trouvé idiot d'être parti comme ça. Puis, pourquoi c'était à moi de partir alors que c'était elle qui venait de me tromper ? Et sous mon propre toit, en plus !

— C'est vrai !

— Donc ce jour-là, je suis retourné à l'appartement. Au départ, c'était pour voir Rachel. Pour avoir une discussion, à tête reposée. Elle n'était pas là, mais je savais qu'elle devait repasser à l'appartement dans la matinée, donc je l'ai attendue.

— Et alors ? interroge Ellie, impatiente.

— En l'attendant, j'étais obnubilé par une photo de nous deux accrochée dans le salon. Tu sais, cette photo qu'on a prise quand on était partis à quatre, avec Jake et toi, à la mer ?

— Oh oui, elle est magnifique cette photo, dit-elle doucement.

— Je l'ai regardée, encore et encore, pendant de longues minutes. Et, j'ai réalisé que même cette photo était un mensonge.

— Comment ça ?

— Je le vois à son regard, sa façon de sourire. Déjà là, elle devait sans doute fréquenter quelqu'un.

— Attends, dit-elle en réfléchissant, ça date de l'été dernier…

— Je sais… Et c'est à partir de là, où… Oui, effectivement, j'étais plus absorbé par le travail, moins présent à l'appart. Mais elle aussi ! dis-je pour me défendre.

— Tu n'as pas à te justifier avec moi, dit-elle en souriant.

Le serveur nous apporte nos plats. Finalement, je n'ai plus très faim, mais n'en dis rien.

— Et donc ? questionne-t-elle en m'incitant à continuer.

— Elle a fini par rentrer à l'appartement.

Elle pose ses couverts sur la table et croise les mains devant elle. Elle s'attend à quelque chose de terrible.

— On a discuté. Beaucoup discuté.

Je bois une nouvelle gorgée de ma bière.

— Elle m'a expliqué que ça faisait plusieurs mois, voire plusieurs années, qu'elle me trompait. Et pas toujours avec le même gars. Elle m'a quand même précisé que c'était la première fois qu'elle le faisait chez nous.

— Mouais, ce n'est qu'un détail. Peu importe où elle le faisait… elle le faisait, dit Ellie, les yeux ronds.

— Exact. Les choses se sont envenimées. Elle m'a reproché mon boulot, que je ne faisais plus attention à elle, que je ne la désirais plus. Le ton est monté, des choses ont été cassées, des affaires retournées.

Je souffle avant de reprendre mon récit.

— Et encore une fois, j'ai décidé de prendre la fuite et de quitter l'appartement.

— T'es pas sérieux ? s'agace-t-elle.

— Et encore une fois, j'ai trouvé ça idiot. Pourquoi c'était à nouveau moi qui me sacrifiais et qui quittais mon confort ? Le lendemain matin, je suis repassé à l'appartement. J'avais réfléchi toute la nuit, je savais que je la verrais. Il fallait prendre une décision, on ne pouvait pas rester comme ça indéfiniment. Deux jours m'avaient suffi pour voir ce dont j'avais besoin.

— Et ?

— Elle était étonnée de me voir, mais elle est restée calme. Cette fois-ci, nous avons agi en adultes et personne n'a crié, jeté des choses ou insulté l'autre.

— Qu'as-tu dit ?

— Je lui ai simplement dit qu'elle avait un mois pour préparer ses affaires et quitter l'appartement. Et qu'en même temps, nous lancerions la procédure de divorce.

Ellie me regarde, bouche bée. J'en profite pour boire une nouvelle gorgée.

— Elle a quitté l'appartement ?

— Oui.

— Mais… Pourquoi tu en prends un nouveau ? me demande-t-elle, perplexe. C'est ton appartement, tu l'avais avant de la connaître !

— Justement, je n'en veux plus. Je l'ai acheté à peine six mois avant de la rencontrer et nous y avons vécu pratiquement dès le début de notre relation. Quand je pense à cet appartement, je vois notre vie à deux et non celle que j'avais avant d'être avec elle. Donc, même si c'est mon nom sur les papiers, je l'ai toujours considéré comme *notre* appartement.

Ellie a l'air sceptique. Il faut que j'aille au bout de mon explication pour qu'elle puisse avoir toutes les cartes en main.

— Quand j'ai acheté cet appartement, c'était juste pour avoir quelque chose. Je l'aimais bien, mais pas au point d'y faire ma vie. C'était comme un tremplin en attendant de pouvoir me permettre d'avoir mieux. Puis, j'ai rencontré Rachel. Et à peine six mois après être sortis ensemble, elle emménageait chez moi. On en avait fait un cocon d'amoureux. De jeunes amoureux, même.

Repenser à nos débuts me fait tout de même sourire.

— C'était un endroit où nous étions bien ensemble. C'était chaleureux et on invitait nos amis pour des soirées. J'ai vite oublié cette histoire de tremplin, car je me voyais parfaitement vivre là très longtemps avec elle, mais maintenant, ça fait plusieurs semaines que je n'y suis plus. Et hier, quand j'ai eu les clés de mon nouvel appartement, tu sais ce que je me suis dit ? L'impression que j'ai eue ?

— Non, quoi ?

— De respirer enfin.

Pour seule réponse, elle me fait un léger sourire. Elle comprend.

— Quand je pense à l'ancien appartement, je me rappelle ce que nous avions fait de cet endroit et systématiquement après, je repense à ce que m'a fait Rachel… Alors, dit comme ça, ça fait un peu mec niais, mais…

— Pas du tout, me coupe Ellie. Je te connais par cœur, je sais que même si tu fais le mec fort, ce qu'elle t'a fait t'a profondément touché. Et c'est humain de vouloir tourner la page, de vouloir un nouvel endroit où tu pourras faire ce que tu souhaites. Puis, les mecs aussi parlent sentiments parfois, tu sais ?!

— Merci… dis-je en souriant. Ce n'est pas tout.

Elle arrête son verre de bière juste devant sa bouche et me fait de gros yeux.

— Qu'est-ce qu'il y a ?

— Depuis quelques jours, je tourne et retourne toute la situation dans ma tête. Le divorce, le fait que je vais revendre mon appartement, mon nouveau chez moi qui m'attend demain. J'ai surtout pensé à Rachel.

— Oh… Tu n'arrives pas à passer à autre chose ? Tu sais, c'est normal. Ça faisait des années que vous étiez ensemble. Ça ne peut pas disparaître en un claquement de doigts, dit-elle doucement, désolée.

Je lui souris.

— Non, ce n'est pas ça. Au contraire, j'ai beaucoup réfléchi et j'ai réalisé… qu'elle avait raison.

— Raison ?

— Je ne faisais plus attention à elle, je ne la regardais plus, je la faisais passer après le boulot.

— Comment ça ?

— Je ne sais pas réellement à quelle période ça a dérapé,

mais… je ne l'aime plus. Et quand j'y réfléchis bien, ça fait déjà un moment. Nous étions tellement ancrés dans une routine où on se voyait peu, finalement. Nos horaires décalés sont sans doute une excuse, mais je pense que ça fait partie de l'engrenage qui nous a menés à ce moment-là. Et tu sais quoi ? Même si ce qu'elle m'a fait m'a détruit, elle ne me manque pas. Ou pas comme est censé manquer son épouse.

Ellie reste bouche bée.

— J'ai réalisé qu'il était temps de voir les choses en face et que l'on devait arrêter de nous mentir et de faire semblant. Alors oui, j'aurais préféré que ça se passe autrement, mais c'est comme ça. J'en suis presque content.

— Tu en es … content ? s'étonne-t-elle.

— Oui ! Tu imagines combien de temps j'aurais continué à perdre si je ne l'avais pas découvert ? La vie est trop courte, Ellie, je ne veux plus attendre pour vivre.

— Tu as raison.

— Je lui ai donc dit de prendre tout ce qu'elle voulait, même les meubles. Tout le reste, ce sera pour la vente. Je ne veux rien récupérer, je veux juste tourner la page et avancer.

Je prends mon verre et le tends vers Ellie.

— Je suis contente de te voir comme ça ! À la tienne, et à ton nouveau départ !

Elle fait tinter son verre de bière contre le mien et boit une grosse gorgée puis attrape ses couverts, prête à engloutir son plat.

— Ce que je vais dire peut paraître fou, mais je sens que cette fois, c'est la bonne. Je m'en donnerai les moyens et je ne commettrai pas les mêmes erreurs.

— Je te crois, grand frère, dit-elle avec un clin d'œil.

Silencieusement, je la remercie d'être comme elle est. Elle a ce don de me booster, de chercher le meilleur chez les autres. Et surtout, de me donner le sourire peu importe les circonstances.

Il y a une seule chose dont je ne lui ai pas encore parlé. Cette chose qui me donne de l'espoir, qui me donne envie d'y croire, à un avenir heureux à deux, et qui va tout changer pour moi. Cette chose dans mon sac à dos, prête à être emmenée partout.

Le carnet.

Dès demain, je me penche dessus !

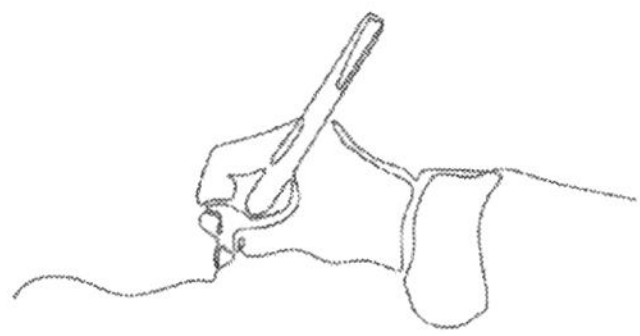

5. Le Journal

Octobre 2016

J'ai enfin trouvé le cadeau parfait. J'ai tellement hâte de lui offrir et de voir sa tête. Il ne va pas s'en remettre !

Ce soir, c'est l'anniversaire de papa et j'ai décidé de lui offrir quelque chose qu'il a toujours rêvé d'avoir : des places pour aller voir un match de basket des Philadelphia 76ers au Wells Fargo Center. Pour ses 50 ans, j'ai décidé de marquer le coup et de l'y emmener.

D'aussi loin que je me souvienne, il a toujours dit qu'il aimerait y aller une fois dans sa vie, mais quand j'étais enfant, nous ne roulions pas sur l'or et mes parents nous ont toujours privilégié ma sœur et moi-même. Nous avons vécu des moments compliqués... et nous sommes parties de la maison avant même qu'il puisse réaliser son rêve. Il était temps que cela change.

Pour le repas, nous prendrons quelque chose sur place afin de faire les choses en grand. Et pour que la surprise soit à son maximum, on retrouvera Abby au stade.

****

Je pense que papa vient de vivre le plus bel anniversaire de sa vie. Malgré l'absence de maman, je pense qu'il a passé une excellente soirée. Et j'en suis tellement contente !

Tout s'est déroulé comme sur des roulettes. Je suis allée le chercher à la maison pour dix-huit heures.

— Je viens justement de raccrocher avec ta sœur ! m'a-t-il dit au moment où je passais la porte. Elle s'excuse de ne pas être là.

— Oui, elle m'a appelée ce matin pour me prévenir. Tout comme hier et avant-hier… Bon anniversaire, papa ! lui dis-je en l'embrassant sur la joue, suivi d'un câlin. T'es prêt ?

— Prêt pour quoi, princesse ?

— Oh, je ne t'ai pas dit ? Mets tes chaussures et ton manteau, je t'emmène faire une balade.

L'effet de surprise était comme je l'imaginais et même mieux encore ! Pendant qu'il mettait ses chaussures, je suis allée chercher un sac que j'avais laissé délibérément devant la porte de la maison. Je me suis habillée avec ce qu'il contenait : une énorme main en mousse, un maillot ainsi qu'une casquette aux couleurs de l'équipe de basket.

— BON ANNIVERSAIRE, PAPA ! ai-je crié en souriant de toutes mes dents.

Il est resté devant moi, bouchée bée, avec sa veste à moitié mise.

— Que… Quoi… Hein ?

— Pour ton anniversaire, je t'emmène voir du basket ! Je t'emmène voir les Philadelphia 76ers.

Pour que l'effet soit à son maximum, j'avais retiré ma casquette pour la poser délicatement sur sa tête. Il n'avait plus les mots. Il m'a juste prise dans ses bras et m'a serrée fort. J'étais comblée. Il a vite retiré sa veste pour me piquer le t-shirt que je portais. Il a tout de même bien voulu me laisser la main en mousse. Il a fait un bisou volant vers la photo de maman et nous sommes montés en voiture.

— Le match n'est qu'à vingt heures, mais je me suis dit que tu voudrais faire un tour sur place ? Et peut-être grignoter quelque chose ?

— Quelle bonne idée ! Je vais prendre un hot-dog !

Je savais qu'il craquerait pour un hot-dog. En même temps, qui ne se laisserait pas tenter ?

Sur la route du stade, la tension montait petit à petit. Sans doute excités et impatients d'y être, nous étions intenables, comme des enfants à la veille de Noël. Plus nous avancions, plus je pensais à Abby qui nous attendait là-bas et ferait une belle surprise à papa d'être présente. Et ce fut une réussite !

Quand nous sommes arrivés au stade, j'ai été émerveillée par ce que j'avais sous les yeux. Pourtant, je m'étais renseignée avant de venir, mais de le voir en vrai... cela change tout. Quand on entre dans le stade, il y a un énorme hall qui part de deux côtés. Par l'entrée où nous sommes arrivés, il y avait un mec avec une méga sono qui hurlait de la musique à fond. T'es dans l'ambiance direct ! J'ai vite compris que ce hall était comme une galerie marchande et qu'il fallait en faire le tour pour trouver son entrée et rejoindre sa place.

Papa était comme un gamin ! Il voulait absolument aller dans les boutiques dédiées à l'équipe de Philadelphia 76ers, mais j'ai prétexté d'abord vouloir trouver notre entrée pour être tranquille. En réalité, c'était surtout pour retrouver Abby pour profiter du moment tous ensemble. On a bien fait de chercher de suite, car n'ayant pas l'habitude, je marchais au ralenti, trop occupée à regarder ce qu'il se passait autour de moi. Je faisais surtout attention de ne pas perdre papa dans la foule qui lui, avait toujours le nez levé sur tout ce qui pouvait être observé. Malgré tout, nous avons réussi et nous avons rejoint Abby.

La surprise fut magique ! Papa a fait l'homme fort, mais j'ai bien vu ses yeux briller quand Abby lui a sauté dessus en hurlant « Bon anniversaire papa ! ». On a ensuite décidé d'aller faire un tour dans les boutiques où Abby s'est pris une main en mousse comme la mienne. Et surtout, je tiens à le préciser, on s'est pris, chacun, un hot-dog ainsi qu'un énorme Bretzel avant d'aller nous installer à nos places.

Dans notre jeunesse, on regardait souvent les matchs de basket à la télévision avec papa. C'était devenu une tradition, plus qu'autre chose mais nous y étions attachés. Cependant, cela faisait plusieurs années que je n'en avais pas vu un seul et d'être dans le stade ce soir, m'a fait quelque chose. Une pointe de nostalgie. C'est à ce moment-là, en voyant tous ces gens s'agiter autour de nous que je me suis fait une promesse : chaque année, on reviendra ici. J'impose cette nouvelle tradition !

La soirée ne pouvait pas être plus parfaite que celle-là. Les Philadelphia 76ers ont gagné, et pendant les temps morts du match, il y avait de l'animation : des pom-pom girls, des défis pour enfants ou adultes et une fanfare. Le temps est passé si vite. Et pendant l'un de ces quart temps, papa a même réussi à attraper un des t-shirts que des danseurs ont lancé dans le public. Il était comme un fou.

Après le match, Abby est rentrée avec nous. On a raccompagné papa à la maison qui nous a remerciés au moins quatorze fois.

Oui, Journal, je me fais la promesse que chaque année, on fera revivre ce genre de soirée à papa parce que ça n'a pas de prix de voir à quel point il était heureux.

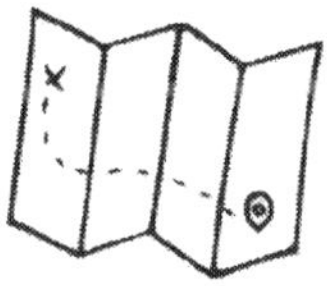

6. Noah

Je décide d'arrêter ma lecture ici pour le moment. J'ai un sentiment de culpabilité, mais également de curiosité envers ce journal. Est-ce aussi personnel sur toutes les pages ? Est-ce que je suis considéré comme un voyeur en lisant ce carnet ?

J'ai bien sûr noté la date et cet écrit date d'il y a six mois. Va-t-elle l'emmener voir un match cette année, comme elle le souhaite ? Et si j'y allais moi aussi, pour essayer de la retrouver ?

C'est de la folie.

Je fixe le carnet quelques secondes. Ça sera impossible de la retrouver, pour la simple et bonne raison que je ne sais pas à quel match elle va assister. Et, je ne sais pas non plus à quoi elle ressemble… Si ça se trouve, elle n'est même pas comme je l'imagine : gentille, attentionnée, aimante.

Je tourne les pages du carnet en me demandant si c'est honnête de continuer à le lire…

Je le referme et continue de le fixer en hésitant...

Je vais continuer…

Si je l'ai trouvé, c'est qu'il y a une raison !

C'est comme ma destinée.

Je veux retrouver cette fille.

7. Noah

Cela fait maintenant un mois que je lis et relis ce carnet. Je pense l'avoir déjà lu trois fois en entier, et là, je vais entamer la quatrième relecture. J'essaie de me persuader que je n'en suis pas accro, mais quelque chose fait que je m'y suis attaché et que je n'arrive pas à m'en passer. Je suis attiré par ce carnet comme un aimant auquel je ne peux me détacher. J'en suis tellement obsédé que je l'emporte partout avec moi : au boulot, lors de mes sorties aux marches du Museum, d'une pièce à l'autre de l'appartement. Peut-être bien que, par ma faute, de l'usure s'est même installée sur le dos et la tranche du carnet à force de le laisser ouvert et de tourner les pages.

Je ne sais toujours pas qui est cette fille, mais je ne perds pas espoir d'autres indices avec cette énième relecture. J'ai tout de même appris qu'elle a un père qui aime le basket, une sœur qui se prénomme Abby et également qu'elle a un meilleur ami du nom de Marty, un pseudo copain qui est peut-être son fiancé ou non et que tout ce petit monde habite à Philadelphie. Ce n'est pas grand-chose, mais c'cst toujours mieux que rien.

Je regarde une dernière fois mon reflet dans le miroir pour vérifier ma tenue. Mes cheveux bruns et courts sont coiffés, je me suis rasé. J'ai hésité à mettre quelque chose de décontracté ou au contraire, un peu plus chic. Puis j'ai décidé de faire un mix. J'ai enfilé un polo bleu marine qui fait ressortir mes yeux bleus, que j'ai accompagné d'un jean brut et mes Converses noires.

Je me souris, et souffle. J'ai essayé de m'apprêter pour me rendre dans un endroit dans lequel je n'ai pas envie d'aller : un speed dating. Je ne sais pas pourquoi j'ai laissé Jake m'emmener là-bas. De ce que j'ai compris, on y va en duo, une seule personne du binôme est célibataire. En gros, c'est celui qui est déjà casé qui force l'autre à faire des rencontres. Ça m'a l'air confus comme situation, il m'a tellement harcelé avec cette histoire de speed dating que pour qu'il me laisse tranquille, j'ai lui ai dit que j'irai. Quelle grossière erreur. J'ai regretté dans la seconde.

Au moment où je mets ma veste, j'entends la sonnette retentir. Ça y est, le moment tant redouté est arrivé. J'ouvre la porte à un Jake bien sapé et tout sourire.

— Alors ? Prêt à faire tomber des cœurs ? demande-t-il en me faisant son regard de braise.

Je ris en voyant son attitude. Et dire qu'il a réussi à faire succomber ma sœur avec ce regard !

Je récupère mes clés et nous partons à l'endroit où se passe l'évènement : le Parkside Beef & Ale. Un bar qui se situe juste à côté du Love Park. Un endroit devant lequel je passe très souvent, mais où je n'y suis jamais entré. Ce sera l'occasion.

À l'instant où nous entrons dans le bar, je comprends que pour Jake, ce n'est pas la première fois qu'il vient ici. Le barman ainsi que deux serveuses le saluent, il va directement voir un mec qui est dans le fond. J'essaie de le suivre sans bousculer personne ni les verres présents sur les tables. C'est tellement bondé que c'est compliqué. Je le perds dans la foule et je décide de me diriger vers le bar en attendant qu'il revienne. Je commande une bière en essayant tout de même de le chercher du regard. Cinq bonnes minutes plus tard, je le vois revenir en faisant de grands signes.

— C'est bon, ça va commencer d'ici dix minutes. Tu verras, le bar va se vider un peu, ça sera plus gérable.

— Hm, d'accord.

Il récupère une bière au comptoir et au fur et à mesure de notre conversation, je remarque qu'il a raison parce que le bar se vide.

— Hello, hello, tout le monde !

Je me retourne vers le fond de la salle et aperçois le mec de tout à l'heure qui parle dans un micro. Les gens présents dans le bar baissent d'un ton, tous sont prêts à écouter les consignes.

— Pour ceux qui ne connaissent pas le principe, pas de souci, je suis là pour vous expliquer. Et pour ceux qui connaissent déjà… désolé, mais je vais quand même devoir faire mon discours.

Je jette un coup d'œil aux personnes présentes dans la salle. Certains sourient en écoutant les consignes du mec, d'autres, qui doivent être des habitués, parlent doucement avec leurs voisins.

— Si vous êtes là ce soir, c'est pour trouver l'Amour. Et pour ça, c'est très simple : chaque binôme rencontrera un autre binôme pendant sept minutes afin de faire connaissance. À la fin du temps imparti, petit coup de sifflet, on change de table. Si à la fin de la soirée, ça a matché, alors n'hésitez pas à rester pour manger ensemble et pour profiter de la soirée. Que les rencontres commencent ! dit-il en faisant retentir son sifflet.

Ni une ni deux, Jake me prend par les épaules, et m'emmène vers la première table venue.

— Salut, je suis Nathan et voici Nick, dit un jeune homme en tendant la main.

— Moi c'est Jake et ça c'est mon pote, Noah, nous présente Jake en serrant la main de Nathan.

— Comment ça va ?

— Je suis désolé, mais... dis-je, gêné.

— Parce que tu n'es pas gay ? demande-t-il en me coupant. Ne t'en fais pas, on est là pour boire un coup et discuter, on profite de la soirée ! dit Nathan tout sourire.

Je ne sais pas pourquoi j'ai eu une appréhension en voyant ces mecs. Je n'ai jamais fait de différence entre les gays et les hétéros, il n'y a pas de raison que ça commence aujourd'hui. Je me sens gêné d'avoir eu cette réaction envers eux. D'autant plus que cette sensation est vite partie, car Nathan et Nick savent mettre à l'aise et sont sympathiques. D'ailleurs, pendant les sept minutes, c'est comme si on avait retrouvé de vieux potes du lycée. J'apprends même que Nathan s'est fait larguer à peu près en même temps que moi et qu'il a envie que d'une chose : se remettre en selle.

Les sept minutes passent comme une flèche, et nous nous promettons de nous retrouver à la fin pour nous boire une bière entre mecs. Nous nous levons donc pour nous diriger vers la table suivante. Je déglutis difficilement et me promets de tuer Jake dès que nous sortirons d'ici. Les personnes assises à cette seconde table sont d'un autre monde.

— Bonsoir, je suis Baptiste, et voici ma mère Clarisse.

Ici, pas de serrage de main ni de sourire. Juste un homme, qui doit avoir mon âge, présent avec sa mère qui elle, doit avoir la soixantaine. Lui a un style assez unique : un mélange entre pantalon camouflage de l'armée avec les boots qui vont avec, ainsi qu'une chemise noire cintrée et les cheveux bien coiffés. Quant à la mère, un style gothique, jusqu'aux bouts de ses ongles manucurés en noir. Blonde platine et pas très bien coiffée.

Je sens Jake rire dans sa barbe juste à côté de moi. Je vais vraiment l'étriper !

Jake essaie de faire la conversation, mais ce n'est que Baptiste qui répond. Quant à Clarisse, elle passe son temps à me reluquer. J'en ai la chair de poule, et je suis à deux doigts de recracher ma bière quand elle me fait un clin d'œil suivi d'un léchage de lèvres très explicite.

À peine ai-je entendu le coup de sifflet retentir, que je me lève d'un bond, sans dire au revoir, et me sauve vers le bar.

— Une pause de trois minutes, pour ceux qui veulent se détendre, se prendre un verre ou tout simplement se remettre de leurs émotions, dit le mec au micro.

Jake me rejoint dans la seconde, je le fusille du regard.

— C'est pour ça que tu m'as fait venir ici ? Sérieusement ?

— J'avoue que je ne m'y attendais pas à celle-là, dit-il en riant.

— J'en ai eu des frissons jusqu'aux fesses si tu veux vraiment savoir !

On récupère deux nouvelles bières, et nous nous dirigeons vers la troisième table. Deux nanas de notre âge y sont assises. Elles ont l'air « on ne peut plus normales », ce qui est rassurant pour les sept prochaines minutes à venir.

On apprend qu'elles s'appellent Jenifer et Amy, qu'elles sont meilleures amies depuis la petite enfance et qu'elles bossent dans le Target pas très loin de là. Le feeling passe facilement avec Amy, mais, malheureusement pour moi, ce n'est pas elle qui cherche quelqu'un. Jenifer a l'air d'être quelqu'un de gentil, sauf qu'il n'y a pas le « petit truc », et à part être une rencontre plaisante, je ne vois rien de plus avec elle. Et je pense que c'est réciproque car elle a l'air plus attirée par ce que raconte Jake.

Au départ, je trouvais cela bizarre le fait d'être accompagné par quelqu'un qui n'est pas libre, néanmoins, plus la soirée passe, plus je me rends compte que c'est un atout et que c'est agréable de pouvoir compter sur quelqu'un dans certaines situations ; comme juste avant avec Clarisse-la-chaude, ou bien comme maintenant, quand il faut juste faire passer le temps. Jake est très fort pour cela puisqu'il a la tchatche facile. Les sept minutes se terminent, c'était agréable, toutefois, je suis content de pouvoir passer à la prochaine table.

Tout en me dirigeant vers la table suivante, je regarde autour de moi. La plupart des gens ont l'air de passer une bonne soirée. Il reste encore trois tables et après, ce sera enfin fini.

Mes yeux s'arrêtent sur Clarisse qui me fait un clin d'œil. Je ne fais aucun effort et me retourne en faisant comme si je ne l'ai pas vue. Vraiment, celle-là, je m'en souviendrai un moment !

— Miles ? Qu'est-ce que tu fais là ? demande Jake au mec qui est en train de s'installer à la même table que nous.

— J'accompagne Emma ! Et toi ?

— J'accompagne Noah, fait-il en me montrant du doigt.

— Enchanté ! dis-je en les regardant.

Tout en m'asseyant, je regarde discrètement, mais attentivement la jeune fille assise devant moi. Brune, à priori le même âge que moi, discrète et timide. Ses yeux, d'un magnifique vert, me happent dans la seconde.

Je comprends au fil de la conversation que Miles et Jake se connaissent depuis un ancien petit boulot qu'ils avaient à la fac et qu'ils se voient encore de temps en temps, et également que Miles et Emma travaillent ensemble et sont amis.

— Alors ? Vous avez rencontré des gens bien ? leur demande Jake.

— Non, pas spécialement, ce serait plutôt l'inverse, répond Miles.

J'entends la conversation de loin, encore trop occupé à la regarder. Je sais que je dois paraître étrange à agir comme ça, mais il y a quelque chose chez elle qui m'attire et je n'arrive pas à passer outre. J'entends que Jake raconte notre rencontre avec Baptiste et Clarisse, et je la vois sourire. Elle a un très beau sourire. Je secoue la tête pour me reprendre. Je dois agir normalement.

— Et si on les laissait parler tous les deux, et que nous discutions de notre côté ? demandé-je à Emma, en faisant signe entre elle et moi.

— Oui, tu as raison, parce que je pense que l'on ne va pas pouvoir en placer une, dit-elle en riant.

— J'aime beaucoup ton rire.

Je me tais immédiatement, un peu gêné. Elle se met à rougir.

— Désolé, je n'ai pas pour habitude d'être aussi direct, dis-je en buvant une gorgée de ma bière. Je ne sais pas ce qu'il m'a pris.

— Euh... Merci ?!

— Et si on recommençait depuis le début. Bonsoir, je m'appelle Noah, et toi ? la questionné-je en tendant la main au-dessus de nos verres.

— Enchantée, Noah, je suis Emma, dit-elle en me serrant la main.

— Alors, que fais-tu ici ?

— On m'a entraînée un peu de force, dit-elle en mettant un coup de coude dans les côtes de Miles.

— Aïe ! crie-t-il en faisant un bond, tout en se marrant.

Ce sont les sept meilleures minutes que j'ai passé de la soirée. Le fait que Jake connaisse Mile nous a permis avec Emma de pouvoir discuter tranquillement, en oubliant presque leur présence. Le courant est passé tout de suite entre elle et moi.

Après le coup de sifflet, on décide de ne pas continuer avec les dernières tables, mais plutôt de se mettre à l'écart des autres. On se prend quelque chose à grignoter et en peu de temps, nous sommes servis. La table est jonchée de frites au fromage, de chips, de beignets de poulets ainsi que de bières. Et la conversation suit son cours.

— Et tu bosses dans quoi ?

— J'ai une agence de voyages qui me prend pas mal de temps, j'aime beaucoup ce que j'y fais.

— Oh, du coup, tu voyages souvent ? Ou juste tu voyages par procuration ? me questionne-t-elle avec envie.

— Au début, je voyageais pas mal. Puis avec le temps, de moins en moins jusqu'à ne plus voyager du tout.

— Pourquoi ?

— Je travaille trop, mais j'aimerais y remédier car ça me

manque ! Et toi, tu voyages parfois ? lui demandé-je, curieux.

— Oh non, je n'ai pas l'argent nécessaire. Puis, voyager seule... ça ne m'attire pas. J'ai toujours voulu visiter d'autres pays avec quelqu'un que j'aime, pour partager ces moments-là, et nous faire des souvenirs.

— Je te comprends... Les voyages à deux sont les meilleurs...

Me voilà pensif. Je ne peux m'empêcher de repenser au voyage que j'ai fait avec Rachel. Ce n'était rien de bien farfelu, nous sommes allés à Londres une semaine pour son anniversaire. Sur le moment, j'avais l'impression que c'était le plus beau voyage de ma vie. Néanmoins, avec le recul, je me suis rendu compte que je n'avais fait que de la suivre et que j'avais vécu ce voyage à travers elle ; finalement, j'ai effectué des voyages seul beaucoup plus beaux et intenses que celui-là.

— Et toi, tu bosses dans quoi ? Je ne t'ai pas demandé !

— Oh, je travaille dans une petite librairie pas loin d'ici.

— Laquelle ?

— Pourquoi, tu vas m'y harceler ? demande-t-elle en riant.

— Figure-toi que j'aime beaucoup lire, et que je dois offrir un cadeau à ma sœur dans les prochains jours. Donc autant que je vienne là où tu es… puis ça me permettra de te revoir.

Dire à voix haute ce que je n'ai pas encore eu le temps de penser tout bas me perturbe légèrement. Et elle aussi vu ses joues qui s'empourprent légèrement.

— Je travaille au Book Corner, avec Miles, dit-elle en jetant un coup d'œil à son ami qui se marre avec Jake.

Au nom de Miles, je percute que depuis tout à l'heure, je les ai totalement oubliés. Que ce soit lui ou Jake, c'est comme si je n'étais qu'avec Emma. Et surtout, on a complètement oublié Nathan et Nick avec qui nous devions boire une bière.

— Alors je viendrai au Book Corner, répliqué-je en lui souriant.

La soirée touche à sa fin, et j'ai cette sensation de bien-être quand je parle avec Emma. Une douce sensation que j'avais au début avec Rachel et qui a vite disparue. Ça fait du bien de se sentir à l'aise avec quelqu'un que tu viens de rencontrer.

— Ah, de l'air frais ! s'extase Miles en sortant du bar.

— Je ne sais pas pour vous, mais je trouve que c'était une excellente soirée ! dit Jake.

— Oui, excellente, acquiesce Emma en me jetant un regard.

— Bon, Miles, on se dit à la semaine pro au sport ?

— Yep ! Noah, viens si tu en as envie !

— On verra... dis-je poliment. À bientôt, Emma, lui dis-je lui tendant la main.

— À bientôt, Noah, dit-elle en me serrant la main doucement.

Nous partons chacun de notre côté. Je n'écoute plus Jake qui part déjà dans un long discours sur la soirée qui vient de passer. Ma tête est trop occupée à penser à Emma. Je vais vite la revoir, c'est obligé.

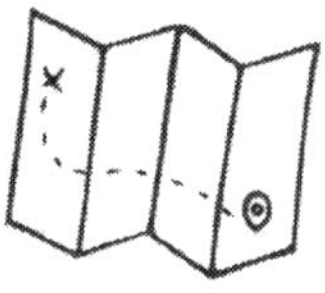

8. Noah

Une semaine que le speed dating est passé et je ne suis pas encore allé voir Emma à la librairie. Cela ne m'a pas empêché de penser à elle bien plus que ce que je veux l'admettre. J'ai beaucoup repensé à ma façon de me comporter avec elle ce soir-là, et je ne me reconnais pas. Ou presque. Suis-je un nouvel homme ? Ou est-ce simplement celui enfoui en moi depuis des années qui refait surface ?

Moi qui suis habituellement timide avec les femmes, je ne l'ai pas beaucoup été avec elle. Mon cœur se met à s'accélérer de nouveau en y repensant. Je souris comme un con.

Aujourd'hui, nous sommes samedi. Il fait grand soleil dehors, c'est l'occasion d'aller prendre un peu l'air. Il ne me faut que cinq minutes pour préparer ce dont j'ai besoin dans un sac à dos : une bouteille d'eau, mes lunettes de soleil, le sandwich que j'ai préparé hier soir et surtout, le carnet. J'attrape une casquette près de la porte. En route pour l'aventure.

Pour ne pas changer, je me dirige vers les marches du Museum of Art et prends possession de mon banc fétiche. Libre, comme toujours. Je pose mon sac à dos à mes côtés et regarde autour de moi. Étant le week-end, il y a un peu plus de monde que d'habitude, ce n'est pas dérangeant. Bien au contraire, cette affluence à la new-yorkaise donne de la vie autour de mes pensées qui se bousculent.

En début de semaine, j'ai vu Rachel. Elle est venue à l'agence pour me rendre les clés de l'appartement. Elle a mis un peu plus de temps que prévu pour vider ses affaires. Cela ne m'a pas empêché d'avancer pour la vente. J'ai réussi à trouver une agence et quelques visites ont déjà été effectuées la semaine dernière. L'appartement étant encore partiellement meublé, les futurs acheteurs ont pu se projeter plus facilement dans les lieux et, pour l'un des couples ayant effectué une visite, le coup de cœur fut immédiat.

Je suis content de me dire que bientôt tout sera derrière moi. Je ne le dirai pas à voix haute, mais de revoir Rachel m'a tout de même fait quelque chose. Elle m'a tendu les clés en me disant tout simplement :

— J'ai tout récupéré, je n'ai plus besoin d'y aller. On se voit chez l'avocat.

Six ans qui se referment sur un simple rendu de clés. Elle n'a pas souri, ni fait l'effort d'une discussion. Rien. Elle est entrée dans l'agence, a tendu sa main avec les clés, et est partie aussitôt.

Si je veux être totalement honnête, pendant une seconde, je l'ai observée et j'ai enregistré des détails que j'aimais chez elle. Sa façon de mettre ses cheveux derrière son oreille, sa façon de se tenir bien droite et d'être si sûre d'elle, la couleur de ses yeux noisette qui ont toujours eu un éclat de malice.

Mon esprit se perd. Même s'il fait bon, un frisson me parcourt l'échine. C'est un éclat de rire qui me fait sortir de mon état second. Je reviens à la réalité et me concentre pour chercher d'où provient ce rire. Je remarque un papa avec son enfant en train de monter les marches en courant. Ils font la course, pour savoir qui va arriver le premier en haut des marches. Le petit doit avoir trois ans et est habillé comme son père, en survêtement gris avec un sweat à capuche du même gris que le pantalon et des converses noires. Je reconnais immédiatement la tenue de Rocky Balboa. Je ne peux m'empêcher de sourire en les observant. J'entends la voix d'une femme se mêler aux rires, et je remarque qu'elle est en train de les suivre en les filmant. Sans doute la maman. Mon sourire s'agrandit. Ils parlent français.

C'est pour ces moments de vie que j'aime venir aux marches quand mes pensées prennent trop de place, pour voir ces gens du monde entier venir ici, poser leurs pieds sur les marches et réaliser leur rêve. Je réalise toujours un peu chaque jour la chance que j'ai de vivre ici, dans cette ville que j'aime tant.

Je lève le visage vers le ciel, ferme les yeux et savoure le soleil sur ma peau. Je reste dans cette position quelques secondes tout en essayant de mettre mon cerveau en pause.

Je décide de récupérer mon sac à dos et d'aller voir si le Book Corner est ouvert. Surtout, voir si Emma est là-bas aujourd'hui.

Il est temps de tourner la page.

À mon tour de profiter, et de rire.

9. Noah

Sans surprise, je vois au loin la porte de la librairie ouverte. Il ne me reste que quelques mètres à parcourir pourtant, je m'arrête et prends le temps de regarder attentivement la façade de la librairie. Je suis passé un nombre incalculable de fois ici et je ne suis jamais entré à l'intérieur. Je me suis toujours dit « *je viendrai plus tard* ».

Le Book Corner fait le coin d'un petit bâtiment de deux étages. Ce que l'on remarque instantanément, c'est la couleur verte. Elle est présente sur le logo de la librairie, la porte d'entrée, le pare-soleil, ainsi que les étagères positionnées à l'extérieur de chaque côté de la porte.

Alors que je m'approche, Emma sort de la librairie avec une pile de livres en main. Elle se tourne vers l'une des petites étagères et commence à ranger les livres. Je décide de ne pas l'espionner plus longtemps et m'approche d'elle.

— Bonjour, excusez-moi, est-ce que je peux vous demander conseil ?

On a déjà fait mieux comme approche, mais c'est la première chose qui m'est venue en tête.

— Bonjour, dites-moi tout ! répond-elle en se tournant vers moi.

Relevant la tête, je la vois sourire pour m'accueillir. Quand elle percute que je ne suis pas un client lambda, son sourire s'agrandit et le mien aussi.

— Oh, bonjour, Noah. Que fais-tu ici ?

— Je t'avais dit que je passerais, donc me voici !

Sans que je ne m'y attende, elle me claque une bise sur la

joue. Je n'ai pas le temps de réaliser qu'elle se recule déjà.

— T'es venu pour le cadeau de ta sœur ?

— Tu t'en souviens ?

— Bien sûr, répond-elle, tout sourire. T'as besoin d'aide pour faire ton choix ?

— Toute aide est la bienvenue, dis-je, content qu'elle se propose.

— Je termine juste de ranger ces livres et je suis à toi, dit-elle en me montrant les livres restés dans sa main.

— Tu as tout ton temps. Je vais jeter un coup d'œil à l'intérieur en attendant.

— Oui, vas-y !

Elle me sourit et se retourne vers sa petite étagère pour finir son rangement. Je l'observe quelques secondes effectuer son travail. Je ne vois pas son visage, car elle me tourne le dos, mais avec le soleil, ses cheveux ont une tout autre teinte que lors de la soirée. Je pensais qu'elle était brune, et finalement, sa couleur est plutôt auburn. Je me surprends à connaître le nom de cette couleur, et surtout, à y faire attention. Depuis quand je fais attention aux cheveux des femmes ? Un toussotement me fait réaliser que je n'ai pas encore bougé. Un client veut sortir de la librairie et étant dans le passage, il ne peut pas passer. Pour m'excuser, je lui fais un signe de tête et me recule. Le client sort et mon regard est attiré par quelque chose qui bouge dans la librairie. Un chat.

Sur ce qui a l'air d'être un comptoir, un chat roux est posé et se lèche les pattes avant. J'entre et me dirige vers lui quand la grandeur de l'endroit me saisit. La librairie a une petite entrée et d'extérieur, on pourrait croire que l'endroit est exigu, pourtant, c'est tout l'inverse.

Je me tourne vers la grande salle pour mieux observer ce que j'ai autour de moi. Ce qui me frappe en premier, ce sont toutes les différentes tables ainsi que les bibliothèques basses qui remplissent le milieu de la salle. Je vois deux ou trois petits fauteuils positionnés dans la pièce pour s'installer et lire tranquillement. Alors que je m'avance, c'est la luminosité de cet endroit qui me surprend. Cinq grandes fenêtres permettent de laisser passer le soleil, ce qui ajoute un aspect radieux à cet endroit. Le moindre espace est consacré aux livres ; des étagères sont d'ailleurs installées entre chaque fenêtre et les livres y sont méticuleusement rangés.

Je continue de faire quelques pas tout en continuant d'admirer les lieux. Alors que je pensais avoir tout vu, je découvre le dernier pan de mur qui me cloue sur place. C'est une bibliothèque géante. Du sol au plafond, sur des dizaines et des dizaines d'étagères, des livres. Par centaine, voire par milliers peut-être. Une grande échelle est là pour nous permettre d'atteindre les livres en hauteur.

— Alors ? Qu'en penses-tu ? me questionne une voix derrière moi.

— Incroyable !

Emma se rapproche et se met à mes côtés.

— Cet endroit est dingue !

— Merci, dit-elle en rougissant. Je suis vraiment contente de ce que nous avons fait de ce lieu. Un café ?

— Volontiers.

Elle se dirige vers le seul endroit devant lequel je suis passé sans y prêter attention et qui se trouve dans mon dos : le coin comptoir avec le chat roux. Un meuble a été mis juste à mi-hauteur de la vitrine, ce qui permet de voir les passants dans la rue et ajoute encore de la luminosité à cet endroit. Sur ce comptoir, il y a un peu de tout. Une caisse enregistreuse, une cafetière, des boîtes à biscuits en fer, une radio et bien évidemment, des livres.

— Je n'ai jamais vu un lieu pareil.

— On nous le dit souvent, dit-elle rougissant un peu plus.

— C'est toi qui as fait tout ça ?

— Avec Miles, oui. On a racheté cet endroit qui tombait en ruine et on l'a retapé.

Elle me tend un gobelet de café et me fait signe vers un tabouret haut rangé sous le comptoir. Ce meuble fait aussi office de bar apparemment. Encore mieux pour observer la rue et voir ce qu'il s'y passe.

— Raconte-moi un peu le vécu de cet endroit. Quelle est son histoire ? demandé-je.

Tout en s'asseyant à mes côtés, elle reprend :

— C'est une librairie que Miles connaît depuis petit. Il y venait régulièrement et le gérant était l'un de ses voisins. Il a même travaillé un peu ici les week-ends quand il n'était qu'un ado. Le gérant vieillissait, et quelqu'un essayait de le forcer à vendre cet endroit pour le démolir et y construire je ne sais quoi.

— Apparemment, il n'a pas réussi, dis-je en souriant.

— Bien sûr que non, approuve-t-elle en riant. Miles est un acharné et il a remué ciel et terre pour garder ce lieu. Aujourd'hui, il est à nous deux. On l'a racheté ensemble.

— C'est une jolie histoire.

Elle sourit en approchant son gobelet à sa bouche.

— On a essayé de faire un mix entre une bibliothèque et une librairie, reprend-elle. Maintenant, les libraires ne veulent plus qu'on lise les livres sans les acheter immédiatement. Nous avons décidé de changer ça et de donner la possibilité aux gens de faire ce qu'ils veulent.

— C'est donc pour ça les fauteuils ? la coupé-je.

— Absolument, sourit-elle. On voulait un endroit chaleureux et convivial. Les gens adorent venir, rester quelques minutes ou quelques heures. Nous papotons, nous buvons un café, nous mangeons un gâteau. Certains viennent tous les jours pour dire bonjour, d'autres occasionnellement. J'adore travailler dans cet endroit.

Je finis mon gobelet de café en l'observant.

— Ça se voit, dis-je en la quittant des yeux pour regarder de nouveau autour de moi. Tu as une façon d'en parler qui est… hypnotisante.

— Hypnotisante ?

— Tu me donnes envie de revenir alors que je ne suis même pas encore parti !

— N'exagère pas !

Elle éclate de rire tout en posant sa main sur mon bras. Entre son rire et sa main, je surprends mon cœur qui vient d'avoir un raté et de louper un battement. Elle me trouble. Beaucoup. L'alchimie que j'avais ressentie lors de la soirée est bien présente. Pour qu'elle ne s'aperçoive pas de mon bouleversement, je pose mon gobelet vide non loin du chat, toujours assis sur le comptoir, et commence à me lever de mon tabouret.

— Alors, que me proposes-tu comme livre pour ma sœur ?

Elle se lève à son tour et se dirige vers le milieu de la

librairie. Je la suis tout en mettant quelques pas de distance entre nous.

— Est-ce qu'elle aime un genre particulier ? interroge-t-elle, très sérieuse.

— Je ne sais pas.

— D'accord… est-ce qu'elle lit assise ou allongée ?

— Ce n'est pas un peu bizarre comme question ? demandé-je en souriant.

— Si, ça l'est. C'était juste pour t'embêter, répond-elle en riant.

Nouveau déséquilibre dans mes battements de cœur. C'est certain, son rire ne me laisse pas indifférent. Tout comme son sourire, ses yeux, sa façon de parler.

— Tu ne veux pas répondre, c'est ça ?

Trop focalisé sur ce que je ressens, je ne l'ai pas entendue.

— Désolé, j'étais perdu dans mes pensées. Qu'est-ce que tu disais ?

— Je te demandais si toi tu avais un genre préféré ?

— Pas spécialement, dis-je en réfléchissant. Je peux lire de tout, j'aime surtout quand ça se passe dans une ville ou un pays qui m'est inconnu et que l'auteur arrive à me faire voyager.

— C'était évident, dit-elle avec un sourire.

— Évident ?

— Oui ! Tu tiens une agence de voyages, donc ce n'est pas étonnant que tu aimes voyager, découvrir des choses, même pendant tes lectures.

— C'est vrai, bien vu, dis-je en riant.

— Tu lis vraiment de tout ?

Elle me regarde avec un œil suspect. Elle ne me croit pas.

— Pourquoi ça t'étonne ? la questionné-je.

— Tu lis de la romance ?

— Tu me réponds par une question ?

— Et toi, tu évites la mienne ? demande-t-elle, déterminée.

Avant de répondre, je jette un coup d'œil autour de nous. Personne. Je fais mine de regarder les livres sur la table près de moi, histoire d'être mystérieux quelques secondes. Je relève la tête, elle s'est rapprochée.

— Alors ? s'impatiente-t-elle.

Une petite étincelle apparaît dans ses yeux. Cette situation l'amuse. Et moi, tout autant.

— Oui, je lis de la romance, dis-je simplement.

Son visage se transforme instantanément. D'un sourire triomphant, sa bouche se transforme en un rond parfait et ses yeux s'agrandissent. J'ai réussi à la surprendre. Au fond de moi, je jubile. Les secondes passent et je la vois me sonder. Elle essaie de savoir si je dis vrai ou non. J'éclate de rire.

— Comment oses-tu te moquer de moi ? s'offusque-t-elle.

Sa réaction me stoppe net et je ne ris plus. Pendant un instant, elle paraît vexée. Elle se mord la lèvre inférieure, sans doute parce qu'elle est gênée de cette situation. Je l'avais vue faire ça le soir du speed dating. Comment ai-je fait pour me souvenir de ce détail ? Puis, en quelques secondes, ses yeux pétillent à nouveau et un sourire naît sur ses lèvres. Je comprends qu'elle est bonne actrice et qu'elle se moque de moi à son tour. Je ris de nouveau.

— Bien joué ! la félicité-je. Je ne l'ai pas vu venir celle-là !

— Merci, dit-elle, j'ai un côté « comédienne » qui ressort parfois.

Elle m'épate, cette nana. Je veux en savoir plus, je veux connaître toutes les facettes de sa personnalité, ce qu'elle aime, ce qu'elle déteste. Si elle chante, danse, et si elle est mauvaise en cuisine. Je veux savoir sa couleur préférée, la chanson qu'elle écoute en boucle ou encore son livre favori.

Sans m'en rendre compte, on se frôle. Il ne reste qu'un petit pas pour que l'on soit… collés l'un à l'autre. Elle a toujours un sourire aux lèvres, ses yeux verts sont plantés dans les miens. Nous nous regardons sans rien dire. Mon regard dérive sur ses lèvres légèrement rosies. Mon cœur est prêt à exploser dans ma poitrine. Plus que quelques centimètres nous séparent.

— C'est bon, je suis là !

En une fraction de seconde, je recule et prends le premier livre sur la table faisant semblant de m'y intéresser. Mon cœur bat à mille à l'heure. Je jette un coup d'œil autour de moi, et vois un mec entrer. Emma se dirige vers la personne qui vient d'arriver. Sans doute un client, et je tends l'oreille discrètement pour écouter leur conversation.

— T'es déjà là ? demande Emma.

— Tu ne m'avais pas dit de venir pour midi ?

— Bah, il est quelle heure ?

— Midi, répond la voix masculine en riant.

C'est sans doute un habitué, car il se prend un café et farfouille dans les boîtes à biscuits.

— D'accord, d'accord. Je finis juste de renseigner mon client et j'y vais.

Comprenant qu'elle parle de moi, je me concentre sur le livre que j'ai entre les mains.

— Désolée, dit-elle en revenant.

— Ne t'en fais pas, dis-je en reposant le livre.

Elle m'adresse un petit sourire timide. Soit elle est gênée de ce qu'il se passe, soit elle s'excuse de l'arrivée du mec.

— Je le connais ton client en fait ! dit la voix dans mon dos. Noah !

Étonné qu'il connaisse mon prénom, je me retourne pour voir qui me parle. Sans que je comprenne quoi que ce soit, le mec me fait une accolade en criant dans mes oreilles :

— Tu ne pouvais pas me dire que c'était Noah ? demande-t-il à Emma.

— Tu ne m'as pas demandé, répond-elle en haussant les épaules.

Le mec en question me lâche enfin et se recule. Et je vois devant moi avec un énorme sourire, Miles.

— Ça va ? demandé-je simplement, ne sachant quoi dire d'autre.

— Ouais ! C'est pour aller te balader avec Noah que tu m'as demandé de venir plus tôt ? demande-t-il à Emma, en me fixant, un énorme sourire aux lèvres.

Les joues d'Emma se mettent à rougir légèrement. Mon cœur qui avait réussi à se calmer se gonfle de nouveau d'un je ne sais quoi. Il semble que je ne sois pas indifférent quand je la vois rougir.

— Non, dit-elle en lui tapant le bras. Je dois aller garder le petit Steevie.

— Mouais, dit-il, pas convaincu.

— Le petit Steevie ? je demande, curieux.

— C'est le fils de ma sœur que je garde de temps en temps. Elle cherchait une nounou et je me suis proposée, m'explique-t-elle. Le samedi après-midi, ça reste occasionnel, car elle sait qu'avec la librairie, je ne peux pas me libérer. Le plus souvent, je le garde le dimanche.

— Tu veux plutôt dire tous les dimanches ?! rétorque Miles.

Il a accentué sa phrase sur le « tous ». Elle lève les yeux au ciel, faisant mine d'être agacée. Elle ne peut s'empêcher de sourire.

— Steevie a six ans, il est adorable, dit-elle.

— Je n'en doute pas, dis-je en souriant. Je peux t'accompagner ?

Son sourire se fige, ne comprenant pas si je suis sérieux ou non. Miles, intéressé par la conversation qui se déroule sous ses yeux, croise les bras et nous regarde l'un après l'autre, tel un match de tennis où les joueurs se renvoient la balle.

— Je veux dire, faire un bout de route avec toi ? je rectifie.

— Bien sûr, répond-elle, étonnée.

Miles se racle la gorge. Il a l'air amusé de cette situation. Emma jette un coup d'œil à l'horloge sur le mur. Midi trente.

— On a encore le temps de te trouver un livre si tu veux, je ne dois y être que dans une heure.

— Tu cherches un livre ? demande Miles.

— Oui, pour l'anniversaire de ma sœur. Emma était en train de me renseigner avant que tu n'arrives.

— Te renseigner… Hm Hm.

Il n'en dit pas plus. Il sourit, me fait un clin d'œil et retourne au comptoir pour nous laisser seuls. Il sait très bien ce qui aurait pu se passer s'il n'était pas arrivé.

— Bon, que disions-nous avant que nous ne soyons interrompus ? demande Emma faisant signe vers Miles.

— Ne t'embête pas, je vais prendre le premier livre qui vient et ça fera l'affaire.

— Tu es sûr ?

— Oui, ne t'en fais pas. Montre-moi l'endroit où tu ranges tes romances, je sais qu'elle en lit beaucoup.

Comme réponse, elle me montre la table devant laquelle nous sommes depuis tout à l'heure. En regardant de plus près les couvertures et les titres, je me demande comment j'ai fait pour ne pas le remarquer. Je regarde trente secondes les livres et en pioche trois au hasard.

— Voilà, j'ai choisi.

— C'est comme ça que tu choisis ?

— Bah oui, dis-je en haussant les épaules. T'as une autre façon de choisir ?

— J'ai d'autres façons oui, dit-elle en riant.

Sans attendre, elle me prend les romans des mains et va en direction de Miles. Je la suis sans rien dire.

— Bonjour, Penny, saluent Emma et Miles en même temps.

En regardant qui vient d'entrer, je tombe nez à nez avec une mamie. Pas n'importe quelle mamie. C'est la grand-mère de Rachel.

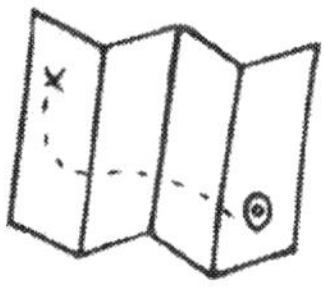

10. Noah

Voir Penny ici me chamboule. Des mois que je ne l'ai pas vue et j'étais à mille lieues de me dire que je la reverrais dans cet endroit. Je reste planté là sans savoir quoi faire. Est-ce qu'elle est au courant pour Rachel et moi ? Si ce n'est pas le cas, est-ce à moi de lui dire ? Et comment lui dire ?

— Noah ?

— Bonjour, Penny, comment vas-tu ? demandé-je, intimidé par la situation.

Dès le premier jour où j'ai rencontré Penny, elle m'a interdit de l'appeler Madame Williams et encore moins de la vouvoyer. Depuis le début, je la considère comme ma propre grand-mère.

Après un moment de flottement, je m'avance vers elle et la prends dans mes bras pour lui dire bonjour.

— Que fais-tu ici ? lui demandé-je, curieux.

— Penny vient ici tous les samedis, répond Emma.

Oubliant que nous ne sommes pas seuls, je me retourne vers Emma et Miles qui nous regardent avec attention.

— Et toi ? Que fais-tu ici ? me demande Penny.

— Je suis venue pour choisir un cadeau pour Ellie, dis-je en lui montrant les livres posés sur le comptoir, près du chat.

— Ellie ! Oh, comment va-t-elle ?

Penny connaît Ellie et son mari Jake. Nous avions pour habitude de nous réunir régulièrement avec tout le monde, que ce soit pour des anniversaires, des fêtes ou tout simplement pour passer du bon temps ensemble. Entre Ellie et Penny, une jolie amitié s'est installée.

— Elle va très bien, dis-je, soudain mal à l'aise. Dis-moi, Penny…

— Oui, je suis au courant, me coupe-t-elle.

— Ah.

— Ça n'enlève rien à l'amour que j'ai pour toi, Ellie ainsi que Jake, tu sais ?

Elle tend sa main vers ma joue, comme font les mamies avec leurs petits-enfants. Elle me la caresse un court instant, d'un geste doux et tendre.

— J'espère tout de même que l'on continuera de se voir, dit-elle gentiment.

— Bien sûr, Penny, dis-je, touché par son geste et ses mots.

Un téléphone sonne, sans doute celui de la librairie, et coupe cet instant. Encore une fois, j'ai oublié où je me trouvais. Je me tourne vers le comptoir et remarque que Miles et Emma sont tournés vers la vitrine. Emma caresse le chat, Miles boit un café. Sans doute pour nous laisser ce petit moment d'intimité.

— Comme d'habitude, je ne vous ai pas oubliés, les enfants, dit Penny en sortant une boîte de son sac en tissu.

Il n'en faut pas plus pour que Miles et Emma se retournent. Je comprends qu'ils n'ont pas loupé une miette de notre conversation.

— Merci, Penny, dit Emma récupérant la boîte en fer des mains de Penny. Assieds-toi, je vais te servir un café.

J'observe la scène sans rien dire. Emma pose la boîte en fer sur le comptoir, et se dirige vers la cafetière pour préparer un café à Penny. Quant à Miles, il s'assied sur le tabouret à côté de Penny et pioche dans la boîte. Les deux sont déjà dans une grande conversation.

— Un autre café ? me demande Emma.

— Pourquoi pas.

Elle me tend un nouveau gobelet rempli de la boisson chaude. Je jette un coup d'œil dans la boîte en fer que Penny vient de ramener. Ce sont ses biscuits. Ceux qu'elle me faisait à la moindre occasion. Mes préférés. Des biscuits au chocolat blanc et amandes. Rien de particulier, mais tellement délicieux. J'avance la main pour en piocher un. Je ne peux résister. Penny m'adresse un sourire me voyant mordre de bon cœur dans le biscuit.

En une bouchée, des souvenirs remontent à la surface. Notamment, la dernière fois où je l'ai vue, il y a presque trois mois.

***

— Ça fait combien de temps maintenant que l'on fait ça ? me demande-t-elle.

— Presque deux ans !

— Déjà ? Que le temps passe vite.

— Oh oui. Tu sais, on continuera le temps que tu voudras bien de moi, souris-je.

— Tu sais que si tu as des soucis avec Rachel, tu peux m'en parler ?

Je suis à deux doigts de m'étrangler avec mon café. Je ne comprends pas ce changement de discussion soudain, ni où ça va nous mener.

— Des soucis ? Qu'est-ce qui te fait dire qu'on en a ? lui demandé-je, surpris.

— Ça fait un moment que vous n'êtes pas venus à deux. Rachel ne vient plus à la maison, je ne la vois qu'aux grandes occasions quand on se voit tous ensemble.

— Elle n'est pas venue lundi ?

— Pourquoi serait-elle venue lundi ?

***

Sur le coup, je n'ai pas percuté, mais Rachel avait, sans doute, utilisé Penny comme alibi pour aller voir ailleurs.

Je mets le reste du biscuit dans la bouche, savourant chaque miette, effaçant Rachel de ma mémoire.

— Je vais y aller, dit Emma en regardant l'horloge au mur.

— Moi aussi, dis-je avec la bouche pleine.

J'avale le reste de mon café d'une traite, et me rapproche de Penny pour lui faire une accolade.

— On se voit vite, Penny !

— J'espère bien.

Elle me fait une bise sur la joue, me sourit et me met quelque chose dans la main.

— Pour la route, dit-elle en souriant.

Un biscuit. Je lui fais une nouvelle bise, fais signe à Miles et sors de la librairie. Sans attendre, je croque dans le biscuit et

Emma me rejoint.

— Alors, par où allons-nous ?

— De ce côté, dit-elle me montrant le chemin du doigt. Avant ça, je dois aller m'acheter de quoi manger pour ce midi.

— Je te suis, dis-je avant d'engloutir le reste de mon biscuit.

Nous nous dirigeons vers le Target qui se situe à deux pas de la librairie. Ayant déjà mon casse-croûte et une bouteille d'eau, je prends uniquement une coupelle de fruits. Emma se prend un sandwich similaire à celui que j'ai dans mon sac et des fruits également. Nous sortons du supermarché et prenons la direction qu'elle a indiquée quelques minutes plus tôt.

— Ça fait longtemps que Penny vient à la librairie ? la questionné-je.

— Oh oui, presque deux ans.

— Aussi longtemps ?

— Pourquoi es-tu si étonné ?

— Je…

Les mots ne veulent pas sortir de ma bouche. Même si elle a entendu la conversation que j'ai eu avec Penny plus tôt, elle ne sait pas qui est Rachel. Ni même qui est Penny pour moi. J'aime beaucoup Emma et je n'ai pas envie de l'embêter avec mon ex-femme. Toutefois, ne dois-je pas être honnête avec elle ?

— Tu n'es pas obligé de me raconter, dit-elle en souriant pour me rassurer. Penny est une très bonne cliente. Elle vient deux fois par semaine, toujours avec des biscuits maison et même parfois des tartes. Elle est incroyable. La plupart du temps, elle vient papoter avec nous une ou deux heures, et elle retourne à ses occupations. Parfois, elle achète un livre, mais souvent, on lui prête comme on prêterait un livre à sa grand-mère, tu vois ?

J'acquiesce et souris en entendant la tendresse dans sa voix quand elle parle de Penny.

— Bien sûr, à chaque fois elle râle et nous oblige à la faire payer. Tu as l'air de bien la connaître, donc je suppose que cela ne t'étonne pas ce que je te raconte.

— Oh que non, dis-je en riant. Penny est une personne incroyable.

Je ne m'explique pas plus, laissant ma phrase en suspens. Je sens le regard d'Emma sur moi, mais ne continue pas le dialogue pour autant.

— On s'assied ici ? demande-t-elle en montrant un banc.

— Oui, c'est parfait.

Nous nous arrêtons non loin du bar où l'on s'est rencontré la première fois, au *Love Park.* C'est une grande place, remplie d'herbe, coupée au milieu par un petit chemin, situé juste à côté d'une station de métro. Autour de nous, des bâtiments de plusieurs dizaines d'étages, il y a le passage des voitures sur la route de chaque côté, mais c'est comme si nous étions hors du temps ici.

— Penny n'est pas ma grand-mère, dis-je sans prévenir.

— Ah ? s'étonne-t-elle.

— À vrai dire, c'est la grand-mère de… mon ex-femme.

Je bois une gorgée d'eau tout en jetant un coup d'œil rapide à Emma pour voir sa réaction. Instinctivement, son regard se tourne vers moi. Je vois qu'elle veut en savoir plus, mais reste polie, et n'en demande rien.

Je sors mon sandwich de mon sac à dos, attendant qu'elle me pose des questions. Je la vois tirailler entre la curiosité de demander et cette volonté de rester discrète. J'entends les rouages de son cerveau tellement elle ne sait pas quelle attitude adopter face à cette situation.

Ce n'est que la seconde fois que l'on se voit, et j'en suis déjà au stade de devoir discuter de mon ex-femme, sans même savoir s'il y avait une possibilité entre nous deux ? Je viens de me tirer une balle dans le pied. Bravo !

Tout en déballant mon sandwich, je réfléchis à mille à l'heure. Quitte à avoir tout foutu en l'air, autant lui parler honnêtement ! C'est à elle de voir si, après, elle voudra me revoir ou non.

Je relève la tête, et me tourne vers Emma. Elle a la bouche pleine de son sandwich. Allez, je me lance.

— Comme je te disais, Penny est la grand-mère de mon ex-femme, Rachel. Penny est sa seule famille, donc j'ai très vite fait sa connaissance. Et maintenant, c'est comme si elle était ma propre grand-mère. Même plus que ça, je dirais.

Emma sourit.

— C'est à tel point qu'on a notre petit rendez-vous, elle et moi. Comme un rituel. Chaque premier jeudi du mois, je passe la voir en fin de journée. Bien souvent, ça finit en repas en tête-à-tête.

Le sourire d'Emma s'agrandit davantage. Elle pose son sandwich pour être plus attentive à mon histoire.

— Tu peux être sûre que j'ai le droit à des biscuits à chaque fois. Soit elle prévoit un bon repas, soit je l'emmène au restaurant. On parle de tout et de rien, c'est un moment rien qu'à nous deux. Et n'ayant pas connu mes grands-parents, je la considère un peu comme la mamie que je n'ai jamais eue.

— Je vois parfaitement ce que tu veux dire, dit-elle tout bas.

— Avec le divorce et les soucis avec Rachel, je ne suis pas allé la voir depuis presque trois mois. Donc de la revoir tout à l'heure, c'était assez inattendu.

— Je me doute. C'est tout de même rigolo de voir à quel point le monde est petit.

— C'est vrai, dis-je en souriant.

Emma reprend son sandwich et croque à pleines dents, tandis que je réfléchis à ce qu'elle m'a dit tout à l'heure.

— Tu m'as dit que ça faisait deux ans qu'elle venait à la librairie ?

— Mmh, oui, pourquoi ? répond-elle, en réfléchissant.

— L'une des premières fois où j'ai commencé à aller chez elle sans Rachel, je lui ai conseillé de sortir et de voir du monde. Je n'ai jamais pensé à lui demander si elle avait suivi mon conseil.

— Eh bien, c'est chez moi qu'elle vient, sourit-elle. Avec Miles, on l'a adorée dès les premiers instants.

— Si tu veux, la prochaine fois que je vais chez elle, viens avec moi, lui proposé-je.

Je lui ai dit ça sans même réfléchir à cette proposition. C'est sorti naturellement.

— Avec plaisir !

Je suis rassuré. Finalement, d'avoir parlé de Rachel ne l'a pas effrayée. Je souffle de soulagement et reprends la dégustation de mon casse-croûte.

Le reste du repas se passe avec des conversations plus légères. Nous reprenons notre marche jusqu'à la maison de sa sœur et du petit Steevie.

— C'est la troisième maison, montre-t-elle avec le doigt la

rue devant nous.

— D'accord, je vais te laisser alors. Avant ça, j'ai une question !

— Oui ?

— On se voit demain ?

Elle est surprise pendant une petite seconde, puis elle sourit, gênée.

— Eh bien… Le dimanche je m'occupe de Steevie…

Elle baisse la tête et se met à jouer avec son bracelet, embarrassée.

— C'est bien ce que j'avais cru comprendre tout à l'heure. Ça t'embête si je t'accompagne l'après-midi, ou même… la journée ?

Elle relève la tête instantanément.

— Tu es sûr ?

— Absolument, acquiescé-je.

— Le dimanche, on a match de baseball et souvent on va se promener aux marches après.

Elle dit cette phrase doucement, comme pour jauger ma réaction. Voir si je suis prêt à les suivre dans cette folle aventure.

— Le programme est parfait !

Son léger sourire se transforme en un sourire éclatant.

— Génial !! s'écrie-t-elle. On se donne rendez-vous à la librairie ?

— Comme tu veux, dis-je, lui laissant le choix.

— Vers 10h ?

— C'est parfait ! 10h, à la librairie.

— Génial, j'ai hâte.

Elle me fait une bise et s'en va vers la maison qu'elle m'a indiquée quelques instants plus tôt. Je la regarde s'éloigner d'un pas joyeux. Je n'arrive pas à bouger pour le moment, je ne fais que la regarder avec un sourire béat sur le visage, repensant à ses « *génial* » à tout va.

Au moment où je me décide enfin à bouger, elle se retourne. Sur l'instant, elle paraît étonnée de me voir encore au même endroit, mais elle crie :

— Et ne prévois pas à manger, le dimanche c'est hot-dog !

J'entends son rire au loin. Je ris à mon tour, lui fais un signe de la main et elle disparaît de mon champ de vision. Je ferme les yeux, inspire un long moment et savoure le soleil sur mon visage. Cette femme me rend dingue.

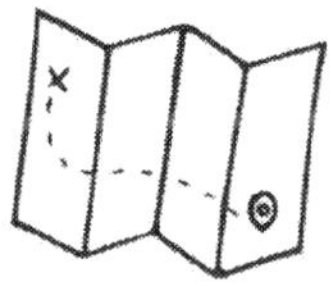

11. Noah

Il est dix heures moins dix. Je ne tiens plus en place. Je suis en avance, mais je pars quand même à la librairie dès à présent. Comme la veille, le pare-soleil est tiré, les petites étagères sont pleines de livres et la porte est grande ouverte. Tout en entrant dans la librairie, je dis :

— Bonjour !

— Bonjour ! me répondent plusieurs voix en même temps.

Mes yeux mettent quelques secondes à se faire à la luminosité intérieure. Je tombe nez à nez avec Emma, Miles et une petite tête blonde aux cheveux bouclés.

— Comment ça va ? demandé-je aux trois.

— Très bien, mec, me répond Miles en me faisant un *check*.

— Ça va très bien, me dit Emma en s'approchant de moi pour me faire une bise.

— Et toi ? Je suppose que tu es Steevie ? demandé-je au petit garçon.

— C'est ça ! Et toi Noah ? demande-t-il en s'avançant vers moi.

Pour le saluer, je lui fais le même *check* que j'ai fait quelques instants plus tôt avec Miles. Steevie sourit, fier de se sentir assez grand pour le faire. Emma me fait un signe de tête, reconnaissante de mon comportement face au garçon.

— Je n'y crois pas, elle a réussi à te convaincre d'aller au baseball ? m'interroge Miles, moqueur.

— Arrête, dit-elle en le tapant sur le bras.

— Aussi incroyable que ça puisse paraître, je me suis proposé. — Donc elle n'y est pour rien, dis-je pour le contrer.

— Intéressant, déclare-t-il en croisant les bras.

Il me regarde puis jette un coup d'œil à Emma.

— Pourquoi ne te joins-tu pas à nous ? lui demandé-je.

— Tu n'as pas peur que je vous dérange ? me questionne-t-il en riant.

Je ne le connais pas depuis longtemps, et pourtant, j'ai cette impression que nous nous comportons comme de vieux potes de lycée.

— Je te demande ça juste par politesse, dis-je en lui tapant le bras.

— Bien joué, répond-il en s'esclaffant.

Il me fait un nouveau *check*. Ce mec me plaît vraiment, sans prise de tête, sympathique, toujours prêt à rire. Le feeling est passé très rapidement.

— Non, sérieusement, pourquoi tu ne viendrais pas ?

Il lance un regard à Emma qui nous a tourné le dos pour piocher dans les boîtes à biscuits, accompagnée de Steevie. Je remarque le chat, posé au même endroit qu'hier sur le comptoir, à l'affut de la moindre miette.

— Les dimanches, la librairie est ouverte jusque 13h et j'ai pour habitude de venir les dimanches après-midi, m'explique Miles.

— C'est cool ça !

— Quelque chose me dit que je vais avoir un empêchement et que je ne vais pas pouvoir venir aujourd'hui, chuchote-t-il.

Je dois faire une expression qui en dit long, car il ajoute :

— De rien, mec.

Il me lance un coup de poing sur l'épaule tout en me faisant un clin d'œil et va plus loin dans la librairie rejoindre une cliente que je n'avais pas vue, me laissant en plan.

Qu'est-ce qu'il s'imagine au juste ? Je n'ai pas le temps de me poser plus de questions qu'Emma se tourne vers moi et me demande :

— T'es prêt ? On y va ?

— Plus que prêt, dis-je en regardant le petit sac entre ses mains. — Qu'est-ce que tu as pris ?

— Ne fais pas l'innocent, Noah, je t'ai vu reluquer les boîtes de biscuits.

— Je ne vois pas de quoi tu parles, dis-je, naïvement.

— Toi aussi t'aimes bien les biscuits de Penny ? me demande Steevie, un biscuit en main.

— Oh que oui !

— On va être copains alors, dit-il en mordant dans son biscuit.

De sa main libre, il attrape la main qu'Emma lui tend. On fait signe à Miles et nous sortons de la librairie. En route pour le terrain de baseball.

Sur le chemin, Emma me raconte un peu leurs habitudes du dimanche.

— Je le récupère à 9h, ensuite on va la librairie pour voir Miles et parfois pour lire un peu. Quand il est l'heure de repartir, on prend toujours deux biscuits. Pas un, pas trois, juste deux. Chacun, précise-t-elle. On les mange sur la route du terrain de baseball, ajoute-t-elle en me montrant le petit sachet dans sa main. Plus tard, il joue de 10h30 à 12h30 environ. Après ça, on s'arrête à un vendeur de hot-dog pour en acheter chacun un et on s'assied face à une fontaine pour manger. Puis, on repart vers les marches. Et tout dépend du temps qu'il fait et du monde, mais la plupart du temps c'est inondé de touristes donc on finit toujours par aller au parc de jeu juste derrière. Et on rentre en fin d'après-midi.

— C'est pas mal comme programme !

— Tu aimes bien le baseball ? me demande Steevie, la bouche pleine de biscuits.

— J'aime beaucoup, mais je n'ai jamais joué.

— C'est vrai ?

— Eh oui… pourtant, je regarde certains des matchs… peut-être que tu pourras m'apprendre ?

— Bien sûr, sourit-il.

Emma me lance un regard rempli de tendresse, je lui souris en retour. Concentré sur ce que m'a raconté Emma, je n'ai pas fait attention à la route et encore moins sur le fait que nous sommes déjà arrivés.

— Noah, tu réserves un banc ? Je vais juste conduire Steevie à ses camarades.

— Bien sûr, vas-y.

Je repère un banc vide, je m'assieds et attends qu'Emma me rejoigne.

Elle fait un bisou sur la joue de Steevie et il se met à courir vers ses copains de baseball. Elle sort de l'arène entourée de grillage, fait le tour et me rejoint sur le banc. À peine assise, elle me tend le sachet qu'elle tient dans ses mains depuis que nous sommes partis de la librairie.

— C'est pour toi !

— Pour moi ? demandé-je, curieux.

J'ouvre délicatement le sachet et découvre quatre biscuits.

— Si on a le droit à deux biscuits, toi aussi, annonce-t-elle, triomphante.

— Merci, prononcé-je touché par son attention.

Je ne me fais pas prier et croque dans le premier biscuit que j'attrape. Comme à chaque première bouchée, mon cœur se remplit de nostalgie et surtout, d'amour pour Penny. Avec ses biscuits, la conversation se tourne naturellement vers celle qui les confectionne.

— Je peux te poser une question ? Par rapport à Penny ? demande Emma.

— Bien sûr !

— Tu m'as dit que tu avais un rituel avec Penny… comment as-tu mis ça en place ? Je veux dire, à quelle occasion tu t'es dit que tu lui rendrais visite… seul ?

Sa question me fait doucement sourire. C'est vrai, pourquoi irais-je rendre visite à la grand-mère de ma femme ? C'est plus souvent le genre de visite que l'on fait à deux.

— Je suis désolée si c'est trop personnel, ajoute-t-elle.

— Non, ne t'en fais pas, dis-je, me voulant rassurant. C'est une très bonne question. En fait, ce jour-là, nous devions y aller ensemble, Rachel et moi. C'était l'anniversaire de Penny quelques jours plus tôt, mais son cadeau avait mis du temps à être livré. Ne me demande pas ce que c'était, je ne m'en souviens plus, ajouté-je avec un sourire.

Emma glousse, attentive à mon histoire.

— Nous devions y aller le jeudi soir, car on lui avait dit qu'on viendrait la voir le jour où nous recevions son cadeau. Et ça, peu importe le jour. Donc, le cadeau reçu un jeudi matin, le deal était d'y aller le soir même. On devait se rejoindre là-bas. Avec

Rachel, on travaillait à deux endroits opposés dans la ville donc c'était plus simple d'y aller chacun de notre côté. Et comme tu te doutes…

— Elle n'est jamais venue, dit-elle doucement.

— C'est ça. J'étais gêné face à Penny parce que Rachel ne répondait ni aux textos ni aux appels. Et je sais qu'elle ne devait pas travailler ce soir-là. Du moins, au début. C'était impossible de savoir ce qu'elle faisait. Et c'est au bout d'une demi-heure qu'elle a appelé Penny en s'excusant et en expliquant qu'elle ne pourrait pas venir.

— C'est triste, dit-elle peinée.

Je hausse des épaules en réponse à sa question.

— Et donc ? Tu es quand même resté ? demande-t-elle avec curiosité.

— Bien évidemment ! Dès que Rachel a raccroché, elle m'a dit que je pouvais rentrer chez moi, que je n'étais pas obligé de rester. Bien sûr, je me suis encore plus installé sur son canapé, ou plutôt « affalé » serait le bon terme, et j'ai passé la soirée avec elle. C'est la première fois qu'on était que tous les deux, et c'était très agréable. Je pense que j'ai passé l'une des meilleures soirées de ma vie.

Repenser à cette soirée me fait chaud au cœur. Je regrette de ne pas être allé la voir depuis ma séparation. Raconter cette histoire me fait ouvrir les yeux sur la situation. Penny n'a rien demandé, elle ne doit pas en être impactée. Cette semaine, j'irai la voir. Comme avant.

— Et à quel moment vous vous êtes dit que ça allait devenir votre rituel ?

— Oh, Penny n'en savait rien à ce moment-là, dis-je en riant. En sortant de chez elle ce soir-là, je mc suis promis d'aller la voir tous les premiers jeudi du mois.

— C'est incroyable, dit-elle, souriante. Votre histoire est très touchante.

— Merci, dis-je sans savoir quoi dire d'autre.

Des exclamations sur le terrain de baseball me rappellent l'endroit où nous nous trouvons. À chaque fois que je suis avec Emma, mon cerveau se déconnecte du monde réel pour ne me focaliser que sur elle.

Je me concentre sur le terrain de jeu et cherche Steevie du

regard. Il est le prochain à tirer. Sans attendre, je me lève et m'approche du grillage.

— ALLEZ, STEEVIE, VAS-Y, CHAMPION ! crié-je.

Dans mon dos, j'entends Emma rire aux éclats. Pas choquée le moins du monde à ce que je joue la pom-pom girl, ou plutôt le pom-pom boy dans mon cas, pour le gamin. C'est comme ça, ça me vient naturellement. Emma se glisse à mes côtés, sourire aux lèvres.

Je détourne le regard pour me focaliser sur Steevie. C'est à son tour. Il s'approche de sa zone de frappe, concentré comme jamais. Le lanceur face à lui essaie de le déconcentrer en faisant tout un tas de grimaces, mais Steevie reste focus sur son objectif : taper dans la balle.

J'en suis arrivé à retenir mon souffle, angoissé par ce qui va se passer.

Le lanceur envoie la balle et Steevie arrive du premier coup à taper dedans. Ni une ni deux, il lâche sa batte et se met à courir à la base suivante. Les parents supporters crient dans tous les sens, nous y compris. Il arrive à courir jusqu'à la seconde base sans souci. Steevie se tourne vers nous et nous fait un signe de victoire, heureux de son exploit. Pour réponse, avec Emma nous crions encore plus fort, tout en applaudissant.

Le match continue et nous nous rasseyons sur le banc quelques minutes plus tard, quand Steevie a rejoint la base de départ.

— C'est dingue l'adrénaline que peut te donner ce sport sans même y jouer.

— Je ne m'en lasse pas, c'est pour ça que j'aime venir ici tous les dimanches.

— Je comprends ! dis-je en piochant dans le sachet pour prendre le dernier biscuit. Tu veux la moitié avec moi ?

— Non, j'ai mangé les miens, celui-là est le tien, Noah.

Elle est polie en refusant, mais ses yeux parlent pour elle. Sans rien dire, je coupe le biscuit en deux et lui tends une moitié.

— Tchin de biscuit ?

Elle sourit tout en tapant sa partie de biscuit contre la mienne et se hâte d'en croquer un bout. Nous regardons le match sans parler.

On a de la chance, aujourd'hui est encore une belle journée.

Ensoleillée, pas trop chaude. C'est très agréable, d'autant plus quand tu as une telle compagnie. Je jette un rapide coup d'œil à Emma et je la surprends en train de me fixer.

— Oui ?

— Je savais que je t'avais déjà vu, et depuis tout à l'heure, je n'arrivais pas à savoir où !

— Ah bon ? Et donc ?

— Ce n'est pas toi le fou qui avait crié, ici même, sur les gamins ? Il y a quelque temps déjà. T'avais dit « ALLEZ, DÉGOMMEZ TOUT » ou un truc du genre.

J'avale difficilement ma dernière bouchée de biscuit. Une miette reste coincée, je me mets à tousser. À tousser de gêne plus qu'à cause de la miette à vrai dire. J'avais totalement oublié que j'avais fait ça. Quelle idée d'avoir crié comme ça.

— Tout à l'heure, ta façon de crier pour encourager Steevie m'a fait comprendre que c'était toi, ajoute-t-elle.

Que dire ? Rester muet n'est sans doute pas la meilleure attitude à avoir. Autant le prendre à la rigolade, et peut-être que je passerai moins pour un fou.

— Grillé !

— Les parents t'ont surnommé « Le fou », raconte-t-elle.

— Je ne sais pas ce qui m'a pris, souris-je. J'étais dans le jeu.

— Ouais, l'adrénaline sans doute.

Elle me fait un petit coup avec son épaule contre la mienne, un léger sourire aux lèvres. Elle n'a pas l'air de me prendre pour un fou, c'est déjà ça. Quelques secondes s'écoulent, quand je percute un détail.

— Tu ne m'as pas dit que tu venais ici le dimanche ?

— Si, pourquoi ?

— De ce que je me souviens, c'était en pleine semaine.

— C'est ça, un mercredi pour être exacte, explique-t-elle. Parfois, ma sœur ne peut pas se libérer le mercredi, donc c'est moi qui l'accompagne, quand je le peux. Ça reste très exceptionnel, la semaine elle fait appel à une nounou.

Je n'ai pas le temps de lui en demander plus qu'elle se lève.

— Je reviens, le match est fini. Je vais chercher Steevie.

Elle n'attend pas que je réponde et s'en va. J'essaie de me souvenir ce fameux jour où j'ai crié sur les enfants. Est-ce que je l'avais remarquée ce jour-là ? Je ne pense pas. Il suffit de voir le monde présent aujourd'hui. Il doit avoir environ vingt-cinq enfants sur le terrain, entre ceux qui jouent et ceux qui attendent de pouvoir remplacer un joueur. Donc autant d'adultes présents autour du terrain, voire un peu plus pour ceux qui sont avec leurs conjoints ou d'autres enfants. Cela aurait été impossible de la voir dans la foule, ou du moins, d'y faire attention.

Je n'ai pas le temps de m'attarder plus longtemps, Steevie arrive en courant vers moi.

— T'as vu comment j'ai frappé !

— Et comment ! T'as assuré, champion !

On se tape dans la main suivie d'un *check*.

— On va manger ? demande Emma.

— Oh, oui, s'il te plaît, je suis affamé ! répond Steevie.

— Affamé ? Carrément ?

Sa manière de parler me fait sourire.

— Est-ce que je pourrais avoir deux hot-dogs ?

— Et pourquoi pas un hot-dog et un dessert ? propose Emma.

Steevie s'arrête de marcher et prend le temps de réfléchir à la proposition qu'Emma vient de lui faire.

— D'accord, marché conclu !

Il tend sa petite main vers Emma, qui la lui prend et la serre d'un coup sec. Les deux se mettent à rire. À croire que ce petit marché fait partie de leur rituel du dimanche. Et effectivement, nous prenons bien un hot-dog comme prévu, que nous mangeons non loin des marches, assis face à une fontaine.

La suite du programme est comme elle me l'avait annoncée, nous marchons en direction du parc pour enfants situé à l'arrière des marches, ou plutôt du Musée. Je redécouvre cet endroit comme si c'était la première fois que j'y venais. Des semaines que je ne suis pas venu de ce côté-là, alors que j'adore cet endroit.

C'est un grand parc pour enfants avec des bancs à l'ombre de chaque côté de l'aire de jeu, tous protégés par de hauts arbres. Il y a également des parcelles d'herbe, assez grandes pour y mettre une couverture et cela devient un endroit parfait pour pique-niquer.

Un peu plus loin, une route se dessine et nous nous approchons d'un endroit que j'affectionne particulièrement. Pour commencer, nous apercevons le fleuve qui passe par là, le

Schuylkil. Le long de ce fleuve, des tas de petits bateaux amarrés prêts à partir à l'aventure. On peut voir de belles et immenses maisons, sans doute appartenant aux propriétaires des bateaux, et, un peu plus loin, nous arrivons devant une énième maison. Néanmoins, celle-ci est à présent un bar / restaurant. Des tables sont dressées à l'extérieur, nous décidons de nous y installer.

Chacun prend une carte sur la table. Je sais déjà ce que je vais prendre. Quant à Emma et Steevie, ils n'ont besoin que de quelques secondes pour se décider.

— Aujourd'hui, je vais prendre une gaufre ! s'écrie Steevie en se frottant le ventre, impatient de manger.

— C'est noté, et toi ? demandé-je à Emma.

— Un thé glacé, s'il te plaît.

— Je vais commander, je reviens.

La politique de la maison c'est d'être comme à la maison. Ils sont deux derrière un petit comptoir. L'un encaisse et débarrasse les tables pendant que l'autre fait les préparations un peu plus loin dans la pièce. Je passe commande, il me rend la monnaie et me tend un plateau vide. Je vais à l'autre bout de la pièce où sont disposées la nourriture et les boissons.

Il y a de tout : des crêpes, des gaufres, des madeleines. Également des parts de pizzas, des wraps. Des fontaines de thé glacé et citronnade. Le tout fait maison. Je n'ai jamais goûté une citronnade meilleure que celle d'ici.

Je remplis nos verres de boisson, récupère une gaufre et la dispose dans l'assiette. J'y ajoute de petits bonbons ainsi que des mini guimauves.

Je l'ai dit, c'est comme à la maison.

Je ressors avec mon plateau et me dirige vers la table. Une douce mélodie arrive jusqu'à mes oreilles. Emma se balance de droite à gauche sur sa chaise et regarde un peu plus loin en chantonnant. Non loin de nous, une chanteuse a fait son apparition avec un guitariste, ils viennent d'entamer une reprise acoustique de « *Roar* » de Katy Perry. J'avais complètement oublié que quelqu'un venait chanter le dimanche après-midi.

Je dispose l'assiette devant Steevie qui ne tarde pas à sauter dessus. Emma ne remarque pas de suite le verre que je pose devant elle. Je bois une gorgée de ma citronnade et regarde autour de moi. Le panorama est magnifique avec le soleil qui se reflète sur le fleuve juste derrière. Je suis en excellente compagnie, et s'ajoute une chanson à tout ceci, c'est parfait. Que rêver de mieux ? Je pense que je n'ai jamais été aussi bien que maintenant, à cet instant précis. Comme un moment hors du temps.

La chanson se termine, Emma me regarde. Elle m'adresse un léger sourire, assez discret, et pourtant, il veut tout dire. J'aurais aimé être assis à ses côtés plutôt qu'en face d'elle pour lui attraper la main. Au lieu de cela, je récupère mon verre et j'en bois la moitié d'une traite. J'ai le cœur battant.

— Est-ce que je peux avoir une crêpe ? demande Steevie.

Emma me lâche du regard pour s'adresser à Steevie.

— Non, le deal c'est gaufre ou crêpe. T'as choisi la gaufre aujourd'hui.

— S'il te plaît, fait-il, l'air malheureux.

Pour continuer la comédie jusqu'au bout, il se tourne vers moi. Je lève les deux mains pour montrer que je veux rester neutre face à cette conversation.

— Ne compte pas sur moi, camarade !

Il fait davantage la moue.

— Steevie ? Regarde-moi, dit doucement Emma.

Le petit garçon tourne son regard vers Emma. Plus triste que cela, impossible de l'être.

— Qu'est-ce qu'on fait d'habitude ?

Pour seule réponse, il hausse des épaules. Pas très coopératif, il a l'air d'être têtu ce gamin. Je décide de me mêler à la conversation.

— Est-ce que tu veux que l'on fasse un deal ?

Je n'ai pas le temps de finir ma proposition que ceci l'attire immédiatement. Il se redresse et tend l'oreille.

— Je te propose que pour aujourd'hui, on arrête de manger.

Je n'ai même pas le temps de finir ma phrase que les coins de sa bouche s'affaissent vers le bas.

— Néanmoins… ! crié-je en levant le doigt, dimanche prochain tu auras double ration si tu veux !

Je vois Emma s'agiter sur sa chaise. Peut-être que je m'engage dans quelque chose d'interdit, mais tant pis. Si cela peut me permettre de la revoir dimanche prochain, je tente le tout pour le tout.

— Que dirais-tu si, dimanche prochain, nous allions au baseball ?

Je marque un temps d'arrêt pour observer Steevie. Une expression d'impatience se dessine sur son visage. Je décide de ne pas faire durer le suspense plus longtemps et lui dévoile ce que j'ai en tête.

— Ensuite, nous venons directement au parc !

— Mais…

— Attends ! lui dis-je en levant mon doigt plus haut. J'aurai avec moi une couverture et un panier rempli de nourriture. Nous ferons un pique-nique et j'aimerais que tu prennes ton équipement de baseball… pour que tu m'apprennes à jouer !

Le visage du gamin change instantanément. Un énorme sourire l'illumine. Je pense avoir tapé dans le mille.

— Et si, après cette séance, je sais taper dans la balle… promis, je t'offrirai une gaufre et une crêpe, ajoutais-je en appuyant sur les derniers mots.

Sans m'y attendre, Steevie se lève de sa chaise et vient se lover dans mes bras. J'éclate de rire et lance un regard à Emma. Elle sourit à pleines dents. Je pense qu'elle est satisfaite de ma proposition.

— T'es d'accord ? demande Steevie, à Emma.

— Bien sûr !

Il n'en fallait pas plus pour que Steevie me lâche et aille se jeter dans les bras d'Emma. Voir ce gamin heureux me touche.

— Ça va être super ! s'écrie Steevie impatient.

— Faudra que je sois en forme pour y arriver, dis-je en faisant l'innocent, parce que si je n'y arrive pas, pas de goûter.

Steevie s'arrête de bouger quelques instants réalisant que si je ne sais pas jouer après sa leçon, pas de double ration. Emma éclate de rire en voyant sa réaction.

— Ne t'en fais pas, je suis sûr que tu es un bon prof ! ajouté-je en souriant.

— Allez, il est l'heure d'y aller, dit Emma se levant de sa chaise.

— Déjà ? Elle n'a pas fini de chanter !

Je lance un regard interrogateur à Emma.

— Tous les dimanches, elle chante. Et quand nous venons ici, nous partons quand elle finit de chanter, m'explique-t-elle.

Maman veut qu'on rentre plus tôt aujourd'hui, continue-t-elle en regardant Steevie.

Il souffle, mais ne dit rien. Je me lève de ma chaise, et nous rebroussons chemin jusque chez la sœur d'Emma.

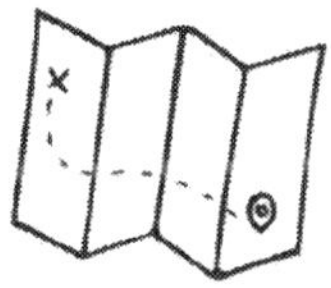

12. Noah

Arrivés dans la rue, je ralentis la cadence à quelques maisons de la destination finale.

— Je vais m'arrêter là, dis-je en m'arrêtant de marcher. Je ne vais pas m'immiscer chez ta sœur.

— Ça ne la dérangera pas, fait Emma.

— Non, je t'assure. On se voit bientôt ?

Elle paraît gênée de me laisser sur un trottoir au milieu d'une rue. Elle lance un regard vers la maison de sa sœur, regarde Steevie dont elle tient la main et son regard finit par se poser sur moi.

— Tu peux attendre là le temps que je le ramène chez lui ? Je reviens.

Ne sachant quoi répondre, je souris.

— Au moins pour te dire au revoir, glisse-t-elle avec un sourire.

Je n'ai pas le temps de répondre qu'elle s'en va avec Steevie.

La journée est passée beaucoup trop vite. Je n'ai pas envie de quitter Emma. Même si je sais que je la revois dimanche prochain, ou du moins possiblement, car elle n'a pas encore accepté, il faut que je la revoie au plus vite.

Au bout de quelques minutes, elle refait son apparition sur le pas de la porte. Elle dévale les quelques marches qui permettent d'accéder à la maison et se dépêche de me rejoindre.

— Comme prévu, ça ne dérange pas ma sœur, dit-elle.

— Une prochaine fois peut-être ? proposé-je.

— Quand tu veux, sourit-elle.

Il faut que je me lance.

— On se voit cette semaine ?

Elle ne paraît pas surprise de ma proposition.

— Cette semaine est assez chargée pour moi, dis-moi quand tu voudrais que l'on se fasse ça ?

— Dis-moi plutôt quand toi tu es disponible.

— Mmh, jeudi et vendredi, dit-elle en réfléchissant.

— Jeudi, je vais chez Penny. Et vendredi, c'est l'anniversaire de ma sœur.

— La semaine prochaine alors ? demande-t-elle.

Je n'ai pas envie d'attendre une semaine entière pour la voir. Je réfléchis à mille à l'heure et une idée me vient en tête. Elle va sans doute refuser, mais je tente le tout pour le tout.

— Viens chez Penny jeudi !

— Je, euh…

— Si, viens ! Elle sera contente de te voir.

— Je ne veux pas vous embêter pendant vos retrouvailles, déclare-t-elle, gênée.

C'est vrai que ce sera la première fois que j'irai chez elle après toute cette histoire de divorce, mais peu importe, cela ne change rien. Et je suis sûr que Penny sera contente de recevoir Emma. Alors que mon cerveau continue à aller à mille à l'heure, son attitude me percute. Elle n'est pas à l'aise avec cette situation. Elle est raide comme un piquet, ses deux mains liées. Ou plutôt non, sa main droite joue avec son bracelet accroché à son poignet gauche. Ce n'est pas la première fois que je la vois faire ceci. Je me surprends à faire attention à ce genre de détails. Encore une fois.

— Si tu veux, tu me rejoins là-bas. Moi j'y vais plus tôt, comme ça la partie retrouvailles sera déjà passée quand tu arriveras. Qu'en dis-tu ? proposé-je.

Elle réfléchit quelques instants. J'en profite pour ajouter des arguments à ma demande.

— Il y aura des biscuits. On mangera sans doute au restaurant. Tu feras une heureuse. Et un heureux…

Je finis ma phrase au ralenti, incertain de la réaction qu'elle peut avoir. Je veux qu'elle soit là. Je veux la revoir. Puis c'est la vérité quand je dis que Penny sera heureuse de l'accueillir chez elle et de la recevoir le temps d'une soirée. J'observe Emma, qui ne triture pratiquement plus son bracelet. Elle est embarrassée, comme si elle n'osait pas dire ce qu'elle pensait. Je décide de ne plus l'embêter avec cette histoire, et ajoute :

— Je comprends que ça t'embête. C'était une idée un peu farfelue et précipitée. Après tout, Penny est une cliente pour toi, je comprends que ce soit gênant d'aller la voir chez elle. Oublions ça. On se voit toujours dimanche avec Steevie ? Pour notre super journée ?

— Je…

— Oui ?

Elle se tait. Ses sourcils se froncent. Elle doit sans doute réfléchir à la meilleure façon de me formuler sa phrase. Sans doute pour ne pas me froisser. Plutôt que de lui mettre la pression, j'attends sagement qu'elle trouve ses mots.

— J'aime ta compagnie, Noah.

Ses pommettes se mettent à rougir légèrement. Elle n'ose pas me regarder dans les yeux. Est-elle embarrassée de me dire ce genre de chose ? J'ai envie de la serrer dans mes bras tellement son attitude est attendrissante.

Je n'ai jamais eu l'habitude de voir une femme aussi timide envers moi. Tout l'inverse de Rachel qui elle, est une vraie boute-en-train et qui souvent, efface tous les autres autour d'elle. Emma est douce, fait attention à ne pas froisser les gens avec qui elle converse, préfère se mettre en retrait plutôt que de parler d'elle. Pendant un court instant, je suis troublé de voir qu'une fille comme Emma peut m'attirer alors que je pensais n'être fait que pour des femmes comme Rachel.

Finalement, c'est une bonne chose que je ne sois plus avec Rachel. Je me rends compte qu'elle n'était pas du tout faite pour moi. C'est quelqu'un comme Emma qu'il me faut. Juste Emma.

Elle finit par relever la tête vers moi et m'observe. Je pense que je suis resté trop longtemps silencieux face à sa confidence. Je dois me ressaisir.

— Du coup… tu viens ?

J'aurais pu trouver mieux, mais je suis encore perturbé. Un sourire se dessine sur son doux visage, ses yeux pétillent d'un je ne sais quoi.

— Je serai là.

Sans réfléchir, je m'approche d'elle, l'attrape à la taille et la soulève dans les airs en faisant un demi-tour sur moi-même. Elle a un sursaut d'étonnement qui dure un millième de seconde suivi par un éclat de rire puissant. Je la repose au sol riant avec elle.

Quand je suis avec elle, mon comportement est différent d'habitude. Je réfléchis moins, je suis plus naturel, plus spontané. Elle fait ressortir des choses que j'ai enfouies en moi depuis bien trop d'années. Et j'adore ça !

— Bon, ce n'est pas tout, mais ma sœur m'attend, dit-elle plus sérieusement.

Elle lance un léger coup de tête derrière moi, en direction de la maison. Je me retourne pour jeter un coup d'œil quand je vois une femme, devant sa porte faisant un signe de la main pour me saluer. Je lui retourne son geste accompagné d'un sourire. Il y a trois maisons entre sa sœur et nous. Assez loin pour ne pas nous entendre, mais assez proche pour être aux premières loges de ce que nous faisons. Elle n'a pas dû louper la moindre miette de ce qu'il vient de se passer.

Je sens Emma me tenir le bras et sans que je réalise, elle me fait un bisou sur la joue tout en me glissant un bout de papier dans la main et s'en va en direction de la maison de sa sœur. Pour quelqu'un de timide juste avant, je suis d'autant plus étonné de ce retournement de situation.

— À jeudi, dit-elle, un énorme sourire sur le visage.

— À jeudi, acquiescé-je en lui adressant un clin d'œil.

Elle me fait un signe de la main, se retourne et se dépêche de rejoindre sa sœur. Les deux se retournent une dernière fois vers moi, nouveaux signes de la main, et elles disparaissent à l'intérieur de la maison.

Je regarde le perron de la maison vide pendant quelques secondes, le temps de me remettre de ces derniers instants avec Emma. Je n'attends pas plus longtemps et ouvre le morceau de papier que j'ai dans la main.

J'y trouve son numéro de téléphone avec un mot inscrit :

« *Appelle-moi* »

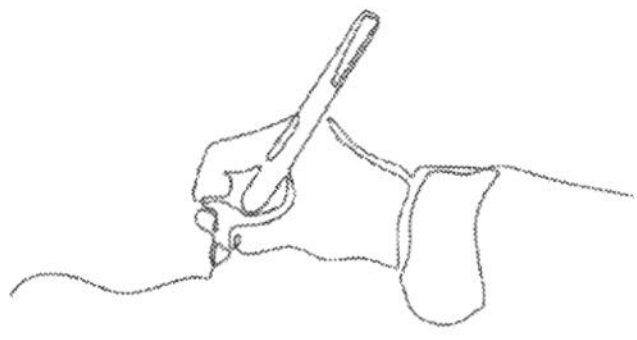

13. Le Journal

03.03.2016

Aujourd'hui, j'ai eu mon premier rendez-vous avec « A ». Et pour un premier rendez-vous, il a tapé fort.

Pour rappel, on s'est rencontrés grâce à un ami en commun, il y a presque un mois lors d'une sortie Bowling. Depuis, on s'est revus, toujours accompagnés d'autres amis. On a échangé quelques textos par-ci par-là, sans jamais faire une longue conversation qui dure des heures. Peu importe, quand on se voit, l'alchimie est là et c'est toujours sympa de passer du temps avec lui.

Bref, je disais, aujourd'hui, c'était notre premier rencard. Oui, un vrai rencard !

Il m'a emmenée au Franklin Institute. Si tu ne sais pas ce que c'est, cher Journal, c'est un Musée consacré aux sciences. Et pas que ! Généralement, il y a une première partie de la visite consacrée à un thème spécifique, toujours liée à la science malgré tout. Et là… c'était le thème de Disney Pixar !

Incroyable ! Tu vois où je veux en venir ou pas ?

Lors de l'une de nos premières soirées entre potes, nous

avions fait une soirée jeux de société. Nous étions tombés sur un Pictionnary et le thème que nous avions choisi était les personnages de Pixar. Très vite, les copains ont tous dit que j'étais la meilleure dans ce domaine (et ils voulaient tous jouer avec moi pour être sûrs de gagner). « A » a donc su que Disney est un domaine que j'affectionne particulièrement, mais nous n'avons jamais abordé réellement le sujet (jamais en fait, sauf ce soir-là).

Durant cette même soirée, Marty (toujours présent aux soirées celui-là), m'a demandé si je comptais aller voir l'expo au Franklin Institute. Je ne sais pas si « A » nous a entendus parler ce soir-là ou s'il s'est renseigné plus tard, dans tous les cas, il savait que je n'y étais pas encore allée. Et que surtout, je mourais d'envie d'y aller.

Sans prévenir, il nous a conduits là-bas. Il a pris deux entrées et nous voilà dans l'aventure.

Attends, je vais trop vite. J'ai trop de choses à raconter avant de juste dire « nous y voilà ! ». J'ai peur de zapper des choses, donc je vais y aller étape par étape.

Une éternité que je n'avais pas passé une si bonne journée.

Il ne m'a pas jugée quand je me suis excitée comme une gamine face à l'expo, il ne m'a pas jugée quand je lui ai sorti des dizaines de répliques de mes Pixar favoris. Bien au contraire, il avait l'air de s'intéresser à ce qui nous entourait, il s'amusait à me prendre en photo et à faire lui-même des poses insensées avec les figurines grandeur nature des personnages Pixar. (Monsieur Indestructible est incroyablement grand d'ailleurs !)

13h, il est venu me récupérer au travail. Il m'a apporté un sandwich fait maison. Je suis toujours attentionnée par ce genre de geste. C'est vraiment gentil de sa part de prendre le temps de préparer quelque chose pour moi. Nous avons grignoté non loin du Musée, sur un banc face à une fontaine. C'était agréable. Même quand nous ne parlons pas, le silence est le bienvenu entre nous et n'est pas pesant.

Ensuite, sans m'en rendre compte, nous sommes allés en direction du Musée. Tout en discutant, nous avons monté la vingtaine de marches qui se trouvent devant le lieu et nous avons franchi la porte d'entrée. Il a tout de suite trouvé un guichet et s'est placé dans la file d'attente.

Je ne sais plus de quoi je lui parlais à ce moment-là, ce dont je me rappelle c'est d'avoir arrêté net pour regarder le lieu autour de moi. Un majestueux hall de couleur blanche, haut plafond, gigantesque. Le lieu appelle presque le silence.

Le temps que je regarde autour de moi, c'est notre tour d'avancer. Je n'ai pas le temps de rétorquer que je peux payer mon entrée qu'il passe sa carte bancaire à la dame du guichet. Quelques secondes plus tard, elle lui rend sa carte ainsi que deux entrées. Elle nous souhaite une agréable visite et nous reculons du guichet pour laisser place aux clients suivants.

Il me tend mon billet, tout sourire.

— J'espère que ça te fait plaisir ? me questionne-t-il.

— Oh oui !

Étant intimidée par lui et toute cette attention, je me contente de lui sourire. Il me fait signe de le devancer pour commencer la visite. Sans prévenir, il attrape doucement ma main au passage. Troublée par sa main dans la mienne, je ne dis rien et essaie de savourer ces moments.

Pour commencer, nous arrivons dans une énorme salle. Légèrement plus petite que le hall d'avant, néanmoins cela n'en reste pas moins impressionnant. Les murs et plafonds sont blancs, le tout agrémenté par des spots de lumières qui changent de couleur en fonction de la musique que nous entendons. Une musique instrumentale, assez forte, qui nous met dans une ambiance un peu théâtrale à la première seconde où nous entrons dans cet endroit. Au milieu de cette pièce, une énorme statue, blanche elle aussi, qui représente Benjamin Franklin sur un siège. Cette mise en scène me fait automatiquement penser à la statue d'Abraham Lincoln à Washington.

Ensuite vient le moment de découvrir la partie exclusive sur Pixar « The science behind Pixar ». Presque une cinquantaine de petits stands nous permettent de comprendre quels aspects de la science sont utilisés pour mettre en œuvre les Pixar. Par exemple, il y a un petit ordinateur sur lequel nous pouvons changer la luminosité chez Carl Fredrincksen (Là-Haut), on peut même faire pousser l'herbe dans son jardin. On a vu le même principe pour la nuit, les étoiles, la lune. Il y a aussi de petits stands plus enfantins où l'on se retrouve avec l'appartement de Bob & Sully (Monstres Academy) et on a la possibilité de changer leurs meubles de place. Moi qui suis fan de cet univers, je suis comblée d'avoir pu voir tout ça.

Le reste de la visite est plus classique avec les planètes, des expériences, des jeux. Nous sommes passés par la boutique souvenir. Et il n'a pas pu s'empêcher de m'offrir quelque chose. Plus particulièrement, une tasse.

— Tu ne m'avais pas dit que tu en faisais la collection ? me demande-t-il.

— Si, réponds-je, abasourdie.

— En voilà une de plus alors, ajoute-t-il, content de son achat.

En sortant du Musée, je décide de nous prendre des glaces et nous nous asseyons au même endroit que le midi.

Les glaces terminées, il me tend le petit paquet contenant ma tasse.

Instinctivement, je me suis approchée de lui et… oui, Journal, nous nous sommes embrassés. Tu ne t'y attendais pas peut-être ?

Je ne veux pas trop me précipiter, mais… je sens qu'il est le bon.

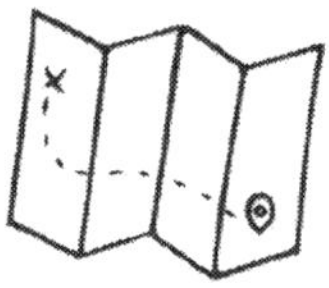

14. Noah

Avec le boulot, je n'ai pas ouvert le carnet depuis quelques jours et si je veux être vraiment honnête avec moi-même, Emma me l'avait un peu fait oublier.

Pourtant, dès que je l'ouvre, je ressens exactement ce que j'ai ressenti lors de ma première lecture. J'ai toujours cette furieuse envie de retrouver la propriétaire de ce carnet, mais par respect pour Emma et pour l'inconnue du carnet, il faut que je prenne une décision. Je ne peux pas jouer sur les deux tableaux encore longtemps.

Je prends donc la décision de relire une seule et dernière fois ce carnet. Si, à l'issue de cette lecture, je ne trouve aucun moyen pour retrouver cette fille, je laisse tomber. Réellement tomber. Je jetterai le carnet ou j'irai le remettre là où je l'ai trouvé, je ne sais pas encore. Je ne peux pas rester accroché à cette personne imaginaire alors que dans la vie réelle, je m'attache de plus en plus à Emma.

Affalé dans le canapé, je me redresse et laisse mes yeux parcourir la double page restée ouverte. Je souffle. Comment vais-je faire pour la retrouver sans aucun indice ?

Je referme le journal et m'apprête à me lever du canapé quand mes yeux tombent sur la bibliothèque juste en face de moi. Je souris.

Relire ce passage du carnet avec ces détails de l'histoire concernant Pixar me fait penser à Emma. Je la soupçonne d'avoir un penchant pour l'univers de Disney et Pixar rien qu'à son bracelet. Le fameux qu'elle touche quand elle est embarrassée. Il n'est pas très large, aux couleurs du coucher de soleil, en tissu, avec inscrit en broderie noir « *Hakuna Matata* ».

Repenser à ce bracelet agrandit mon sourire. Encore une fois, je m'étonne d'avoir un souvenir si précis. Je m'étais permis de l'observer attentivement quand nous étions en train de prendre le goûter avec Steevie. Pendant qu'elle regardait la chanteuse faire ses reprises, pour ma part, c'est Emma que je n'ai pas quittée des yeux.

Je ne réfléchis pas longtemps et dégaine mon téléphone. Au moment d'appuyer sur la touche d'appel, je percute l'heure tardive, 23h34. Un peu tard pour appeler… Peut-être un message ? Cela ne coûte rien et elle pourra me répondre demain s'il le faut.

Après quelques secondes d'hésitation, je décide de faire mieux qu'un texto et je prends en photo ce que j'ai sous les yeux, ma bibliothèque.

Bah quoi ? Quoi de mieux que des livres pour une libraire ?

Pour qu'elle sache que c'est moi, j'ajoute un émoji cookie. Elle devrait comprendre.

Photo envoyée !

Je pose mon téléphone sur la table basse, à côté du carnet, et vais dans la cuisine chercher une bouteille d'eau dans le réfrigérateur. À peine le temps de revenir m'asseoir dans le canapé que mon téléphone s'illumine. Déjà une réponse ?

Tout à coup, j'ai la pression. J'ai l'impression d'être de nouveau un adolescent parlant avec une fille par texto, et là, ce n'est pas n'importe quelle fille.

Le cœur battant, je récupère le téléphone et le déverrouille. C'est bel et bien une réponse d'Emma et, au vu de sa réponse, elle a bien compris que c'était moi sous l'émoji cookie.

Je ris en voyant sa réponse. C'est une photo qu'elle vient sans doute de prendre vu le peu de luminosité sur le cliché, cependant, c'est assez clair pour que j'y voie le principal. C'est-à-dire, une bibliothèque dont les livres sont rangés par couleur tel un arc-en-ciel et, au pied de celle-ci, sur un tapis clair, un chat roux les quatre pattes en l'air. Je reconnais immédiatement celui de la librairie. Cette photo est accompagnée par un émoji de joueur de baseball.

Tu ne dors pas?

Question totalement inutile et surtout débile puisqu'elle vient de me répondre. Trop tard, c'est envoyé. Je me tape le front avec la main, imbécile !

Toi non plus?

Son message me fait sourire.

Que fais-tu à cette heure-ci ?

Pour réponse, elle m'envoie une nouvelle photo. Une assiette avec des biscuits.

C'est donc là que finissent les biscuits de Penny ?

Une nouvelle fois, elle m'envoie une photo. Un selfie. Un énorme sourire sur le visage, elle fait mine de se frotter le ventre. Elle doit se régaler avec les biscuits, et elle fait ça pour me rendre jaloux, et ça fonctionne !

Tu n'as pas honte de me faire languir comme ça ?

Même pas

Demain, je ne t'en laisserai aucun !

Je pense ne pas venir du coup !

Je me doutais aussi que tu avais accepté uniquement pour les biscuits !

Tu as quelque chose d'autre à me proposer ? Autre que les biscuits?

Moi

Le temps passe est aucune réponse. Je savais qu'en envoyant cette réponse, j'allais trop loin.

Dix minutes passent, je vérifie une dernière fois mon téléphone et rien. Aucune réponse. Je finis ma bouteille d'eau d'une traite et décide qu'il est temps d'aller me coucher.

J'espère juste ne pas l'avoir fait fuir avec cette réponse et qu'elle viendra tout de même chez Penny demain.

15. Emma

Moi

Je reste bloquée sur ce mot de trois lettres.

Je repose le biscuit que j'étais en train d'engloutir et fixe mon écran de téléphone tout en essayant de calmer ma respiration.

À quel moment la conversation a dérapé ?

Je décide de relire les messages. C'est un échange on ne peut plus banal, classique, léger. Et pourtant, j'en arrive à être bloquée et à ne plus pouvoir répondre.

Je pose mon téléphone sur le bras de mon fauteuil et fixe la boule de poils qui dort tranquillement face à moi. Mon esprit divague et je me repasse sans cesse cet échange de textos.

C'est vrai que le courant passe bien entre nous. Plus que bien pour être honnête. Je mentirais si je disais qu'il ne m'avait pas manqué pendant ces trois jours sans nouvelles. Au point que je sautais sur mon téléphone à la moindre notification.

En y réfléchissant bien, cela ne fait pas longtemps que l'on se voit et Noah est quelqu'un de bien, je le sais, je le sens, je le vois. Il est gentil, à l'écoute, attentionné. Il me fait rire. Je suis vraiment bien avec lui.

Il faut que je lui fasse confiance.

Il faut que j'arrête d'avoir peur et que je pense que tout va se reproduire.

16. Noah

Cette journée est interminable. Je ne sais pas si c'est parce que je sais que je revois Emma ce soir, ou tout simplement parce que le temps a décidé de ne pas avancer, mais je n'en peux plus. Je passe mon temps à regarder mon téléphone pour voir si j'ai un nouveau message de sa part. Chose qui ne risque pas d'arriver puisque je n'ai même pas répondu à son message de cette nuit. Ou de ce matin plutôt. Enfin, à celui qu'elle m'a envoyé et auquel je ne m'attendais pas ;

Ça me va

J'ai dû relire ce message des centaines de fois depuis ce matin. Il me rassure quant à cette alchimie entre nous, je ne suis pas le seul à la ressentir. Il mc conforte dans l'idée qu'elle aussi est pressée de me revoir.

J'éteins l'écran de mon téléphone et par automatisme, je regarde l'horloge accrochée au mur juste en face de mon bureau. 16h30.

— Qu'est-ce que tu as à regarder l'heure toutes les cinq minutes ? me demande Ashley, mon assistante.

— Je ne regarde pas l'heure toutes les cinq minutes, dis-je, innocemment.

— Toutes les minutes ? se moque-t-elle.

— Je ne veux pas rater l'heure, c'est tout.

— Mouais, répond Ashley, peu convaincue. Tu vas voir qui ?

— Comment ça ?

— Si tu es pressé que l'heure passe, c'est que tu vas rejoindre quelqu'un. Donc… qui est-ce ?

C'est qu'elle est perspicace. Ou juste moi qui ne suis pas doué pour cacher mon impatience. Je ne vais certainement pas parler d'Emma. Pour l'instant, ne sachant pas ce qu'il se passe réellement entre nous, je préfère le garder pour moi.

— Je vois Penny ce soir.

— Oh, dit-elle, étonnée.

Elle sait que Penny est devenue importante avec le temps. Ashley est peut-être mon assistante, il nous arrive de parler de choses un peu plus privées. Étant donné que Penny venait de temps en temps me rendre visite, il fallait bien que je lui explique qui elle était pour moi.

— C'est la première fois depuis … ?

Elle ne termine pas sa question. Malgré sa curiosité, elle sait où se trouve la limite. Je lui réponds :

— Oui, c'est la première fois depuis le divorce. Je l'ai croisée par hasard ce week-end et je me suis rendu compte qu'elle n'avait rien à voir dans l'histoire donc pourquoi la mettre de côté ?

Pour seule réponse, elle me sourit. Je jette un nouveau coup d'œil à l'horloge, 16h34.

— Vas-y patron, je vais gérer !

Mes yeux passent de l'horloge à Ashley.

— Si quelqu'un appelle, je prendrai les messages. De toute façon, il n'y a pas de rendez-vous avant demain, donc je ferai les prises de renseignements et on verra le reste plus tard ? propose-t-elle.

L'agence ferme à 19h et je pensais partir pour 18h. Mon cerveau réfléchit à toute allure. Pour être franc, je ne suis pas du tout concentré ni productif donc pourquoi continuer ? Par réflexe, j'allume l'écran de mon téléphone, aucun message.

— J'avais prévu de partir plus tôt de toute façon.

Elle n'est pas obligée de connaître l'heure exacte que j'avais en tête. J'éteins l'écran de mon ordinateur, rassemble mon agenda ainsi qu'un dossier et les glisse dans mon sac où se trouve le journal.

— Le moindre souci, tu m'appelles surtout.

— Oui, boss, dit-elle fixant mon sac que je trifouille. J'y pense, il est où le carnet ?

Non, mais quelle curieuse !

— Chez moi, dis-je simplement. Pourquoi ?

— Ça fait un moment que je ne l'ai pas vu, c'est tout.

Je lui jette un coup d'œil, elle est déjà concentrée sur son écran d'ordinateur. Je regarde à nouveau l'horloge, 16h38. Inutile de rester plus longtemps, je n'ai aucun rendez-vous, s'il y a des clients qui entrent dans l'agence, ce sera uniquement pour des renseignements et Ashley sait répondre.

— Le moindre truc, tu appelles, lui rappelé-je avant de sortir.

La douce chaleur m'enveloppe dans la seconde où je sors. Je décide d'aller faire un tour au Target qui se trouve juste à côté pour prendre un petit quelque chose pour Penny.

— Je savais que c'était toi ! s'écrie une voix dans mon dos.

Je suis accroupi, dans le rayon vaisselle du magasin. Qui peut bien venir me parler dans ce coin ? Je tourne la tête pour voir qui m'a rejoint et tombe nez à nez avec Miles et une jeune femme.

— Oh, ça va ? demandé-je en me relevant.

Il me fait un *check* et montre la jeune femme de la main.

— Je te présente…

— On se connaît déjà, le coupe-t-elle.

— Ah bon ? s'étonne-t-il.

— Speed dating ! précise-t-elle.

Je les regarde chacun à leur tour tel un match de tennis.

— Forcément, sourit-il. Voici Jenifer !

Ah oui, je me souviens à présent, elles étaient deux meilleures amies travaillant chez Target. Mais… Que fait Miles ici ?

— On s'est donné rendez-vous suite au speed dating, explique Jenifer répondant à mes pensées, et depuis on ne s'est pas lâchés.

— C'est génial pour vous, dis-je ne sachant quoi dire d'autre.

Les deux se jettent un regard en coin, un énorme sourire aux lèvres. Ils ont vraiment l'air heureux tous les deux. Je me surprends à sourire avec eux.

— Et toi, ça va comme tu veux ? me demande Miles.

— Je vais bien, acquiescé-je, intrigué par sa question.

— Avec Emma aussi ?

C'est donc là qu'il voulait en venir ?

— T'es curieux ? lancé-je.

— J'essaie juste d'avoir ta version des faits.

Ma version ? Est-ce que ça veut dire qu'elle parle de nous à Miles ? Est-ce que ça veut dire qu'il y a un « nous » ? Ma non-réponse le fait sourire.

— Je vois, dit-il en souriant. Elle non plus n'a pas voulu m'en dire plus.

— Ah, elle n'a pas parlé ?

— En fait, elle devient très discrète dès que j'aborde le sujet « Noah », dit-il en mimant des guillemets en disant mon prénom. Je ne l'avais jamais vue agir comme ça, et pourtant, tu sais que je la connais depuis longtemps.

— Elle n'a jamais agi comme ça ? C'est-à-dire ?

— Allez, on ne t'embête pas plus dans tes courses, ajoute Miles en prenant Jenifer par la taille. Nous, on a des choses à faire.

Le regard que lui lance Jenifer veut tout dire. Ils se font un baiser. Gêné, je cherche quelque chose d'autre à regarder qu'eux, leur laissant un peu d'intimité. Miles me fait un clin d'œil, Jenifer un petit geste de la main et les voilà partis. Comme si de rien n'était.

Je me retourne face au rayon vaisselle, et repense à ce que Miles vient de me dire. Elle n'a pas parlé de nous à Miles ? Pourquoi ? Elle est gênée ? Ou juste il n'y a rien à dire ? D'un côté, je n'ai parlé d'Emma à personne encore, alors pourquoi la blâmer d'être silencieuse ?

Je décide d'envoyer un message à Emma pour être sûre qu'elle sera toujours présente ce soir.

Toujours ok pour ce soir ?

Encore une fois, j'envoie un texto banal. Très banal même.

Je me penche de nouveau sur la vaisselle et me décide à prendre un beau plat à cookie pour Penny, et me dirige en caisse. Au moment de sortir du magasin, mon téléphone émet un son. Un message.

Mon cœur s'accélère dans ma poitrine.

J'ai hâte!

17. Noah

J'arrive dans le quartier de Penny. Elle habite en dehors de la ville, dans une petite rue calme et agréable avec de belles maisons de part et d'autre, avec un petit square pour enfant non loin de là.

Je me gare juste devant la maison et décide d'envoyer de suite un texto à Emma.

Je viens d'arriver chez Penny, tu arrives quand tu veux.

J'ajoute l'adresse de Penny au message et lui envoie. Je range mon téléphone dans la poche et sors de la voiture, attrape le plat à cookie dans le coffre et me dirige vers sa grande bâtisse.

Rien que d'extérieur, sa maison est magnifique. Elle est peinte d'une couleur jaune pastel. Il y a des détails comme la porte d'entrée ou les fenêtres qui sont d'un blanc éclatant. Un porche nous accueille les bras ouverts juste devant, cocooning à souhait avec un canapé et une petite table. Idéal pour se poser un soir comme aujourd'hui.

Devant la maison, de l'herbe bien verte ainsi que des fleurs entretenues par le jardinier du quartier. Et pour parfaire ce lieu, une belle clôture blanche pour délimiter son terrain des autres.

Je suis arrivé plus tôt que prévu, je ne voulais pas tourner en rond chez moi. J'ai donc pris la route et suis venu dès la sortie du magasin.

Je traverse le jardin de devant la maison en suivant un chemin fait de petites pierres. À chaque fois que je viens, c'est toujours pareil. Je ne peux m'empêcher de jeter un coup d'œil autour de moi et de regarder les détails. Les rosiers qui bordent le porche, l'arbre qui se trouve pile sur le chemin d'une de ses clôtures.

— J'étais sûre que tu viendrais avant !

Penny est toujours à l'affut dès que quelqu'un passe son portail.

— Ah oui ? dis-je en souriant.

Je m'empresse de faire les derniers pas qui me séparent d'elle, monte les trois marches du perron, lui fais une bise sur la joue et l'enlace. Le câlin dure un peu plus longtemps que d'habitude, mais aucun de nous ne parle ni ne bouge. J'inspire un long moment, profitant de cet instant.

Elle me tapote dans le dos pour me prévenir de la fin de l'accolade. Je me recule, mon regard attrape directement le sien. Je réalise qu'elle m'a manqué.

— Emma ne devait pas venir ? me demande-t-elle en se reculant.

Penny jette un regard derrière moi pour observer la rue à la recherche d'Emma. Je m'attendais à ce qu'elle me parle et me questionne à propos d'Emma, mais pas d'entrée de jeu. J'avale doucement ma salive en réfléchissant à ma réponse.

— Si, elle arrive plus tard, elle est encore au boulot je crois.

Je préfère ne pas lui avouer que nos retrouvailles la mettaient mal à l'aise.

— Tu essaieras de ne pas manger tous les cookies pour lui en laisser ? demande-t-elle en se dirigeant vers le canapé.

— Je ne vois pas de quoi tu parles, dis-je innocemment. D'ailleurs, en parlant de cookie, c'est pour toi.

Je lui tends le plat à cookie. Il est énorme avec un léger rebord, en forme de cookie avec en relief de fausses pépites de chocolats. Je le trouvais sympa et au vu de la réaction de Penny, elle l'aime bien aussi.

— Assieds-toi, je vais aller enfourner une nouvelle tournée de biscuits et j'arrive.

Comme à mon habitude, je m'installe dans un fauteuil à bascule qui se trouve dans un coin du perron, juste à côté du canapé. Comme ça, même quand Emma arrivera, elle pourra se mettre à côté de Penny, plutôt que dans un coin.

Penny revient quelques instants après, un plateau dans les mains rempli de verres et d'un pichet de citronnade maison.

— Elle arrive à quelle heure Emma ?

Décidément, elle ne va pas lâcher l'affaire. Je sens l'interrogatoire arriver.

— Aucune idée, pourquoi ?

— Par curiosité, dit-elle.

— Elle ne m'a pas donné d'heure exacte. Elle m'a surtout dit qu'elle ferait au mieux pour être là le plus tôt possible, réponds-je simplement.

— Je me suis dit que nous pourrions parler d'elle avant son arrivée, c'est tout.

Au moins c'est dit.

— Et donc, comment ça se passe avec elle ? ajoute Penny.

Nous y voilà.

— Il faudrait qu'il se passe quelque chose avec elle ?

— Noah… dit-elle en me lançant un regard qui en dit long.

Comment peut-elle savoir ?

— Pour que tu viennes ici, avec elle, c'est qu'il se passe quelque chose.

Grillé.

— Pas forcément, dis-je comme si de rien n'était.

Elle me tend un verre de citronnade avec un air malicieux. Elle veut vraiment en discuter et je sais que je ne pourrai pas y échapper. Autant la laisser faire et y aller directement.

— Des mois que tu viens seul, même quand ce n'est pas le premier jeudi du mois. Même Rachel je ne la vois que quand on se rassemble pour les anniversaires. Et là, tu viens avec Emma ?

La gorgée que je viens d'avaler passe de travers. Je toussote en reposant mon verre.

— D'ailleurs, tu ne voudrais pas que l'on parle de Rachel ? Je pensais que tu…

— Ne change pas de sujet, on parle d'Emma d'abord, me coupe-t-elle.

Que lui dire ? Qu'elle me plaît ? Que cela ne m'empêche pas de garder en tête la fille du Journal ? Si je lui dis, je devrais lui expliquer cette histoire de carnet. Et c'est une mauvaise idée.

— Je ne sais pas réellement s'il se passe quelque chose, lâché-je malgré moi.

Tout en portant son verre de citronnade à la bouche, un petit sourire triomphant s'affiche sur le visage de Penny.

— Je me suis juste dit que ça pouvait être sympa de venir avec elle, sachant que tu la connais et que tu la vois plusieurs fois par semaine.

— Et tu as raison. J'aime beaucoup cette fille et je suis contente que tu aies eu l'idée de la faire venir. N'oublie pas que je te connais, Noah…

Je bois une gorgée de ma boisson, le temps de réfléchir à ma réponse.

Rien ne me vient. Je continue de boire.

— Tu ne peux pas le nier, dit-elle en souriant un peu plus.

Je viens de boire la moitié de mon verre en une traite et je ne sais toujours pas quoi dire.

— C'est vrai qu'elle est sympathique, dis-je simplement.

— Sympathique ?

— Bah quoi ?

— Tu n'as pas mieux ?

Je me concentre sur mon verre posé devant moi sur la table basse. Cette conversation me gêne tout de même un peu. Je m'attendais à ce que l'on parle de Rachel et non d'Emma.

— Tu n'as pas à avoir honte, Noah.

Sa phrase me sort de mes pensées.

— Emma est une jolie femme, serviable, toujours le mot qui fait sourire.

— Je pense avoir compris le message, dis-je en souriant.

— Je sais que Rachel t'a fait du mal, reprend-elle d'un air sérieux. Rachel est peut-être ma petite fille, mais tu fais partie de ma famille aussi. Et tout ce que je souhaite, c'est que tu sois heureux.

Je l'observe, sans voix. Elle sait ? Elle sait ce que Rachel a fait ? Ce qu'il s'est passé ?

— Oui, je sais, me dit-elle, lisant dans mes pensées. Elle est venue me voir le lendemain. Elle m'a tout expliqué.

— Je vois…

Elle m'attrape la main et me la serre.

— Ça va aller, me rassure-t-elle.

Je lui serre à mon tour la main comme réponse. Nous nous regardons quelques instants sans un mot. Le temps s'est comme arrêté autour de nous.

— Je suis contente si tu as trouvé quelqu'un comme Emma. Cette fille est incroyable, ajoute-t-elle.

Je ne réfléchis pas et me lance :

— C'est comme si j'étais quelqu'un d'autre quand je suis avec elle.

— Quelqu'un d'autre ? m'interroge Penny.

— Comme si le vrai moi voulait ressortir.

Penny affiche un large sourire.

— En y réfléchissant bien, on ne s'est pas beaucoup vus, mais quand je ne la vois pas, elle me manque.

— Que ça fasse longtemps ou non, ce n'est pas le plus important. Ce qui compte, c'est ce que tu ressens, dit-elle doucement.

À l'intérieur de la maison, la sonnerie du four retentit et nous coupe dans notre conversation. Penny se lève et se hâte d'aller sortir les cookies du four. Je reste assis, les yeux dans le vague, réfléchissant à ce qu'elle vient de me dire.

Un nouveau bruit sonore nous interrompt, cette fois-ci, elle provient de mon téléphone. Je le sors de ma poche et vois le prénom indiqué : Emma. J'ai eu la bonne idée d'ajouter un smiley cookie juste à côté et ce détail me fait sourire.

Si elle m'envoyait un texto pour me dire qu'elle ne venait plus ? Pourquoi aurait-elle changé d'avis ? Ou alors, est-elle vraiment mal à l'aise du fait que je retrouve Penny ? Pourtant elle avait l'air ravie de venir ce soir. Et si…

— Bon, que dit Emma ?

Je sursaute. Je ne m'étais pas rendu compte que je me perdais dans mes pensées en fixant mon téléphone. Je relève la tête et découvre Penny devant moi, avec le plateau à cookies entre les mains, qui s'impatiente.

— Alors ?

— Qui te dit que c'est Emma ?
— Qui ça pourrait être d'autre ?
Elle n'a pas tort. Je regarde mon écran de téléphone, le déverrouille le cœur battant et affiche le texto d'Emma.

> J'ai réussi à finir plus tôt, je suis là dans 15 min !

Soulagement instantané. Puis de nouveau le cœur qui reprend sa course effrénée. Elle sera là dans quinze minutes. Je récupère mon verre de citronnade et bois le reste d'une traite. Elle arrive, bordel !
— Alors ?
J'avais oublié que Penny attendait une réponse.
— Elle vient de finir le travail, elle arrive.
— Elle a dû sentir les cookies, dit-elle en riant. Je vais aller en préparer une nouvelle fournée, pour être sûre d'en avoir assez.
Je n'ai pas le temps de la retenir qu'elle est déjà partie à l'intérieur en laissant le plat de cookie sur la petite table.
Je regarde à nouveau mon téléphone pour relire le message d'Emma. Mon cœur ne se calme pas, bien au contraire. Pourquoi suis-je stressé d'un coup ? Ce n'est pas comme si c'était un rencard. Ce n'est pas comme si nous n'avions pas déjà passé du temps ensemble. Qu'est-ce qu'il m'arrive ?
Je me penche sur le plat à cookie pour en choper un. J'en croque une bonne moitié et là, ça me frappe. Comme une évidence.
— C'est comme si je la présentais à ma famille, dis-je tout bas.
C'est complètement idiot, car elle connaît déjà Penny.
— Oui, mais pas dans ce contexte-là, rétorqué-je pour moi-même.
Je mets le reste du cookie dans ma bouche et mâche

vigoureusement. Mon cerveau en ébullition.

C'est comme si je la présentais à ma famille alors que… je ne sais pas moi-même ce que nous sommes. Pas un couple, c'est sûr. Amis, oui, pas seulement. Est-ce qu'il y a un nom pour définir une relation qui se trouve entre amis et couple ?

— Elle est là ! s'écrie Penny sur le pas de la porte.

Je n'ai pas le temps de répondre à ma question qu'un bruit de voiture se fait entendre. Je tourne la tête vers la rue, et découvre Emma sortant d'une voiture. Je l'entends saluer le conducteur resté derrière le volant, elle claque la porte et la voiture démarre en trombe laissant Emma sur le trottoir.

— On y est, elle est là. C'est maintenant, me dis-je tout bas.

Emma se tourne vers la maison. Sa première réaction est de l'admiration face à la demeure de Penny. Puis quand elle m'aperçoit sur le perron, un énorme sourire s'affiche.

C'est vrai qu'elle est jolie, très jolie même.

Et si ce soir était un tournant pour nous deux ?

Et là, mon souffle se coupe.

18. Emma

La voiture n'est même pas encore partie que je me tourne vers la maison de Penny et je dois bien l'avouer, cette maison est magnifique. Tout à fait le genre de maison que je voudrais plus tard pour y élever mes enfants. Le jardin, la petite allée, le perron.

Le perron avec Noah assis… j'adore l'image que je vois devant moi. Je sens mon sourire s'élargir en une fraction de seconde.

Il ne faut pas que je m'enflamme. Nous sommes chez Penny et Noah est juste assis sur le perron, dans un coin. Rien d'excitant en soi ! Il faut que je me ressaisisse.

Je m'avance, ouvre la petite barrière blanche et me voici sur la propriété de Penny. Je referme doucement le portillon et en me retournant, j'aperçois Noah a quelques pas de moi.

— Bonsoir, me salue-t-il en franchissant les derniers pas nous séparant.

— Bonsoir, Noah.

Il s'approche, me fait la bise sur une joue et m'enlace. Mon cœur se met à battre. La dernière fois que nous nous sommes vus, je lui ai fait un bisou sur la joue et je m'étais éloignée. En venant ici, je ne savais pas comment me comporter avec lui, après les textos et surtout avec Penny en face de moi.

Il se recule légèrement et me regarde attentivement.

— Tu es très jolie, dit-il doucement.

— Oh, merci, dis-je, gênée.

Je baisse les yeux pour regarder ma tenue. Rien d'exceptionnel, je voulais rester naturelle pour eux et ne pas faire de chichi. J'ai donc enfilé une robe à fine bretelle rouge avec des fleurs blanches ainsi que des converses blanches. Pour la coiffure, j'ai laissé mes cheveux auburn détachés, j'ai juste ajouté une fleur sur l'une de mes oreilles pour donner un petit côté bohème et doux à ma tenue. Parfait pour cette soirée.

— Tu n'es pas mal non plus, dis-je en le regardant de haut en bas.

Pour marquer mes mots, je le regarde soigneusement et au ralenti. Ses cheveux bruns coiffés décoiffés, dans lesquels j'ai envie de passer ma main tellement ils ont l'air soyeux. Sa barbe de quelques jours lui va parfaitement bien. Il s'est habillé d'un petit polo blanc qui fait ressortir son léger teint hâlé par le soleil, avec un short en jean et des converses noires.

— Tiens, on est copains de basket ? le taquiné-je en lui touchant le pied du mien.

Il baisse les yeux et rit.

— Je savais qu'on était faits pour s'entendre, dit-il en me faisant un clin d'œil.

Mon cœur peut-il battre encore plus vite que là maintenant ?

Noah se recule d'un pas et fait signe de sa main d'avancer. En regardant droit devant moi, je vois Penny sur le porche. Aucun doute, elle a vu toute la scène qui vient de se passer. Je sens le rouge me monter aux joues.

— Bonsoir, Emma, salue Penny souriante.

— Bonsoir, Penny, dis-je en l'enlaçant, merci de m'avoir invitée. Cette maison est magnifique. Je t'ai apporté un bouquet de fleurs, ajouté-je, en lui tendant le bouquet.

— Elles sont magnifiques, dit-elle en sentant le bouquet. Je suis contente que tu sois là, installe-toi, je vais mettre les fleurs dans un peu d'eau et ensuite, je te sers un verre.

Penny me montre le canapé d'un coup de tête, je m'installe dessus, suivi de près de Noah qui se met juste en face de moi dans un fauteuil à bascule. En s'asseyant, un effluve de son parfum me parvient. J'aime cette odeur. D'instinct, je lui aurais dit, mais avec ce qu'il vient de se passer ou plutôt, avec Penny qui a l'air de nous surveiller, je vais m'abstenir et lui dirai plus tard.

— C'était qui le jeune homme dans la voiture ?

Penny a fait vite pour mettre les fleurs dans un vase, car elle est déjà de retour avec des interrogations. Elle n'y va pas par quatre chemins quand elle veut savoir quelque chose. Je jette un coup d'œil à Noah, il a l'air troublé par cette question, mais essaie de ne pas le montrer. Je pense qu'il ne s'attendait pas à ce que je subisse un interrogatoire.

— C'est mon meilleur ami.

Je n'ai pas quitté Noah des yeux pour répondant. Il est soulagé par ma réponse.

— Mmh, intéressant, dit Penny.

Je me tourne vers elle, restée debout et récupère le verre qu'elle me tend. Elle s'attendait à une autre réponse ? Fait-elle ça pour voir ma réaction ? Celle de Noah ?

— Et pourquoi il t'a déposée ?

Je souris de ses questions. J'ai l'impression de voir une grand-mère interroger sa petite fille sur ses fréquentations. Je pense qu'elle est surtout curieuse.

— Je n'ai pas de voiture, comme tu le sais.

Penny me répond par un signe de tête affirmatif.

— Donc quand j'ai besoin d'une voiture, surtout le soir pour éviter de prendre les transports, je lui emprunte sa voiture.

Je vois Penny ouvrir la bouche pour rétorquer, je me dépêche de continuer mon explication.

— Ce soir, il avait également quelque chose de prévu et comme ta maison était sur sa route, il m'a proposé de me déposer. Et me voici, dis-je en levant mon verre avant d'en boire une gorgée.

— Comme ça Noah pourra te raccompagner tout à l'heure ! s'écrie Penny, triomphante.

La gorgée que j'étais en train d'avaler passe par le mauvais tuyau, ne m'attendant pas à sa réponse. Alors que j'essaie de retrouver ma respiration entre chaque toussotement, Noah se penche vers moi et me chuchote quelque chose.

— … Je suis ravi de te déposer tout à l'heure.

Je n'ai rien entendu de ce qu'il a dit, sauf la fin. Je ne tousse plus et respire doucement. C'était quoi ce truc ?

— Le fait de te chuchoter quelque chose t'oblige à te concentrer sur autre chose que sur le fait que tu t'étrangles. Et hop, t'as arrêté de tousser ! dit-il comme pour répondre à mes pensées.

— Merci, dis-je en chuchotant à mon tour.

Il attrape mon verre et me le tend.

— Bois une petite gorgée, ça te fera du bien. Et doucement, chuchote-t-il.

Je souris, lui attrape le verre et avale une petite gorgée comme il vient de me le conseiller.

— Merci, dis-je légèrement en reposant ma boisson.

— On va continuer à chuchoter encore longtemps tu crois ? me demande Noah, le sourire aux lèvres.

— Pourquoi pas, ris-je.

La sonnerie du four qui retentit à l'intérieur de la maison me fait sursauter. Penny s'en va telle une tornade et je me retrouve seule avec Noah pour la première fois de la soirée.

— Je suis content que tu sois là, me chuchote-t-il en me regardant droit dans les yeux.

— Je n'aurais voulu rater ça pour rien au monde.

— La seconde fournée est prête ! s'écrie Penny en revenant avec un nouveau plat de victuailles.

Je pense que c'était le moment à deux le plus rapide du monde, mais j'ai aimé ça. Même si j'adore Penny, j'ai hâte que la soirée se termine pour pouvoir être seule avec Noah.

La nuit tombe sans que je m'en aperçoive. Nous avons passé la soirée à grignoter ce que nous a confectionné Penny. On a commencé avec des cookies puis on a dérivé sur des minis pizzas faites entièrement par Penny.

— Je te donnerai la recette de la pâte, tu verras, c'est super simple et rapide.

Elle va également me donner la recette de ses petites quiches salées version française. Elle a fini par me faire exploser le ventre en nous faisant des churros en express. Tellement des recettes rapides que je ne restais que de courts moments seuls avec Noah. Pas assez long pour avoir une conversation un peu plus privée que ce que l'on a eu jusqu'à présent.

Alors que Penny revient avec un nouveau pichet de citronnade maison, mon téléphone émet une sonnerie et nous coupe de notre conversation avec Noah.

— Mon meilleur ami, dis-je en voyant le nom apparaître sur l'écran.

— Rien de grave ? me demande Noah avec inquiétude.

— Non, ne t'en fais pas, il me demande juste s'il doit venir me chercher. Apparemment son rendez-vous a été un échec.

Je souris en l'imaginant dégouté que ça ne se soit pas passé comme il le voulait ! Lui qui m'avait dit plus tôt « *faudra que Noah te raccompagne, car je ne compte pas rentrer* ». Je me demande bien ce qui a pu lui arriver.

Je lui réponds que Noah me raccompagne et que je l'appelle en rentrant pour qu'il puisse me raconter ses péripéties.

— D'ailleurs, tu me dis quand tu veux y aller, me dit Noah.

Je regarde l'heure qu'indique l'écran de mon téléphone, 23h15.

— Je pense que l'on ne va pas tarder, si ça ne t'embête pas.

— Pas du tout, ça me fait plaisir !

À cet instant il m'adresse un sourire qui me touche. C'est un sourire attendrissant, doux, attentionné. Je ne sais comment l'expliquer, mais je n'ai qu'une envie à cet instant précis : aller l'embrasser.

Je peux bien évidemment compter sur Penny pour me sortir de cette situation.

— J'espère que tu reviendras, Emma.

C'est plus une affirmation qu'une question.

— Maintenant que je connais la route, je viendrais, Penny, ne t'en fais pas, lui dis-je en souriant.

— Ne dis pas ça pour être polie, fais-le surtout ! me menace-t-elle de son doigt.

— Penny, je t'assure, je reviendrais. Je me sens bien chez toi, on mange bien, puis on est en bonne compagnie…

Je laisse ma phrase en suspend tout en regardant Noah. Son sourire tantôt léger s'agrandit. Il a bien compris le message.

— Que demander de plus ? demandé-je, innocente.

— Tu as raison, dit Noah. Tu comprends pourquoi j'aime venir ici !

— Tout à fait ! Merci, Penny.

— Tu n'as pas à me remercier, Emma, tu es ici chez toi à présent, me répond-elle.

Sans hésiter, je me penche vers Penny assise à mes côtés et l'enlace. Comment ne pas aimer cette femme ?

— Bon, je suis désolée, mais je vais y aller, dis-je en me tournant vers Noah.

— J'allais te le dire de toute façon, je commence à fatiguer, avoue-t-il.

Nous nous levons à l'unisson, faisons une dernière accolade à Penny et nous avançons vers le portail.

— Vous revenez quand vous voulez, les enfants, nous dit une dernière fois Penny.

Avant de franchir la barrière, je me tourne vers Penny et lui fais un bisou volant. Comment est-ce possible d'être si gentille et attentionnée ? Je repense à ce que Noah m'avait dit sur le fait que Penny était comme sa grand-mère, et là je comprends, car c'est exactement ce que je ressens à cet instant présent.

— On se voit à la librairie de toute façon, lui dis-je en souriant.

Nous franchissons le portail, Noah m'ouvre la portière côté passager de sa voiture.

— Merci… Un vrai gentleman, dis-je en souriant.

J'entends Noah rire dans sa barbe avant de me dire :

— Gentleman est justement mon second prénom.

Il claque la porte de la voiture alors que j'éclate de rire.

Il s'installe à son tour, côté conducteur cette fois-ci et me demande :

— Je te dépose où ?

— Tu peux aller à la librairie.

Noah me lance un regard, ne comprenant pas pourquoi je choisis cette destination.

— J'habite juste au-dessus.

Pour réponse, il me sourit, met son clignotant et sort de la place où il était garé. Je fais un signe de la main à Penny restée à la porte de sa maison.

Nous voilà seuls. Totalement seuls. Et le tout dans un espace confiné. Son délicieux parfum me titille les narines. Sa main posée sur l'accoudoir me fait de l'œil. J'ai envie de la lui prendre. Un léger bruit de musique se fait entendre en fond. Je suis bien. Vraiment bien.

Mon cœur s'accélère, je n'ai plus envie de réfléchir et pose ma main sur la sienne. D'instinct, il retourne la sienne pour pouvoir enlacer la mienne.

Je lui jette un coup d'œil, il est toujours fixé sur la route. Un sourire est venu se dessiner sur son beau visage.

Je suis totalement en train de craquer.

Craquer pour lui.

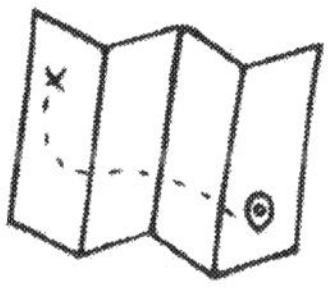

19. Noah

Est-ce que j'ai mis ma main entre nous deux en ayant l'espoir qu'elle la prenne ? Tout à fait. Est-ce que mon cœur a explosé quand elle l'a fait ? Absolument. Et maintenant, je souris comme un idiot pour la simple raison que je ne peux pas faire autrement.

J'essaie de me concentrer sur la route même si je n'ai qu'une envie : la regarder, elle.

Personne ne parle le temps du trajet. Profitant juste du calme autour de nous. Nous laissant dans cette bulle, main dans la main. Je ne peux m'empêcher de lui caresser le dos de la main avec mon pouce. Rien que ce geste me donne des sensations que je n'avais pas ressenties depuis bien longtemps.

La route défile et nous voilà presque arrivés à destination. Je ne veux pas la quitter. À croire qu'elle lit mes pensées, car elle engage la conversation.

— On se voit toujours dimanche ?

— Bien sûr ! Pourquoi ? Tu ne veux plus ? je demande, inquiet.

— Oh, non, je voulais juste être sûre que tu sois là... dit-elle doucement.

J'ose un regard vers elle. Elle est concentrée sur la route face à elle, mais je remarque que quelque chose ne va pas.

— Tu peux tout me dire Emma, il ne faut pas avoir de crainte avec moi.

Elle tourne son visage vers moi, étonnée que je lui dise cela.

— Dis-moi...

Comme pour la motiver à me parler, je serre sa main de mes doigts.

— Je...
— Tu…
— Je me demandais si tu faisais quelque chose demain ?
Sa question finit de faire chavirer mon cœur. Elle aussi ne veut pas que l'on se quitte ? Est-ce qu'elle aussi ressent toute cette alchimie entre nous ?
Je lui jette un nouveau coup d'œil et souris. Elle me regarde, toute timide, les joues légèrement rougies par sa demande. Je lui serre de nouveau un peu plus les doigts et lui réponds :
— Demain j'ai l'anniversaire de ma sœur.
Je n'ai pas le temps de continuer ma phrase que je vois ses yeux changer. Comme si un voile s'était posé. Est-elle triste de ma réponse ?
— Suis-je bête, tu me l'avais dit, dit-elle, gênée.
Sans que je comprenne quoi que ce soit, elle essaie d'enlever sa main de la mienne. Au lieu de relâcher mon emprise, je presse davantage mes doigts autour des siens.
— Laisse-moi finir, dis-je calmement en la regardant, perturbé de sa réaction. J'attendais d'arriver devant chez toi pour justement te proposer de venir m'y accompagner.
Le voile de tristesse s'évapore de suite pour laisser place à ce qui ressemble à… de la peur ? Comme pour joindre ma parole au geste, je me gare juste devant la librairie, coupe le moteur et me tourne entièrement vers Emma.
— Emma, veux-tu être mon +1 demain soir ?
— Ton +1 ?
— Tu ne connais pas cette expression ?
Je prends le temps de la regarder et je percute qu'elle est très tendue. Que s'est-il passé pour que l'atmosphère change en si peu de temps ? Est-ce à cause de cette invitation ? De rencontrer ma famille ? Que l'on se tienne la main ?
— Être le +1 de quelqu'un, c'est être son invité. J'avais entendu ça dans une série, et je n'avais jamais su le placer, dis-je en souriant, essayant de détendre l'atmosphère.
J'ai l'impression de l'avoir perdue. Elle me regarde, mais sans me voir. Je décide de lui lâcher la main, elle n'essaie pas de me retenir. Je retire ma ceinture et me tourne complètement face à elle.
— Emma, j'ai dit quelque chose qu'il ne fallait pas ?

demandé-je, doucement.

— Je suis désolée, je ne peux pas.

Sans que je comprenne ce qu'il se passe, elle détache sa ceinture et sort en trombe de la voiture, me laissant en plan. Comme pour rajouter un côté tragique à cette situation, une légère pluie se met à tomber.

Mon cerveau n'arrive pas à assimiler ce qu'il se passe. Mes yeux voient, toutefois, mon corps ne réagit pas. Je vois Emma ouvrir la porte de la librairie et rentrer sans même me lancer un dernier regard. La porte se claque et mon cœur se fissure.

20. Emma

Le dos collé à la porte que je viens de claquer, je me laisse glisser contre cette dernière. Sans que j'arrive à me retenir, les larmes se mettent à couler.

Mon cœur tambourine dans ma poitrine, dans ma tête, dans mon corps entier.

Pourquoi ai-je agi comme cela ?

Pourquoi ai-je si peur de faire confiance à un homme ?

Pourquoi m'a-t-on bousillé ?

Je me sentais bien et en une fraction de seconde, tout a basculé.

J'entends le bruit du moteur qui redémarre.

Je m'excuse, Noah...

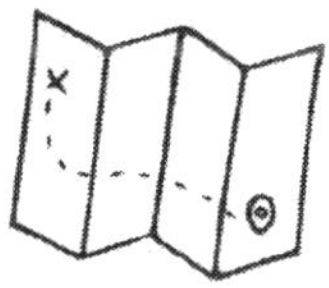

21. Noah

Je suis garé depuis dix minutes, pourtant, je n'arrive pas à sortir de la voiture. Les yeux dans le vague, là où Emma était assise quelques instants plus tôt.

Je me remémore ce qu'il s'est passé. Elle m'a donné la main, j'étais triste de devoir la quitter, elle aussi. J'ai suggéré qu'elle m'accompagne à l'anniversaire d'Ellie et c'était fini. Un mur était face à moi. Je fixe la poignée de la portière.

— La vitesse à laquelle elle est sortie de la voiture, dis-je en revoyant la scène. Je n'aurais pas dû l'inviter, ou pas de cette manière.

Je tape du poing sur le volant, agacé d'avoir voulu aller trop vite, d'avoir précipité les choses. La pluie tombe davantage. Une sonnerie retentit dans ma poche. J'ai reçu un texto. Sans doute Emma. Enfin, j'espère.

J'attrape mon téléphone et une pointe de déception se fait ressentir dans mon cœur. Ce n'est pas Emma, mais Penny. Chaque fois que je passe la soirée chez elle, elle m'envoie un message pour savoir si je suis bien rentré. Je lui réponds rapidement et mes pensées dérivent sur la conversation que j'ai eue avec Emma.

Si je lui envoyais un message ?

Je ne voulais pas te froisser, je suis désolé.

Je ne réfléchis pas et l'envoie.

Je sors de la voiture en quatrième vitesse et rentre chez moi. Je claque la porte derrière moi, trempé jusqu'aux os. Je décide de me déshabiller tout en me dirigeant vers la salle de bain. Une longue douche chaude pourra me remettre les idées en place face à ce qu'il s'est passé en fin de soirée.

Depuis que je connais Emma, je suis un homme différent. Je pense même que je suis la meilleure version de moi-même. Est-ce qu'elle aussi se sent différente avec moi ? Ou est-ce que je lui fais... peur ? Par moment, je sens qu'elle lâche prise, comme quand elle a pris ma main dans la voiture. Puis à d'autres moments, je vois qu'elle analyse tout ce qu'il se passe, comme tout à l'heure chez Penny. Lui est-il arrivé quelque chose dans le passé pour qu'elle agisse de la sorte ?

Pas de réponse au message, je décide d'aller me coucher. J'irai la voir demain.

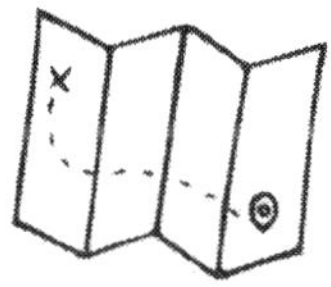

22. Noah

J'ai passé une nuit horrible, je me suis réveillé toutes les heures. J'ai fait des rêves bizarres avec Emma, Penny et même Miles.

J'appuie sur la cafetière pour qu'elle se mette en route, et j'attends, le regard dans le vide. Est-ce qu'elle a répondu à mon texto ? Je me hâte d'aller vérifier mon téléphone échoué sur le canapé, aucune réponse.

L'idée d'aller la voir ce midi a continué de germer dans ma tête toute la nuit et je vais vraiment y aller. Faut juste que je vérifie si ce midi c'est possible, sinon j'irai en fin d'après-midi avant d'aller à l'anniversaire d'Ellie.

Je dépose mon téléphone sur la table basse, récupère un mug dans le placard, le remplis de café et m'assieds dans le canapé. Ni une ni deux, j'attrape mon téléphone et décide de lui envoyer un nouveau texto.

Bonjour Emma, bien dormi ? J'aimerais beaucoup te voir pour que l'on puisse discuter. Es-tu dispo ce midi? En fin d'après-midi?

Voilà, j'ai plus qu'à attendre.

Peut-être que j'ai, encore une fois, été trop direct ? Ou collant? Parce que ça fait deux textos, dont un sans aucune réponse. Peut-être que ses non-réponses sont une manière de me dire qu'elle ne veut plus de moi ? Je secoue la tête. Je ne dois pas penser à des choses comme cela sans avoir eu de conversation.

N'ayant pas de réponse à ce texto, je décide d'aller me préparer. Je me persuade que si elle ne répond pas, c'est dû à l'heure matinale. Et celui d'hier soir, l'heure tardive. C'est vrai, tout le monde n'est pas sur son téléphone du matin au soir.

Une bonne douche, je vérifie une dernière fois mon reflet dans le miroir tout en me brossant les dents. Trois jours que je ne me suis pas rasé et hier soir, j'ai eu cette sensation que cela a plu à Emma. Pendant toute la soirée, elle n'arrêtait pas de m'observer et bloquer sur ma barbe. Pour quelqu'un qui a l'habitude de se raser chaque matin depuis des lustres, cela me change la vie. Et je dois bien l'avouer, j'aime le reflet que je vois dans le miroir. Cette petite barbe me donne un côté plus cool, plus détendu.

Polo bleu clair, qui fait ressortir mes yeux de la même couleur, short type chino bleu marine, le tout accompagné de mes Converses noires. Simple et efficace. Assez habillé pour le travail et assez détendu pour que je ne me sente pas étriqué, surtout avec la chaleur qu'il va faire aujourd'hui.

Sur la route du travail, je remarque les rues encore mouillées de cette nuit, mais, le ciel est déjà bleu et sans nuage. Il n'est que huit heures du matin et l'air sent bon. Ceci annonce une magnifique journée.

Je m'arrête au Starbucks qui se trouve au bout de la rue de l'agence de voyages. Je me prends un café glacé que je commence à siroter sur le chemin. Alors que je mets la clé dans la serrure, j'entends derrière moi :

— On se voit ce soir de toute façon ?

Reconnaissant la voix de mon assistante, Ashley, je me retourne discrètement pour regarder la scène. À moins de trois mètres de moi, son amoureux et elle se dirigent vers moi, ou plutôt l'agence.

— Oui, tu viens me chercher ? lui demande-t-elle.

— Bien sûr !

Porte ouverte, je me dirige à l'intérieur, pose ma boisson sur mon bureau et mon sac à dos sur ma chaise de bureau. J'allume toutes les lumières, celle de la grande pièce ainsi que celles des vitrines. Je vais également mettre en route ma playlist sur l'enceinte. C'est une playlist rassemblant des tubes des années 80 à maintenant, il y a un peu de tout et des centaines de morceaux. Cela permet de ne pas être dans le silence toute la journée.

Au moment où je m'installe sur ma chaise de bureau, j'entends la porte de l'agence s'ouvrir.

— Bonjour, patron, me salue-t-elle.

— Bonjour, Ashley, Alex ! je salue avec un signe de tête.

— Comment ça va ? me demande Alex.

— Fatigué, mais on tient le bon bout, réponds-je en montrant le café glacé.

Alex sourit et me montre ce qu'il tient en main : un gobelet en carton qui contient sans doute la même boisson que moi. Je ris de le voir me répondre ainsi.

— Tu travailles aujourd'hui ? lui demandé-je par politesse.

— Oui, j'y vais d'ailleurs, sinon je vais être en retard, dit-il en regardant sa montre. À ce soir, bébé ?

— À ce soir, répond Ashley en lui faisant un baiser.

Je détourne les yeux. Non pas que ce genre de scène m'embête, mais je préfère leur laisser leur intimité. J'en profite pour regarder mon planning de la journée. Deux rendez-vous le matin et trois l'après-midi, je ne vais pas chômer. Je propose toujours des rendez-vous aux clients pour que l'on puisse prendre le temps nécessaire pour expliquer leurs voyages.

Je me lève de ma chaise, ouvre la porte de l'agence et la bloque. J'aime laisser la porte ouverte quand les beaux jours arrivent, cela permet de respirer cet air qui sent si bon même si nous sommes à l'intérieur.

La matinée passe rapidement, à tel point qu'il me reste à peine vingt minutes de pause avant mon premier rendez-vous de l'après-midi. Mes deux entretiens se sont bien déroulés et un autre est venu s'ajouter sur mon planning. N'ayant rien préparé à manger, je décide d'aller me chercher quelque chose au Target qui se trouve juste à côté.

J'ai le nez plongé dans mon sac à dos, à la recherche de ma

carte bancaire, quand j'entends la porte de l'agence s'ouvrir.

— Désolé, nous sommes fermés le midi, vous pouvez prendre rendez-vous ou revenir plus tard, crié-je, toujours le nez dans le sac.

— Ce n'est pas pour prendre rendez-vous, répond une voix féminine.

Je reconnais cette voix. En une fraction de seconde, mon sac se retrouve par terre et je relève la tête.

Emma est plantée devant moi.

23. Noah

— Bonjour, Noah, me salue-t-elle en souriant timidement.

— Emma ? questionné-je comme un idiot.

Je contourne mon bureau pour aller la rejoindre. Je la détaille de la tête aux pieds. Elle est si jolie. Elle a légèrement ondulé ses cheveux et y a ajouté un bandeau rouge. Habillée d'une robe en jean et de ses Converses blanches.

— Noah, j'ai complètement oublié de te dire…

Emma se tend en une fraction de seconde. Derrière elle, Ashley entre en trombe dans l'agence.

— Désolée, je n'aurais pas dû venir, s'excuse Emma en opérant un demi-tour pour sortir.

— Non, attends !

Je me dépêche de faire les derniers pas qui me séparent d'elle. J'arrive à lui attraper la main pour la retenir. Ashley qui s'est poussée sur le côté, nous observe, gênée de son interruption.

— Ashley, tu peux revenir après, s'il te plait ?

Pour seule réponse, elle me fait un signe de tête positif. Alors que je tire Emma vers moi, Ashley en profite pour sortir et refermer la porte derrière elle.

Je desserre mon emprise de son poignet pour descendre ma main dans la sienne. Je serre mes doigts aux siens, elle se retourne pour me faire face.

— Je ne voulais pas te déranger pendant ton travail, dit-elle timidement.

— Tu ne me déranges pas. Jamais, précisé-je. Je suis content de te voir.

Et c'est vrai. J'ai comme un sentiment de soulagement qui coule en moi. La voir, et ici qui plus est, me fait un bien fou. J'ai envie de l'enlacer, sentir son cou, la caresser.

— Comment as-tu su que c'était mon agence ?

— Je me suis souvenue que tu m'avais dit que tu n'étais pas si loin de la librairie et en regardant sur Google, tu es la seule agence qui se trouve à côté. Facile, sourit-elle.

— Bien joué !

— Est-ce que tu aurais deux minutes à m'accorder ? demande-t-elle doucement.

— Même dix !

— Tu veux rester ici ou aller quelque part en particulier ?

— Et si on se baladait ? Afin de profiter du soleil ?

— Bonne idée.

Je lui lâche la main, le temps de récupérer mon sac à dos laissé au sol. Quand je me retourne, elle est déjà sur le trottoir, me tenant la porte pour sortir. Je ferme à clé et lui demande :

— Je t'offre un café ?

— Volontiers !

Nous prenons la direction du Starbucks.

— J'aimerais m'excuser pour hier soir.

Nous venons de parler en même temps pour dire la même chose. Mais pourquoi veut-elle s'excuser ?

— Toi d'abord !

Encore une fois, en même temps.

— Honneur aux dames, n'oublie pas que je suis gentleman.

Elle sourit de me voir reprendre cette vanne.

— Je m'excuse pour mon comportement d'hier soir, dans la voiture...

Son sourire disparaît au fur et à mesure qu'elle parle. Le mien également. Je n'aime pas la voir comme ça. Je m'arrête de marcher et l'attrape de nouveau par la main. Elle s'immobilise et se met face à moi. Un petit pas nous sépare. J'attrape sa seconde main et la regarde dans les yeux.

— Tu n'as pas à t'excuser de quoi que soit. C'est moi. J'ai fait n'importe quoi. C'est à moi de m'excuser pour le fait d'avoir été lourd, de t'avoir mis la pression concernant cette soirée. Je ne voulais pas que ça te bloque... j'étais tout simplement triste de devoir te quitter et dimanche me paraissait trop loin ! Je voulais te revoir le plus rapidement possible et l'idée de t'inviter m'est venue. Si je pensais un seul instant que ça te mettrait mal à l'aise, je n'aurais jamais demandé que tu m'accompagnes.

— Tu es si gentil, Noah.... chuchote-t-elle.

Ses yeux se mettent à briller. Je ne veux pas qu'elle pleure. En lui disant tout ceci, ce n'était pas du tout mon attention. Je voulais juste lui dire ce que j'avais sur le cœur. Et tout est sorti sans même pouvoir retenir quoi que ce soit.

Elle prend une grande inspiration et me dit :

— Ma dernière relation s'est très mal finie et maintenant, ça me fait flipper.

Elle vient de lâcher une bombe. Je me plonge dans son regard, l'interrogeant silencieusement sur ce qu'il s'est passé. Je vois une étincelle briller dans ses yeux et je constate qu'elle n'est pas encore guérie. Je comprends qu'il lui faut du temps. Que ce qu'elle vient de me dire a dû lui demander un effort surhumain. Et que je compte assez pour qu'elle le fasse. Que je compte assez pour elle, pour me prévenir, et que je sois au courant. Pour que je ne m'en aille pas.

Je lui presse les deux mains et étant très proche d'elle, j'avance mon visage du sien. Il suffit que je tende légèrement la tête pour pouvoir l'embrasser. Je vois une légère panique se faire dans ses yeux. Elle les ferme et essaie de respirer calmement.

Je prends une micro seconde pour l'observer. De toutes petites taches de rousseur ornent son nez. Détail que je n'avais pas encore vu.

— Merci de m'en avoir parlé, chuchoté-je. J'aimerais te dire que tu peux avoir confiance en moi, mais je préfère que tu le découvres par toi-même. On va prendre notre temps, ça ne sert à rien de nous précipiter.

Elle ouvre les yeux. Ses yeux verts sont intenses, chargés d'émotions et de ce qu'elle n'ose pas dire à voix haute.

— Je t'apprécie beaucoup, Emma, continué-je, toujours en chuchotant. Je veux que l'on profite de chaque instant.

Elle prend de nouveau une grande inspiration.

— D'accord, répond-elle.

Je souris à ce simple mot. Je colle mon front au sien quelques secondes jusqu'à ce que quelqu'un crie :

— Vous ne pouvez pas vous mettre ailleurs ???

Je me décolle d'Emma et regarde autour de moi. Nous sommes toujours en plein milieu du trottoir, à deux pas du Starbucks. Vu les gens qui passent autour de nous en nous dévisageant, nous gênons le passage.

— Désolé, dis-je à l'attention du vieil homme qui vient de nous engueuler.

— Ouais, c'est ça, râle-t-il en faisant de grands gestes.

— On y va ? questionné-je Emma en me retournant vers elle.

— On y va, répond-elle en me reprenant la main.

Mon cœur bondit dans ma cage thoracique. Que dis-je, il virevolte, danse la samba et fait des figures olympiques. Je lance un regard à Emma, elle rayonne. Un large sourire se dessine sur son doux visage. J'aime la voir ainsi.

Nous entrons dans le Starbucks, commandons chacun une boisson et repartons dans la rue.

— Tu prends toujours la même chose ? me demande-t-elle, étonnée.

— Oui pourquoi ?

— Tu ne te lasses pas ? Tu n'as jamais voulu goûter une autre boisson ?

— Comme la tienne par exemple ?

— Oui, tu veux goûter ?

Elle me tend son gobelet, prête à tout pour que je goûte sa boisson rose.

— Obligé que tu aimes ! dit-elle, sûre d'elle.

— C'est à quoi ?

— Goûte !

Sans me prévenir, elle me met son gobelet sous le nez, avec la paille juste devant mes lèvres. Elle me regarde avec insistance. Je pense que je n'ai pas le choix.

Je prends la paille dans ma bouche, inspire et laisse le liquide remplir ma bouche. Je prends le temps de savourer et imite les goûteurs de vin. Emma rit de me voir faire le pitre. Je sens tout de même qu'elle s'impatiente et qu'elle veut mon verdict.

J'avale et dis le plus sérieusement du monde :

— Comment tu peux aimer ça ?

Elle devient sérieuse et me sonde. Elle prend une gorgée de sa boisson et prend le temps de goûter, alors que tout à l'heure, elle m'a dit que c'était l'une de ses préférées.

À quel moment dois-je lui dire que j'aime bien sa boisson au fruit du dragon et que je la fais marcher ? Je l'entends même déjà me dire « *t'as vu, il ne faut jamais rester sur ses acquis* ».

Je souris de sa réaction, car elle reprend une seconde gorgée de sa boisson. En me voyant sourire, son visage change du tout au tout. Elle comprend qu'elle s'est fait berner.

— T'as pas osé ?!

Elle me lâche la main pour pouvoir me frapper sur le bras.

— Comment est-ce possible que je me fasse avoir à nouveau?!

Elle se tient la tête de sa main libre, choquée. Et elle éclate de rire.

— La vengeance sera dure, Noah, me menace-t-elle du doigt. Elle sera froide, glaciale, arctique, polaire. T'es pas prêt !

Elle me fait craquer. Mon cœur bat pour elle.

— Attends ! s'écrie-t-elle tout à coup. Ça veut dire que tu as aimé ?

— Grillé.

— Promets-moi que la prochaine fois, tu prendras autre chose que ton café glacé ? Pour changer un peu !

N'ai-je pas dit que je prévoyais ce qu'elle allait dire ? À quelques mots près. Me rendre compte que je la connais déjà me colle un frisson dans tout le corps.

— Promis, réponds-je en lui reprenant la main.

Nous reprenons doucement la route vers l'agence de voyages. Je suis déjà en retard pour mon premier rendez-vous de l'après-midi, mais je ne voulais pas presser Emma. Puis après ce que l'on s'est dit, je voulais profiter d'elle.

— Je vais te laisser là, dit-elle à une vingtaine de mètres de l'agence.

— T'es sûre ?

— Oui, de ma faute tu es en retard, j'espère que ça ira pour toi, dit-elle en faisant signe vers la dame qui attend devant l'agence.

— Ne t'en fais pas... Merci d'être venue.

— Merci à toi de m'avoir écouté... et parlé.

Ses joues rougissent en disant ça.

— On se voit bientôt de toute façon ? réclamé-je, déjà triste de la quitter.

— Je me demandais... ton invitation est toujours valable pour ce soir ?

— Bien sûr !

Je ne lui cache pas mon étonnement face à cette demande et ne lui dissimule pas non plus mon plaisir de savoir qu'elle veut venir.

— T'es sûr que ça ne dérangera pas ta sœur que je sois là ?

— Non, j'ai le droit d'inviter qui je veux, la rassuré-je. Je passe te prendre ou tu me rejoins ici ?

— Je t'envoie un message pour te dire ? Avec Miles on a un rendez-vous cette après-midi pour la librairie et je ne sais pas encore à quelle heure ça se termine.

— On fait ça, on s'envoie des messages.

Je me penche vers elle et lui fais un bisou sur la joue. En me retirant, ses cheveux volent dans mon visage et un nuage de son parfum m'enveloppe. J'aime tout chez elle.

— À ce soir, lui dis-je une dernière fois.

— J'ai une dernière question !

— Oui ?

— Il y a une tenue exigée pour ce soir ?

Je la regarde de la tête aux pieds, pour vérifier son apparence.

— Viens comme ça, tu es parfaite !

Ses joues rougissent à nouveau. Je ne me lasserai jamais de voir ce détail, je crois. Elle fait un dernier sourire, un signe de la main, se retourne et s'en va. Je reste planté là quelques instants pour la regarder marcher, ses cheveux virevoltants dans les airs.

J'inspire profondément et retourne à la réalité qui m'attend. À cette réalité où, pendant quelques heures, je serai loin de la fille qui me fait succomber.

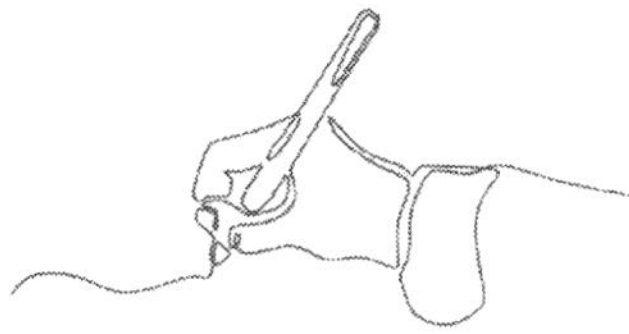

24. Le Journal

Sa mère ne m'aime pas, son père non plus et sa sœur encore moins. Je pense que je viens d'assister au pire dîner de famille de ma vie.

Bientôt six mois que je suis avec « A » et c'était la première fois que je voyais sa famille. Il voulait attendre avant de me présenter. Chose que je peux comprendre, car, si c'est pour présenter une fille au bout de dix jours et qu'en fait, ça ne fonctionne pas, ce n'est pas cool pour les parents. Donc, on a laissé le temps couler, on a vu que les choses se passaient bien, même très très bien, donc ce soir c'était : dîner de famille pour l'anniversaire de sa sœur.

Sa sœur est plus âgée que nous, célibataire, sans enfant.

Non pas que ça ait d'importance pour toi, Journal, mais plus tard, quand je relirai ceci, cela me permettra de me souvenir que je ne suis pas bizarre. Moi.

Je vais retranscrire la soirée comme ça s'est passé. Comme si je revivais la scène.

Ne sachant comment étaient ses parents ni sa sœur, puisque « A » ne voulait pas m'en dire plus, j'ai dû me débrouiller seule. J'ai donc enfilé une robe noire toute simple, avec un décolleté carré sur le devant, s'arrêtant juste au-dessus du genou tout en étant légèrement évasé sur le bas. Classique, basique, elle faisait le job. Le tout agrémenté de mes Converses noires, une veste en jean et les cheveux détachés.

Quand je suis arrivée sur le lieu de rendez-vous, c'est-à-dire chez ses parents, j'aurais dû remarquer tout de suite que je n'allais pas avec le décor.

— Tu aurais pu faire un effort.

Lui était très élégant, costume bleu foncé, cravate, bien coiffé, chaussures de ville. Effectivement, je faisais tache à côté, mais je n'ai pas eu le temps d'y remédier, car la porte s'est ouverte.

Une dame de maison nous a fait entrer et nous a dirigés dans un salon. Tout était chic. Un canapé et des fauteuils en velours vert sapin entouraient une table basse en bois brut, le tout posé sur un tapis clair. La pièce éclairée de façon à mettre une ambiance cocooning n'avait pas l'effet escompté puisqu'elle était loin d'être chaleureuse, elle était glaciale. Il y avait uniquement un meuble avec quelques boissons alcoolisées posées sur le dessus, contre un des quatre murs, et des dizaines de tableaux accrochés au mur opposé pour atténuer cette froideur.

Embarrassée de me trouver dans un tel endroit guindé, je n'ose pas m'asseoir alors que « A » s'affale dans l'un des fauteuils.

— Enfin te voilà !

Sa mère. Elle a une manière de parler très... particulière. Elle articule beaucoup et a un ton hautain. Puis sa manière de se tenir hyper droite...

Quant au père, il parle fort, sans doute pour être sûr qu'on l'entende et qu'on ne lui coupe pas la parole. Le pire, c'est cette manière de se sentir plus fort que le reste du monde.

En parlant de monde, c'en est un tout entier qui sépare « A » de ses parents. Je me suis même posé la question durant une courte seconde s'ils étaient bien ses parents biologiques. Jusqu'à ce que je voie la ressemblance frappante avec son père.

J'étais tellement obnubilée par leurs manières d'être et surtout, d'essayer de me faire toute petite que je ne les ai pas réellement regardés. Leurs visages je veux dire.

« A » ressemble énormément à son père. On ne peut pas dire le contraire.

— Qui est-ce ? a demandé sa mère en me voyant.

Comment te dire, Journal... je ne me suis jamais sentie aussi honteuse de ma vie. En partant de chez moi, je me trouvais jolie et en une fraction de seconde, cette femme a su me faire sentir minable.

— C'est ma copine !

Il a dit ça après que ses parents m'aient dévisagée et regardée de haut en bas pendant de très longues secondes.

— Ah... fait son père.

— Tu n'as pas trouvé mieux ?

Sa mère avait fini de m'achever.

Sa sœur a choisi ce moment-là pour arriver dans la pièce. Alors que ses parents sont très chics, hautains et grandes gastronomies, que « A » est décontracté, à la cool (sauf ce soir bien sûr), sa sœur est... totalement perchée.

Habillée de plein de couleurs différentes, un peu psychédélique, en sandales, les cheveux à peine coiffés en une queue haute, pas maquillée.

De ne pas être comme ses parents ne l'a pas empêchée de me regarder avant de pouffer de rire.

Je n'avais qu'une envie : partir loin de là et ne jamais revenir.

J'ai lancé un regard à ce mec qui est censé être en couple avec moi. Il me supplie du regard de rester. Je me suis donc assise dans un des fauteuils et n'ai pas parlé de la soirée. J'ai accepté un verre d'eau, histoire de ne pas me montrer malpolie, mais je n'y ai pas touché.

Arrivés au moment du repas, nous avons tous été conviés à nous diriger vers la salle à manger. Une grande table avec une belle nappe blanche a été dressée. Plusieurs assiettes empilées, différents couverts et verres à pied étaient posés devant moi et je ne comprenais pas à quoi ça servait d'avoir autant de choses sur la table.

Ensuite est venu le moment où je lui ai offert son cadeau... quelle terrible erreur j'ai commise ! Je pense que ça a été la cerise sur le gâteau. C'est simple, je suis partie cinq minutes après ça.

J'ai eu la bonne idée de lui offrir une carte cadeau d'une grande enseigne de cosmétique. Elle me l'a tout simplement jetée au visage en me disant :

— Tu es inconsciente, ma parole !!

Je n'aurais jamais dû donner mon argent à une grande enseigne, je n'aurais jamais dû croire qu'elle se maquillait parce qu'elle était une femme, je n'aurais même jamais dû lui donner quelque chose qui a une valeur d'argent. Je la cite « Je préfère que tu m'offres un vase fait de tes propres mains plutôt qu'une carte de cinquante dollars ! ».

Bien sûr, personne n'a pris ma défense. Même mieux, on m'a encore plus jugée après ce moment-là. J'ai donc attendu quelques instants, je me suis excusée auprès d'eux prétextant devoir aller au petit coin et je suis partie... Je n'ai dit au revoir à personne, comme ça ils auront de quoi cracher sur moi.

Ça fait presque deux heures que je suis rentrée et c'est seulement maintenant que je reçois un texto de « A ».

Je pense que l'on évitera de voir mes parents et ma sœur à l'avenir, je t'appelle demain

Tu sais quoi Journal ? Je préfère oublier cette soirée et aller me coucher. Bonne nuit.

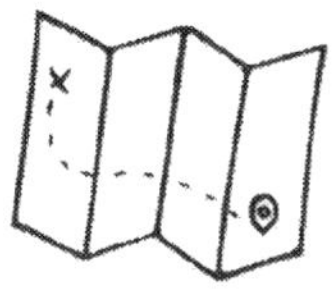

25. Noah

J'ai été obligé de relire ce passage. Non pas par envie, mais parce qu'il était sous mes yeux et je n'ai pas su résister. À cause d'une circonstance toute bête lorsque j'ai voulu me dépêcher de partir pour aller chercher Emma. J'ai récupéré, par la lanière, mon sac au sol et cette dernière s'était coincée dans le pied de ma chaise de bureau. J'ai forcé, mon sac s'est renversé et son contenu s'est répandu au sol. Le carnet, qui était à l'intérieur du sac, est tombé et s'est ouvert sur cette page, et je l'ai lue.

Relire ce passage me met toujours mal à l'aise. À chaque fois, j'arrive à ressentir le mal être de cette personne.

Par chance, je n'ai jamais eu des spécimens comme eux dans mon entourage, cependant, je sais qu'ils existent. J'ai toujours un pincement au cœur, car j'aime ce que la personne dégage de ce journal et cela me rend triste de voir qu'elle puisse être mal.

— Ça va ? me demande Alex.

Je referme le journal d'un coup sec et le cache en dessous d'un dossier.

— Oui, ça va, qu'est-ce qu'il y a ?

— Ashley te demandait si tu avais validé ses vacances pour que nous puissions réserver l'avion et l'hôtel, précise Alex en me fixant. Tu es sûr que ça va ?

J'ignore sa seconde question pour me concentrer sur ce qu'il vient de me dire. Je m'agace un peu. Sans doute parce que cette question m'a été posée hier et que j'ai répondu que je les validerai samedi matin. Je prends une grande inspiration, et essaie de répondre calmement :

— Tes vacances seront validées demain matin, comme je te l'ai dit hier, dis-je en regardant uniquement Ashley.

Je sens Alex se tendre dans mon champ de vision. Quant à Ashley, qui était en train de ranger son bureau, elle relève la tête vers moi. Elle affiche une expression mi-agacée mi-surprise. Agacée sans doute parce que je n'ai pas fait l'effort de me dépêcher, et surprise parce que je monte rarement le ton. Surtout ici à l'agence.

Je vois Ashley ouvrir la bouche pour me répondre quand mon téléphone sonne. La sonnerie provient de sous les documents. Je retourne mon bureau en dix secondes et décroche sans regarder qui appelle. Je tourne légèrement sur ma chaise pour ne pas qu'Alex et Ashley n'entendent pas ma conversation.

— Noah, c'est moi !

— Emma ? Ça va ?

— Oui, pourquoi ça n'irait pas ? demande-t-elle, surprise.

— Désolé, j'étais préoccupé avant que tu appelles et je pense que j'étais encore perdu dans mes pensées.

— Ça va ?

J'inspire profondément. Qu'est-ce qu'ils ont tous à me poser cette question aujourd'hui ? Je me retourne vers Alex et Ashley pour voir ce qu'ils font, car je n'entends aucun bruit autour de moi sauf la playlist que j'ai lancée en début d'après-midi.

Ashley est debout derrière son bureau finissant de ranger ses affaires dans le meuble derrière elle, et je surprends Alex en train de fixer mon bureau. Je décide de suivre son regard pour voir ce qui peut bien l'intéresser et mes yeux tombent sur le journal mystérieux. Je dérive de nouveau vers Alex et lui ne bouge pas d'un iota, toujours fixant mon bureau. Pourquoi regarde-t-il le journal ainsi ?

— Noah ? Tu m'entends ?

Préoccupé par le comportement d'Alex, j'en ai oublié Emma au bout du fil.

— Désolé, tu disais ?

— Je ne voulais pas te déranger, Noah, je vais t'envoyer un

texto pour t'expliquer ! Je peux ?

— Ne dis pas de bêtises, vas-y, je t'écoute !

Alors que j'essaie de me concentrer sur la voix d'Emma au bout du fil, je continue d'observer Alex. Il essaie doucement de se rapprocher de mon bureau, les yeux rivés sur le journal. Je décide de faire semblant de chercher un dossier en particulier et recouvre le carnet de tas de choses. Alex s'arrête net et paraît déçu d'avoir été arrêté dans son élan.

— Noah ?

Je n'ai rien écouté de ce qu'Emma venait de me dire.

— Pardon, je n'ai pas écouté.

— Je te laisse travailler, je ne voulais pas te déranger.

— Non, vas-y, promis cette fois-ci, je t'écoute.

— Je t'envoie un texto à la place, bisous !

Je n'ai pas le temps de rétorquer qu'elle raccroche.

— J'ai fini, on va pouvoir y aller, s'écrie Ashley.

Alex, qui était toujours en train de fixer mon bureau, sursaute comme pris la main dans le sac.

— Parfait, à nous le week-end ! dit-il, souriant, en se tournant vers Ashley.

— Je t'envoie un mail dans la matinée pour tes vacances, dis-je avant qu'elle me pose la question.

— Merci, patron, à lundi !

Elle me fait un signe de la main et prend la main d'Alex pour se diriger vers la sortie. Il lance un dernier regard sur mon bureau puis à moi pour me dire au revoir.

Vraiment étrange son comportement quand il a vu le carnet. Est-ce qu'il le connaît ? Est-ce qu'il sait à qui il appartient ? Je décide de le remettre dans mon sac à dos, en lieu sûr, et je pense que dorénavant, je ne le prendrai plus avec moi. Je le laisserai en lieu sûr, c'est-à-dire chez moi. Je ne veux pas prendre le risque de le perdre, et surtout, que quelqu'un de malhonnête puisse le trouver.

L'avoir trouvé moi-même il y a quelques semaines fait-il de moi quelqu'un de malhonnête ? Non, puisque je n'ai pas d'arrière-pensée en le lisant. Oui, voilà.

Un bip me stoppe dans mes pensées. Un texto. Sans doute Emma puisqu'elle vient de me dire qu'elle allait m'en envoyer un.

Tu es plutôt mignon
quand tu es concentré ☺

Je relève directement la tête vers l'extérieur et je souris. Emma se trouve devant la vitrine de l'agence, mettant ses mains autour des yeux pour se protéger du soleil et sans doute pour mieux m'apercevoir à travers la vitre.

Je lui fais signe de rentrer. Je jette un dernier coup d'œil sur mon bureau, il est à peu près rangé et propre. Il n'y a que le gobelet de mon café de tout à l'heure qui traîne près de l'écran d'ordinateur.

— Tu m'espionnes maintenant ? lui demandé-je en faisant le tour du bureau.

— Je ne vois pas de quoi tu parles, répond-elle en s'approchant de moi.

Je m'avance vers elle, me penche et lui fais un baiser sur la joue. Je lui fais un peu plus près de la bouche que prévu. Elle n'en dit rien et me sourit.

— Je ne suis pas venue trop tôt ? m'interroge-t-elle en regardant autour d'elle.

— Non, j'ai fini ! Ashley vient juste de partir, je terminais de ranger pour partir à mon tour.

Elle regarde l'état de mon bureau puis me dit :

— Tu veux que j'attende dehors ?

— Non, regarde, je jette ça, dis-je en attrapant le gobelet vide et en le lançant dans la corbeille à côté du bureau. Et voilà, on est partis !

— T'es sûr ?

— Ne t'en fais pas, je commencerai la journée de demain par du rangement, dis-je en l'entraînant avec moi vers la porte d'entrée. Tu es plus importante que du rangement.

Elle s'arrête net de marcher. Suis-je allé trop loin en lui disant ces mots ? Les secondes qui s'écoulent me paraissent durer des minutes. Je n'ose pas bouger et encore moins parler. Juste, j'attends.

Elle s'avance, approche son visage du mien. Elle me regarde dans les yeux et souris.

— Qu'est-ce que j'ai fait pour te mériter, Noah ?

Elle me fait un bisou à la limite de la commissure de mes lèvres. Ce moment dure trois secondes maximum et pourtant, un feu d'artifice s'est allumé en moi. Elle recule, les yeux fermés avec un sourire dessiné sur le visage, les joues légèrement rougies. J'aime la voir ainsi.

Si elle continue de me faire ce genre de choses, ça va être compliqué de prendre notre temps. Elle me laisse en plan et sort de l'agence en disant :

— On y va ?

26. Emma

Me voilà devant une porte, prête à sonner, allant à une soirée d'anniversaire d'une inconnue.

— Vas-y, sonne, dit Noah.

Je tends la main vers la sonnette quand la porte s'ouvre doucement.

— Chut, venez ! dit un homme.

Je le reconnais tout de suite, c'est celui qui avait accompagné Noah au speed dating. J'ai un trou de mémoire pour son prénom, mais Noah m'a expliqué tout à l'heure, le temps du trajet en voiture, que c'est le mari de sa sœur.

Nous le suivons en silence. Alors que Noah ferme la porte derrière nous, on s'avance dans le domicile. Je jette des coups d'œil à droite à gauche et cette maison est tout simplement magnifique. Lumineuse, grande, chaleureuse. Je n'ai pas le temps d'en voir plus que nous passons une grande baie vitrée et nous nous retrouvons dans le jardin.

Trois mètres devant nous se trouve une table dressée. Esprit un peu pique-nique et détente. Des guirlandes lumineuses sont accrochées un peu partout. Des transats et même une table de ping-pong sont installés. Le clou du spectacle : une machine à granité est déjà en route.

— Restez là, je reviens avec Ellie !

Il nous laisse en plan au milieu du jardin.

— Je pense qu'il a dû la forcer à rester à l'étage, me dit Noah en regardant vers les fenêtres du premier étage.

— Elle doit se douter de quelque chose, non ?

— Quand Jake lui propose de sortir, elle met un temps infini à se préparer. Donc là c'est tout bénef' pour lui. Je te parie même que c'est nous qui allons devoir l'attendre.

— N'abuse pas !

— Tu veux parier ?

Il me tend la main, prêt à sceller ce pari.

— Allez, je parie !

— Je gagnerai quoi ?

— Ne jubile pas trop, ce n'est pas encore joué.

— Très bien, je te laisse espérer. Réfléchis tout de même à ce que tu vas m'offrir, dit-il près de mon oreille.

Un frisson me parcourt.

— Donne-moi ça, je vais aller le mettre sur la table, dit-il en me prenant doucement le paquet cadeau des mains. Tu veux quelque chose à boire ?

— Je veux bien un soda, s'il te plait.

— Je t'amène ça tout de suite.

Je n'ai pas le temps de rester seule longtemps puisque Penny arrive dans le jardin. Je vois Noah lui faire un câlin pour la saluer.

— Comment vas-tu Emma ? m'interroge-t-elle en m'enlaçant.

— Ça va et toi ?

— Pas trop stressée ?

— Stressée ? demandé-je, surprise.

— De rencontrer... la famille ? questionne-t-elle après un moment d'hésitation.

— Hm... non, je réponds après avoir réfléchi un quart de seconde. Je suis honorée de faire partie de cette soirée et j'ai hâte de voir un peu qui entoure Noah au quotidien.

— Tu verras, tu seras bien intégrée !

— Je n'ai aucun doute là-dessus, dis-je en souriant à Noah qui arrive.

— Tiens, ta boisson, fait-il en me tendant un verre. Comme je m'y attendais, Jake a mis le paquet. Là-bas, dit-il en me montrant une table un peu plus loin, il y a du pop-corn, des bonbons et une machine à…

— Granité ! finis-je pour lui.

Il me regarde, stupéfié.

— C'est la première chose que j'ai vue quand nous sommes arrivés dans le jardin, avoué-je en me cachant derrière mon verre.

— Je te reconnais bien là, dit Penny en riant. D'ailleurs, je vais aller voir de plus près ce qu'il se passe là-bas.

— Laisse-nous du pop-corn Penny, dit Noah la menaçant du doigt.

— Je ne te promets rien, répond-elle avec un clin d'œil.

La voilà partie et nous sommes de nouveau seuls dans un coin du jardin. Je porte ma boisson à proximité de ma bouche pour boire quand Noah se tourne vers moi lentement, un air sérieux sur le visage.

— Un problème ? demandé-je, inquiète.

Il tend sa main vers la mienne pour la saisir. Mon cœur bat à vive allure dans ma poitrine.

— Je voulais juste te remercier d'être ici avec moi. T'imagines pas à quel point je suis heureux que tu sois là.

Il amène ma main à sa bouche pour y faire un baisemain. Le contact de ses lèvres sur le dos de cette dernière me colle des frissons instantanément. J'en lâcherais presque le verre que porte mon autre main.

On se regarde dans les yeux. Aucun de nous deux ne parle. Mon cœur bourdonne dans mes oreilles. Je remarque qu'il s'approche doucement de moi, ses yeux fixant mes lèvres de temps à autre. Plus que quelques centimètres et je pourrai enfin goûter à ses lèvres. Mon cœur est sur le point d'exploser.

— Noah ? Emma ? Venez, vite !

Je sursaute en entendant mon prénom. Jake est revenu pour nous avertir qu'Ellie allait descendre d'une minute à l'autre et qu'il fallait se tenir prêt à crier de joie en la voyant arriver.

Noah me regarde, déçu d'avoir été interrompu, néanmoins, sa main qui me serre me fait comme la promesse que ce n'est que partie remise. Nous nous approchons de Penny qui se trouve avec Jake, juste à côté de la table.

— Jake ? T'es passé où ?

En moins de temps que prévu, Ellie est là, devant nous.

— JOYEUX ANNIVERSAIRE !!!! crions-nous à l'unissons.

En une fraction de seconde, sa bouche se forme en un parfait O de surprise. Puis se transforme en un sourire éclatant et cri de joie.

— Ce n'est pas vrai !!!! hallucine-t-elle en mettant sa main devant sa bouche. Je n'arrive pas à y croire !!

Penny se met à applaudir, Noah à siffler et moi je crie, me laissant emporter par la gaieté du moment. Jake rejoint Ellie et lui fait un baiser tout en lui souhaitant un joyeux anniversaire.

— Merci ! Merci ! Merci, répète-t-elle plusieurs fois, les larmes prêtes à déborder. Vous êtes dingues !

— Dingue de toi, dit Noah en s'approchant d'elle.

Il lui fait un câlin et se recule pour laisser place à Penny. Je n'avais même pas remarqué qu'elle ne se trouvait plus à mes côtés. Penny se décale de tout ce petit monde pour laisser Ellie me voir.

D'un seul coup, j'ai cette sensation que l'excitation que je ressentais juste avant vient de disparaître brutalement pour me laisser seule avec ce que j'interprète comme de l'angoisse. Ce sentiment ne dure qu'un très court instant, car Ellie me sourit, s'avance et m'enlace à mon tour. Avec ce débordement d'amour, c'est comme si j'étais dans un nuage de coton. Je me sens apaisée, bien, à ma place.

— Enfin, je te vois Emma, dit-elle en se reculant pour mieux m'observer. C'est vrai que t'es canon !

Elle jette un regard à Noah qui se trouve un peu plus loin avec son mari. Il nous regarde, jugeant mes réactions pour voir s'il doit venir à mon aide ou non. Enfin, je suppose.

— Merci d'être venue, ça me touche beaucoup, ajoute-t-elle en me regardant. On parlera plus tard, mais sache que je t'aime déjà

Elle me fait un clin d'œil et s'en va rejoindre son mari. Noah me lance un petit « ça va ? » silencieux auquel je réponds par un hochement de tête affirmatif. J'ai la gorge sèche. Je bois mon soda d'une traite et me dirige vers la table avec toutes les bonnes choses à déguster.

Je vois les pop-corn, les bonbons et la machine à granité. Je remarque également des macarons, et des mini cheesecakes. J'en ai l'eau à la bouche rien que de voir toutes ces bonnes choses à manger.

— Déjà faim ?

Je me tourne pour faire face à Noah, sourire aux lèvres.

— Un peu, avoué-je. Pas toi ?

Pour réponse, il me lance un regard de braise. Le message est passé.

Cette bulle éclate au moment où Ellie, Jake et Penny nous rejoignent pour déguster les mets sur la table ainsi que le cocktail fait maison que Jake a réalisé.

— Fais comme chez toi surtout, Emma, me dit Jake.

— D'accord, merci.

— Un cocktail ? me demande Ellie.

— Oui, pourquoi pas !

— Tu bois des cocktails ? s'interroge Noah, curieux.

— Parfois. C'est assez rare, mais là, c'est l'occasion de marquer le coup, non ?

Il me sourit. Soit il se dit que c'est pour l'anniversaire de sa sœur, soit c'est pour ce qui a failli se passer tout à l'heure. Parce que oui, même si ce n'est qu'un simple baiser pour certains, pour moi c'est important. Un premier baiser reste toujours un moment magique, quelque chose d'inoubliable.

Ellie me tend un nouveau verre contenant le cocktail cette fois-ci. Elle y a ajouté un glaçon, un petit parasol et une paille.

— On trinque ? propose Penny.

— Je n'attendais que ça ! dis-je en montrant mon verre.

Ellie rit et se hâte de lever son verre entre nous.

— À vous, merci d'être là. À moi, parce que c'est mon jour !

On fait tinter nos verres les uns contre les autres avant de boire une gorgée.

— Je peux te parler cinq minutes ? me demande Ellie.

— Bien sûr !

Je sens le regard de Noah sur moi. Je préfère l'ignorer de peur de me bloquer. Parce que même si je suis à l'aise depuis que je suis arrivée, je n'en oublie pas pour autant que je suis chez Ellie et Jake, deux personnes que je ne connais pas. Ou pas encore plutôt.

— Viens, on va par-là, dit-elle en me montrant un coin du jardin.

Je n'avais pas fait attention, mais dans un des coins du jardin, il y a deux balançoires ainsi qu'un toboggan. Pas beaucoup éclairé, juste ce qu'il faut pour que l'on puisse distinguer les balançoires dans le décor. Ellie s'assied sur l'une d'elles et je décide de l'imiter en m'asseyant sur la seconde.

— Tu passes une bonne soirée ? demandé-je, légèrement tendue.

— Oui, parfaite, merci. Toi aussi, j'espère ?

— Oui, je suis contente d'être ici. Vraiment.

Elle boit une gorgée de sa boisson et tourne sa tête vers le reste de la troupe qui se trouve dans la lumière.

— J'ai la chance de les avoir, et je réalise encore une fois aujourd'hui à quel point.

Dans sa voix, je peux entendre toute la reconnaissance qu'elle a pour les trois personnes présentes ici pour elle ce soir.

— Tu sais, Noah a beaucoup changé depuis qu'il te connaît.

Retournement de situation à 360 degrés. Je ne l'ai pas vu venir. À présent, c'est moi qu'elle observe.

— Changé ? demandé-je, intriguée.

— Je pense que le mot changé n'est pas le bon… attends que je réfléchisse.

Nouvelle gorgée. Je décide de boire également. Pas trop parce que l'alcool me monte vite à la tête, car je n'ai pas l'habitude d'en boire. Et là, je veux rester lucide au moins le temps de cette conversation.

— Il renaît. Voilà, c'est le bon terme. Il est celui qu'il était il y a bien des années. Le vrai lui.

Je ne m'attendais pas du tout à avoir ce genre de révélations. Surtout venant de sa sœur.

— Je peux te dire quelque chose ?

— Dis-moi, dit-elle en me regardant.

— Il m'aide beaucoup également. Ça ne fait vraiment pas longtemps que l'on se connaît et pourtant... j'ai l'impression que ça fait des années.

Elle sourit de ma confession.

— Je connais ce sentiment, fait-elle en lançant un regard vers Jake. Donc je comprends parfaitement ce que tu veux dire.

— Noah est arrivé à un moment qui était assez compliqué pour moi. Je...

Je n'arrive pas à aller plus loin. Les mots restent bloqués dans ma gorge.

— N'en dis pas plus.

Elle m'attrape la main et me la serre. C'est un truc de famille de faire ce geste ou quoi ? Je fixe sa main tout en essayant de canaliser mes pensées. Son attitude me réconforte et je comprends que je n'ai pas à me justifier sur quoi que ce soit.

— Merci de faire sourire mon frère.

Je relève la tête vers elle. Dans son regard, j'y décèle de la gratitude. Pour moi cette fois-ci.

— Il y a des choses qu'une sœur ne peut pas faire. Il n'y a que... l'amour qui le peut.

Elle me presse une nouvelle fois la main et se lève me laissant en plan sur la balançoire.

Voilà, c'est dit. Il n'y a plus de doute pour personne.

27. Noah

La soirée se passe merveilleusement bien. Je vois qu'Emma s'est très bien intégrée à la famille. En même temps, elle a déjà vu Jake durant la soirée du speed dating. Penny a encore passé la soirée avec elle, hier soir. Donc il ne restait que ma sœur.

N'ayant plus nos parents depuis nos douze et onze ans, nous n'avons toujours été que tous les deux. Par la suite, Jake s'est ajouté au groupe ainsi que Penny. Depuis, nous sommes à quatre. Ou cinq, si je compte Rachel. Cependant, maintenant elle n'est plus là.

Nous voilà assis autour de cette table à pique-nique, profitant des uns des autres.

— Oh, j'adore cette chanson ! s'écrie Emma.

— Moi aussi ! Viens, on va danser ! s'amuse Ellie.

Emma boit la moitié de son verre d'une traite, le pose sur la table et se lève en se dandinant. Penny rit de la voir ainsi. Ellie attrape Jake par la main et l'incite à venir danser également. Il fait semblant cinq secondes de ne pas vouloir puis se laisse volontiers tenter en riant.

Alors que je me pensais sorti d'affaire, je sens des mains se poser dans mon dos et je vois le visage d'Emma apparaître sur ma droite.

— Tu viens ?

— Je ne danse pas.

— Allez ! S'il te plaît ! supplie-t-elle.

— Comment te dire non ?

Elle se recule pour me laisser me lever. Je vois Penny sourire de me voir capituler. Je sais ce qu'elle se dit à ce moment-là. Rachel n'arrivait jamais à me faire lever lors d'une soirée pour danser et là, en quelques instants et un battement de cils plus tard, Emma me fait danser. Elle est incroyable.

Je lui prends la main et la fais tourner à plusieurs reprises. On rit, on danse, on chante, on s'amuse.

Alors que je m'apprête à retourner m'asseoir, une chanson plus douce se fait entendre. On se regarde et je comprends qu'elle veut danser encore. Je lui tends la main qu'elle attrape sans attendre et nous faisons les choses en bonne et due forme : ma main droite enlacée à la sienne relevée entre nous, je pose ma main gauche dans le bas de son dos. Elle positionne la sienne sur mon épaule gauche, nous voici en position pour danser un slow.

Tout ce qu'il se passe autour de nous disparaît. Il n'y a plus qu'elle et moi, nous balançant doucement sur l'air de la musique. On se regarde dans les yeux, intensément. Je vois son regard descendre sur mes lèvres et y rester quelques secondes avant de remonter à mes yeux.

J'enlève ma main de la sienne pour remettre une mèche de cheveux derrière son oreille. Ou devrais-je plutôt dire que c'est un subterfuge pour pouvoir la toucher autre part. Doucement, je remets ses cheveux en place, toujours les yeux dans les yeux. J'attends son feu vert pour me lancer. Elle me sourit tendrement. Je n'attends plus et m'approche encore plus d'elle, pour qu'il n'y ait plus que quelques centimètres de distance entre nous.

Elle décide de réduire cette distance en posant ses lèvres sur les miennes. Je n'entends plus rien de ce qu'il se passe autour de moi, savourant cet instant. Ses lèvres sont d'une douceur à s'en pâmer. Je voudrais rester ainsi pour les dix prochaines années. Ce n'est pas assez, j'en veux plus, plus fort.

Je descends ma main de ses cheveux le long de son visage et je lève légèrement son menton pour intensifier ce baiser. Étant un peu plus grand qu'elle, cette position permettra de rendre ce moment incroyable.

Je sens sa langue me caresser les lèvres. Je les entrouvre et viens à sa rencontre. Ce baiser est doux, tendre. Elle a un bon goût de fruits, celui du cocktail qu'elle a bu juste avant que l'on danse. Mon cœur s'accélère. Tout en l'embrassant, je la serre un peu plus contre moi. Je veux la sentir, la toucher. Sans doute pour me dire que tout ceci est bien réel.

Je sens qu'elle commence à ralentir le rythme, à se décoller un peu de moi. J'en fais de même à contrecœur, car je ne veux pas que ce moment se termine. Je savoure la dernière seconde collée à ses lèvres. Les battements de mon cœur sont incontrôlables, il va exploser.

Je la regarde, elle a les yeux fermés et respire profondément.

— Ça va ? chuchoté-je.

Elle sourit de toutes ses dents et ouvre les yeux.

— À merveille !

Elle me refait un baiser très rapide et se cale dans mes bras. Alors que je pose ma tête sur la sienne pour profiter de ce moment, je la sens se tendre dans mes bras. Je lui caresse le dos, mais rien n'y fait, elle est comme paralysée.

Je décide de me reculer doucement pour essayer de comprendre ce qu'il passe. Et là, je comprends. Même si nous étions un peu retirés des autres, je me souviens de l'endroit où nous sommes.

— Emma ?

Aucune réponse. Je me retire pour de bon de ses bras et l'observe. Elle a l'air tétanisée. Je regarde dans la même direction qu'elle et vois qu'Ellie, Jake et Penny sont assis à table, en train de parler et grignoter. Ils ont une vue directe sur nous. Nous sommes suffisamment dans l'ombre pour ne pas non plus être à nu. Et je sais que c'est cela qui l'angoisse, d'avoir été à la vue de tous.

— Emma, regarde-moi.

Elle tourne son regard vers moi et je sais que j'ai raison. C'est le fait d'avoir été vue qui la bloque.

— Hé, ne t'en fais pas, dis-je en lui remettant une mèche de cheveux derrière l'oreille. Ils n'ont rien vu.

C'est sans doute faux parce que les connaissant, ils n'ont dû louper aucune miette, mais ce mensonge a le mérite de la détendre un petit peu.

— Je suis désolé, dis-je doucement, je n'aurais pas dû.

— Pourquoi ?

— Je ne voulais pas que ça te mette mal à l'aise…

— Non, me coupe-t-elle, c'est juste que j'avais oublié où

nous étions et là, de les apercevoir… ça m'a stressée.

Je ris doucement. Donc elle non plus ne savait plus où nous nous trouvions ?

— Je ne savais plus où nous étions non plus, dis-je, voyant son expression intriguée face à ma réaction.

— Ah bon ? dit-elle en souriant.

— Comprends-moi, j'étais en train de danser tranquillement avec une magnifique jeune femme, forcément que j'oublie tout ce qu'il se passe autour de moi.

Je la vois rougir.

— T'es pas mal non plus, avoue-t-elle en se détendant.

Je sais les efforts que cela lui demande de me dire ce genre de choses. Elle s'ouvre à moi petit à petit, me laisse me faire une place dans son cœur et ça me fait craquer davantage.

— Qu'est-ce que je vais faire de toi ? demandé-je en lui prenant le menton dans la main. Tu es incroyable.

Je m'avance vers elle et plante un baiser sur ses lèvres. Je veux la goûter encore et encore.

— Bon, ce n'est pas bientôt fini !!! On vous attend pour le gâteau ! crie Jake.

Emma se décolle de moi en rougissant d'être prise en flagrant délit. Je la prends dans mes bras, comme pour la préserver des regards.

— Je te protège, dis-je assez fort pour être entendu des autres, je te protège de ces fous qui nous espionnent.

Tout le monde éclate de rire.

— Ça va aller ? lui chuchoté-je.

— Oui, répond-elle doucement. Ça nous apprendra à être discrets.

Je lui fais un clin d'œil, lui prends la main et nous revenons à table.

— Aaaaah, enfin ! s'écrie Jake. Je n'y croyais plus.

Emma rougit face à Ellie qui lui sourit à pleines dents. À ce que je vois, tout le monde nous regardait depuis le début. Je m'assieds à ma place et bois une gorgée de ma boisson. Je sens le regard de Penny sur moi, mais décide de l'ignorer pour le moment.

— Jake va chercher le gâteau d'anniversaire pendant que je sers le champagne dans les coupes, dit Penny.

— Ferme les yeux Ellie, dit Jake essayant de cacher le gâteau.

Il apporte le gâteau d'anniversaire à table, allume les bougies et nous nous mettons à chanter « joyeux anniversaire » tous en cœur. Ellie chante avec nous, les larmes aux yeux.

— Souffle et fais un vœu ! dit Penny.

Ellie ferme les yeux, se murmure des choses et souffle de toutes ses forces sur ses bougies.

— Il a l'air délicieux ce gâteau ! ajoute Penny.

— Tu dis ça parce que c'est toi qui l'as fait ? demande Jake.

— C'est toi qui l'as fait ? demande Emma, abasourdie.

— Ce n'est pas grand-chose, répond-elle en balayant sa phrase d'un geste de la main.

Je regarde d'un peu plus près le gâteau avant qu'il ne soit dévoré. En réalité, ce sont deux gâteaux. Un énorme trois et un énorme zéro, les deux collés forment le chiffre trente. L'un est au chocolat, l'autre aux fruits rouges.

— Combien de temps as-tu mis pour les faire ? questionne toujours Emma.

— Pas si longtemps que ça.

On n'aura jamais la réponse exacte, mais la connaissant, elle y a passé la journée. En regardant de plus près l'assiette que me tend Jake avec deux parts de gâteaux, je vois que celui aux fruits rouges est fait comme un mille-feuille. Je sais que c'est la pâtisserie française préférée d'Ellie. Quant à celui au chocolat, ça a l'air d'être un moelleux ou un brownie ou je ne sais quoi d'autre. Quoi qu'il en soit, il n'est pas fait de plusieurs étages contrairement à l'autre.

— C'est parti pour les cadeaux ! s'écrie Jake.

— Moi en premier ! dis-je en me levant.

Je vais récupérer un sac cadeau que j'avais déposé près de la baie vitrée en arrivant tout à l'heure. Je tends le sac à ma sœur, tout sourire.

— Bon anniversaire !

Elle se hâte de me prendre le sac des mains et farfouille à l'intérieur. Elle y découvre les livres que j'ai pris la semaine dernière à la librairie d'Emma.

— Ne me dis pas que tu les as déjà ?

Vu la tête qu'elle fait, j'ai encore une fois bien su choisir mes cadeaux.

— Il y en a qu'un que je n'ai pas ! Sur trois c'est pas mal, se moque Ellie.

— C'est lequel ? demande Emma, curieuse.

Elle lui montre le livre en question et Emma répond :

— J'aurais dû m'en douter. Il était attendu celui-là.

— À qui le dis-tu ! dit Ellie en riant. J'ai campé devant ma librairie pour être sûre de l'avoir à l'heure d'ouverture !

— Tu campes pour avoir des livres toi maintenant ? demandé-je, étonné.

Ellie se marre. Je comprends que je me suis fait avoir.

— Je ne campe pas… dit-elle en riant. Je fais juste partie des personnes qui n'ont pas peur de se lever très tôt pour être l'une des premières personnes à passer en caisse pour ensuite dévorer le roman.

— La prochaine fois, fais-moi une liste de ce que tu veux pour être sûr que je t'offre les bons.

— Bien, chef !

— Tu n'aurais pas dû lui dire ça, intervient Jake. La liste est interminable. C'est à peine si elle ne la met pas à jour tous les jours.

Tout le monde rit de voir Jake si désespéré.

— Tu abuses un peu là quand même, dit Ellie en faisant la moue.

— Mouais...

— Tu pourras venir à la librairie changer tes livres quand tu veux, dit Emma à Ellie.

— Tu crois ?

— Oui, répond Emma, un large sourire aux lèvres. Ça me ferait plaisir que tu puisses venir. Puis Noah les a achetés chez moi, donc raison de plus.

— Merci, Emma, t'es un amour, dit-elle en serrant ses livres contre elle.

Je savais qu'entre Emma et Ellie, l'entente serait au rendez-vous, mais pas à ce point. Je suis vraiment content de voir que la complicité se fait si facilement.

Avec Rachel, ce n'était pas si fluide. Même après autant d'années, je savais qu'Ellie fournissait un effort pour moi parce qu'elle voyait que j'étais heureux et c'est ce qui lui importait le plus, et ma sœur adore Penny. Donc elle laissait ses a priori de côté face à Rachel, pour moi. Et à force, je ne le voyais plus, alors que là, je m'aperçois à quel point l'ambiance est légère. Je me rends compte que finalement ce n'était pas tout rose avant. Mon cœur fait un bon dans ma poitrine. Ma sœur ferait vraiment tout pour moi. Quitte à accepter quelqu'un qu'elle aime un peu moins dans son entourage.

— Waw ! C'est magnifique, Emma !!

Perdu dans mes pensées, je ne faisais plus attention à ce qu'il se passait autour de moi. Je regarde Ellie en extase sur un objet qu'elle sort de son papier cadeau.

— C'est toi qui l'as fait ? demande-t-elle à Emma.

— Oui, répond-elle timidement.

— Tu es une fée !

Je vois enfin l'objet en question. C'est un marque-page fait en résine. Il est assez long, mais pas trop pour qu'il puisse également tenir dans un format poche. Dans les tons bleus, avec des paillettes or sur les extrémités, le prénom d'Ellie est écrit en lettre blanche au milieu. Pour finaliser le tout, au bout, un petit pompon bleu et blanc pend.

— Tu l'as fait quand ? la questionné-je discrètement.

Étant donné que je l'ai invitée hier soir, que j'ai eu un refus, et que c'est seulement ce midi qu'elle a accepté, quand l'aurait-elle fait ? Il faut quelques heures pour que le marque-page sèche, enfin je suppose…

— Je l'ai fait cette nuit, me chuchote-t-elle.

Elle fabrique des cadeaux pour des personnes qu'elle ne connaît pas et dont, de base, elle n'allait pas à l'anniversaire ?

— Je te l'aurais donné quoi qu'il arrive, ajoute-t-elle, répondant à mes pensées.

— T'es incroyable, dis-je en lui prenant la main.

Je l'amène à ma bouche et lui fais un baise-main.

— Quand tu viendras à la librairie, tu pourras choisir un livre. Je voulais t'en offrir un avec le marque-page, mais ton frère n'a pas vraiment su me diriger vers ce que tu préférais lire donc, plutôt que de prendre des risques...

Nous rions du regard qu'elle me lance tout en parlant. C'est vrai que je ne l'avais pas beaucoup aidée. De toute façon, je n'aurais pas pu faire mieux puisque moi-même, je n'ai réussi à prendre les bons livres.

— Merci, Emma !

Ellie se lève et se dirige vers Emma. Cette dernière se lève prête à avoir une accolade. Parce que ma sœur est comme ça, dès qu'elle aime quelqu'un, elle passe son temps à lui faire des câlins. D'ailleurs, un jour, faudrait que j'aie une discussion avec elle parce que son geste me fait réaliser qu'avec Rachel, elle n'en faisait jamais.

Vais-je continuer à penser à Rachel et à la comparer à Emma ? Parce que je n'en ai pas envie. Rachel est une femme et Emma en est une autre. Je secoue la tête pour chasser mes pensées et tends les bras vers Ellie qui est déjà prête à m'enlacer.

— J'adore cette nana, me chuchote-t-elle à l'oreille.

— Ne commence pas, lui réponds-je.

— Bah quoi ? dit-elle, malicieuse.

Ellie se recule et se tourne vers Penny. J'en profite pour lancer un regard à Emma et la prends la main dans le sac, elle était en train de me mater. Littéralement. Ses joues rougissent un peu. Je lui souris. Elle ne se rend pas compte à quel point elle me fait craquer.

— Ça t'embête si l'on ne tarde pas à partir ? lui demandé-je doucement.

— On y va quand tu veux, me répond-elle, tout sourire.

Finalement, nous décidons d'embrasser tout le monde et de mettre les voiles. Bien évidemment, avant de partir, Ellie nous a fait un doggy bag avec des restes de gâteaux.

Nous voilà dans la voiture, comme la veille. Toujours la radio en fond, Emma regarde par la fenêtre le décor de la ville qui s'illumine dans la nuit, et moi, j'essaie de me concentrer sur la route plutôt que de fixer la jolie jeune femme assise à mes côtés.

Je lui jette un coup d'œil et remarque sa main gauche posée sur ses jambes. L'autre maintient sa tête sur le rebord de la fenêtre pour être à l'aise pour regarder par la fenêtre ouverte. Je ne réfléchis pas plus et prends sa main dans la mienne et décide de laisser nos mains sur ses jambes. Emma ne bouge pas d'un poil et me serre la main.

Plus nous approchons de chez elle, plus j'ai le cœur qui bat. Comment va-t-on finir cette soirée ? Sur un simple baiser ? Ou même juste une accolade ? Je rentre chez elle ? Juste je la dépose?

— Tu as loupé la librairie, me prévient Emma en me montrant la rue du doigt.

Je regarde dans mon rétroviseur et effectivement, je vois le bâtiment se rétrécir à force d'avancer.

— Désolé, j'étais dans mes pensées. Je vais faire le tour.

— Tu pensais à quoi ? demande-t-elle avec curiosité.

— À toi !

— À moi ?

— Oui.

— Et tu pensais à quoi exactement ?

— Que je ne voulais pas te quitter.

Je n'ai pas eu le temps de réfléchir à ce que je voulais lui dire que c'est sorti tout seul. En même temps, c'est la vérité. Même si je sais que je la vois dimanche, nous serons avec Steevie et donc ce sera différent.

En fait, je la veux pour moi tout seul. Juste pour moi.

En y réfléchissant bien, on a passé une bonne partie de la journée ensemble dimanche, sauf qu'il y avait le petit Steevie. Hier soir, c'était chez Penny donc avec Penny. Ce soir, avec Ellie et Jake. Les seuls moments où nous ne sommes qu'à deux se résument au moment où je la raccompagne chez elle durant les quinze minutes de voiture.

— Si tu ne veux pas, ce n'est pas grave, dit-elle.

Je secoue la tête. Est-ce qu'à un moment je vais être attentif à ce qu'il se passe autour de moi plutôt que de me perdre dans mes pensées ?

— Tu ne m'écoutais pas, c'est ça ? dit-elle en me fixant.

— Non, désolé, m'excusé-je, sincère.

— Tu pensais à quoi ?

Je me gare devant la librairie, arrête la voiture et me tourne vers elle.

— Je réfléchis au fait que l'on n'avait jamais passé de moment rien qu'à deux. Je veux dire, à part ici dans la voiture. À chaque fois, on était avec quelqu'un.

— C'est vrai.

— Donc je me disais, que fais-tu demain après-midi ? Tu travailles ?

— J'ai la preuve que tu ne m'écoutais pas du tout, dit-elle en riant.

— Pourquoi ?

— Je t'ai demandé si tu avais quelque chose de prévu pour demain.

Je me cache la tête de ma main libre. Il faut vraiment que je l'écoute.

— Il y a tellement de choses que j'aimerais te dire, commencé-je, mais pas ici, pas maintenant, je…

Je n'ai pas le temps de continuer ma phrase que ses lèvres se posent sur les miennes pour m'embrasser. Je profite de chaque seconde. J'en ai eu envie depuis notre premier baiser plus tôt dans la soirée.

Il ne dure qu'à peine quelques instants, suffisamment pour être retourné. C'est comme si dans ce baiser, elle me disait qu'elle aussi avait des choses à me dire et qu'elle me comprenait.

— Du coup, ça veut dire que tu es dispo demain ?

Elle éclate de dire, ne s'attendant pas à cette question.

— Je suis dispo début d'après-midi et même toute la soirée...

Elle laisse sa phrase en suspens, m'interrogeant du regard. Souhaite-t-elle qu'on passe la soirée ensemble également ? Un frisson me parcourt le corps.

— Tu as envie de faire quelque chose en particulier ?

— Hm, non, réfléchit-elle.

— Des choses que tu voudrais éviter ?

— Surprends-moi !

Elle s'avance tout près de mon visage, me regarde quelques secondes dans les yeux, m'embrasse et me chuchote :

— J'ai hâte.

Elle me fait un baiser sur le coin de ma bouche, comme on se faisait il y a encore à peine quelques heures, et descend de la voiture.

Elle claque la portière et se penche par la fenêtre restée ouverte:

— Dis-moi juste s'il faut une tenue particulière. Pour le reste, tu as carte blanche !

Elle me fait un clin d'œil et file en sautillant jusqu'à la porte de sa librairie. Elle l'ouvre, entre dans le lieu, se retourne vers moi et me fait signe de la main puis claque la porte.

— Tu me rends dingue, Emma … dis-je pour moi-même.

Je démarre, prêt à préparer un moment inoubliable.

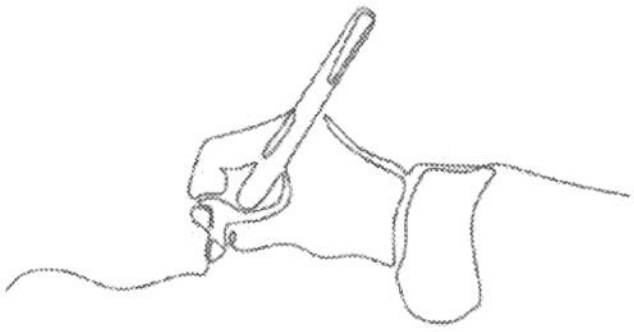

28. Le Journal

J'en ai parlé à Marty. Je voulais lui expliquer tout ce qu'il s'était passé hier, dans les moindres détails, pour qu'il puisse me donner son avis. Est-ce que c'est moi qui avais exagéré ? Est-ce que « A » jouait un jeu quand il était avec moi ? C'était quoi la suite ?

Si j'écoute Marty, je dois stopper la relation maintenant. Surtout après le texto qu'il m'a envoyé hier soir. Moi, je veux lui laisser une chance de s'expliquer et voir ce qu'il a à me dire.

Marty a passé la journée avec moi. Il voulait que je me change les idées. Nous avons donc fait ce qu'il appelle : le chemin vers le bonheur.

C'est-à-dire : manger, visiter et manger à nouveau.

Nous sommes allés au Starbucks et nous nous sommes assis à notre table fétiche. Au premier étage, juste à côté de la rambarde et qui donne directement sur les baristas juste en dessous. On a un jeu : deviner la recette des clients juste en regardant ce que préparent les baristas.

Que veux-tu, Journal, c'est notre QG, on pourrait y vivre.

Il a voulu tester une nouvelle boisson à la mangue et lait de coco. Moi j'ai pris le frappucino caramel avec café. Toi-même tu sais que j'avais besoin de caféine ce matin, car je n'ai pas dormi de la nuit après cette soirée. Et je voulais une boisson un peu cocooning parce que, ça aussi, tu dois le savoir, j'avais besoin de réconfort.

Je pense que l'on a dû y rester plus d'une heure. Entre les ragots, notre jeu, et encore les ragots, le temps a filé à toute vitesse.

Pour digérer un peu, on a décidé de se balader en ville. Marty et moi, on a beau vivre ici à Philly, on adore jouer les touristes. On a dû aller au musée de La Cloche un nombre incalculable de fois. Idem pour le bus qui fait le tour de la ville, et pourtant, nous n'avons jamais fait celui de nuit. Il y a aussi la prison que nous avons visitée deux fois, le zoo reste aussi l'une de nos sorties préférées à l'arrivée des beaux jours. Je dois avoir tous leurs mugs dans le placard de la cuisine.

Comme d'habitude, je m'égare quand je te parle de Marty et de nos virées.

Donc, cette fois-ci, on a décidé de se balader dans la vieille ville. Regarder les maisons colorées, marcher sur les pavés, juste... profiter !

Notre balade n'était pas sans arrière-pensée, car nous nous sommes doucement dirigés vers le Reading Terminal Market. C'est un célèbre marché couvert. Tu le sais déjà, Journal, puisque je t'en avais déjà parlé. Nous sommes allés à nos stands favoris : les cookies, les donuts, les Bretzels et on a terminé avec le Cheesestake.

Il est tard ce soir quand je t'écris, et sache que j'ai encore mal au ventre de tout ce que j'ai avalé depuis ce matin.

On a passé la soirée chez moi, et le débat sur « A » a repris de plus belle quand ce dernier m'a envoyé un message pour savoir si j'étais dispo pour le voir demain.

Là, je ne sais pas ce que ça va donner, on verra bien...

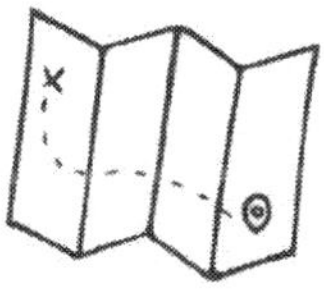

29. Noah

Hier soir je voulais juste ranger le carnet dans un lieu sûr chez moi, car cela faisait deux jours qu'il était posé sur ma table basse. Pourtant, avant de le ranger dans un des tiroirs de mon bureau, je me suis posé et j'ai continué de lire. Je m'étais arrêté à un moment assez pénible et je voulais essayer d'aller vers une note plus joyeuse. Puis malgré tout, je n'oublie pas ma quête pour essayer de retrouver cette personne.

Même si je vois Emma, je m'étais donné comme mission de retrouver cette inconnue du carnet en me faisant une ultime relecture donc... je m'y tiens. J'ai donc relu le moment « après la soirée désastreuse de "A" » et il m'a offert pas mal d'idées sur mon planning pour la journée avec Emma.

À chaque fois que je relis ce passage, je me fais toujours la réflexion qu'en habitant ici, à part aller aux marches, je ne faisais jamais de visite. Le zoo, j'ai dû y aller une fois. Le bus et la prison, qu'une seule fois et il y a de très nombreuses années.

En revanche, le Reading Terminal Market, j'avais arrêté d'y aller, car Rachel n'aimait pas cet endroit. Et c'était tellement ancré dans mes nouvelles habitudes de ne plus y mettre les pieds que mon cerveau l'avait totalement supprimé. J'y suis retourné deux fois depuis que je ne suis plus avec elle, notamment deux fois après avoir lu ce passage du carnet. Et là, je me dis qu'il faut absolument que j'y retourne plus régulièrement, car j'aime beaucoup trop cet endroit pour le laisser de côté.

Je relis ce passage en diagonale, pour voir si d'autres détails peuvent m'être utiles quand mon téléphone sonne.

— Allô ?

— Allô Noah ? Je ne te dérange pas ?

— Non, dis-moi ?

Emma qui m'appelle à neuf heures du matin, un jour où l'on doit se voir. Ai-je le droit de craindre qu'elle annule ?

— C'était pour te dire que finalement je finissais à midi. J'ai vu avec Miles et il est d'accord pour prendre ma place même ce midi. Donc voilà, c'était pour te prévenir.

Je peux entendre son sourire à travers le combiné.

— Ah, c'est parfait ! Je viendrais directement te chercher à la librairie alors !

— Tu ne veux pas que ce soit moi qui vienne te chercher ?

— Tu es une Gentlewoman ? demandé-je, moqueur.

Elle rit de ma question.

— C'est gentil de te proposer, mais ce matin je n'ouvre pas l'agence. Je dois y aller pour régler des papiers, c'est tout. Je pense finir assez vite et le mieux est que je vienne jusqu'à toi.

— Ah, d'accord, dit-elle, étonnée. Comme tu veux. Bon, bah... à tout à l'heure ?

— À tout à l'heure !

Elle raccroche. Elle semblait gênée sur la fin et je n'en vois pas la raison.

Je me lève de la chaise où j'étais assis, file chercher mon sac à dos oublié dans l'entrée de l'appartement et vérifie que j'ai ce qu'il me faut pour aller à l'agence. J'attrape une casquette au passage et sors de chez moi.

Je passe finalement plus de temps que prévu au boulot. Entre les congés payés à valider, les factures à préparer et les devis à finaliser, il est déjà onze heures trente. Je n'oublie pas d'envoyer un mail à Ashley avec ses dates de vacances avant d'éteindre mon ordinateur et de filer droit vers la librairie.

Même s'il va être l'heure de manger, je fais un détour au Starbucks et nous prends deux boissons. Cette fois-ci encore, je n'ai pas changé de boisson et je suis resté avec mon éternel café glacé et pour Emma, je lui ai pris une boisson à la mangue.

J'arrive face à la librairie. Comme la dernière fois que je suis venu, les pare-soleil verts sont tirés, les petites étagères à l'extérieur sont remplies. Et j'ai le cœur qui bat fort. Je vais la revoir, nous allons passer du temps, elle et moi, seuls. J'ai comme des papillons dans le ventre en sachant la journée qui nous attend. J'ai le cœur qui palpite.

Je bois une gorgée de mon café glacé et me décide à avancer dans la librairie. Je tombe tout de suite sur Emma qui se trouve au niveau du comptoir. Elle est en train de parler avec un jeune homme de notre âge, la trentaine.

Quand elle m'aperçoit, elle s'arrête net de parler et un sourire s'affiche sur son visage.

— Bonjour, Noah !

Elle l'a presque crié. Sans doute par plaisir de me voir, ou par nervosité, je ne sais pas. En tout cas, mon cœur a battu encore plus vite.

— Ah, oui, d'accord, je comprends mieux, dit le mec à ses côtés.

— Tais-toi, lui dit-elle.

— Je n'ai rien dit, se défend-il.

Elle lui met un coup de coude dans les côtes et dit :

— Noah, je te présente le frère de mon meilleur ami, Charly. Charly, voici Noah, complète-t-elle en me montrant de la main.

— Bonjour, dis-je en faisant un signe de tête.

— Tu avais soif à ce point ? demande Emma en me montrant mes mains pleines.

— On peut dire ça, dis-je en lui tenant l'un des deux gobelets. Tiens, c'est pour toi, je te l'ai prise en passant.

Je lui tends son gobelet qu'elle récupère tout de suite. Elle s'empresse d'en boire une gorgée.

— Attends, laisse-moi deviner, dit le mec.

— Vas-y, dit-elle en lui souriant.

— Obligé c'est avec de la mangue, vu la couleur orange.

— Facile, rétorque-t-elle.

— Ah, je sais, c'est celui avec le lait de coco et … ah... framboise !

— Ce n'est pas juste, dit-elle en faisant la moue.

Je regarde le mec un peu plus en détail. Belle coupe de cheveux, grand, fin, Converses rouges aux pieds, il est souriant et à l'air de quelqu'un d'assez cool.

— C'est quoi votre jeu ? demandé-je en les regardant chacun leur tour.

— Peu importe ce que l'on prend, que ce soit boisson ou

nourriture, l'autre doit deviner ce que c'est, explique Emma.

— Et c'est toujours moi qui gagne, s'écrie Charly.

— Tu gagnes uniquement quand ton frère n'est pas là ! précise-t-elle, moqueuse.

— Hey Bro' ! Comment ça va ?

Je me tourne vers la voix que je reconnais immédiatement et vois Miles entrer dans la librairie.

— C'est maintenant que t'arrives ? me demande-t-il.

— Comment ça ? lui demandé-je, ne comprenant pas cette question.

— Ça fait des heures qu'Emma t'attend !

— Ne dis pas de bêtises ! s'énerve-t-elle en le tapant sur le bras. Désolée, Noah, ne fais pas attention à lui, s'il te plaît.

— J'ai même eu le temps d'aller faire quelques courses avant que tu n'arrives, continue Miles en me montrant son sac de courses à la main.

— Quant à moi, j'ai dû lui tenir compagnie pour éviter qu'elle ne déprime, ajoute Charly.

— Tu ne vas pas t'y mettre toi non plus ! réplique Emma en le pointant du doigt.

Miles éclate de rire, suivi dans la seconde de Charly.

— Désolé, c'était trop tentant, dit Miles essayant de faire une mine désolée.

— Faut quand même avouer que tu t'impatientais un petit peu... ajoute Charly doucement.

Emma n'ose pas me regarder. Sans doute est-ce vrai, mais là je vois surtout qu'elle n'a qu'une envie : les tuer. Lentement serait le mieux pour les faire souffrir. Je souris de la voir réagir ainsi avec ses amis.

— Plus sincèrement, fréro, dit Miles en se tournant vers moi, je suis allé faire des courses juste pour ne plus l'entendre parler de toi.

Mes yeux bifurquent sur Emma et celle-ci devient rouge pivoine. Elle esquive mon regard. Là, c'est officiel, elle veut en tuer au moins un des deux.

— Du coup, maintenant que tu es là, nous allons pouvoir être tranquilles, ajoute Miles en riant. Qu'en penses-tu ?

— Tout à fait, répond Charly en souriant. En plus, Penny vient d'apporter des gâteaux... je suis paré pour l'après-midi !

Il tape dans la main de Miles en se marrant. Il a l'air d'être un sacré numéro celui-là. J'espère avoir la chance de pouvoir le revoir une prochaine fois pour que nous puissions apprendre à nous connaître un peu plus. Avant ça, j'ai tout le reste de la journée devant moi pour profiter d'Emma, et je n'échangerais cette journée pour rien au monde.

— Que dirais-tu que nous laissions ces énergumènes ici et que nous partions ? proposé-je à Emma.

— Excellente idée, je ne veux plus les voir.

Elle leur tire la langue comme le ferait une enfant de cinq ans et me rejoint près de l'entrée.

— Et toi, dit-elle en se retournant vers Charly et en le pointant du doigt, dis à ton frère de ne pas m'attendre et rentre chez toi !

Elle chope ma main et me tire à l'extérieur de la librairie. Nous marchons quelques pas quand tout à coup, elle s'arrête et me regarde.

— Bonjour toi !

Elle m'embrasse longuement comme pour avoir sa dose, rattraper le temps ou juste savourer ces retrouvailles. Ce que je sais c'est que ni elle ni moi ne voulions commencer cette journée sans nous s'embrasser comme il faut.

— Alors, quel est le programme ? me demande-t-elle, impatiente.

— Je t'explique tout à l'avance ou je te laisse découvrir le planning au fur et à mesure ?

Elle fait mine de réfléchir deux secondes et me répond :

— Au fur et à mesure !

— Allons-y alors !

J'attrape sa main comme il faut. À nous l'aventure !

30. Emma

Si j'avais le droit de commettre un meurtre, je pense que j'aurais tué Miles et Charly sans réfléchir. Heureusement pour moi, Noah n'a pas eu l'air de les croire, mais tout de même, ils ont l'art et la manière de me mettre dans l'embarras.

Je me fais la promesse de ne plus jamais parler de Noah avec eux. Surtout que je n'en ai pas parlé tant que cela. Enfin, je crois.

Ils m'ont posé des questions, je leur ai répondu. Point. Je leur ai dit que j'étais allée chez Penny et également à l'anniversaire de sa sœur. Et je n'ai pas dit que nous nous étions rapprochés et embrassés. La seule chose que j'ai dite, c'est que l'on passerait l'après-midi, voire la soirée, ensemble. Je suis restée très discrète sur le reste.

— À quoi penses-tu ? me demande Noah.

J'espère que je ne réfléchissais pas à voix haute.

— À vrai dire, j'essayais de me souvenir ce que j'avais dit aux garçons ce matin.

— Et… ?

— Je te promets que je n'ai rien dit de personnel.

— Tu leur dis ce que tu veux, Emma.

J'ai tellement eu l'habitude de devoir faire attention à ce que je devais dire lors de ma dernière relation, ou même ce que je pouvais raconter ou non à mes amis que je ne m'attendais pas à ce qu'il me dise cela. Il faut que je me mette dans la tête que Noah n'est pas comme les autres. Loin de là même.

— Ces deux-là ensemble, ils sont pires que des détectives, je t'assure !

— Je les imagine bien, s'esclaffe-t-il. Même si je connais déjà un peu Miles, à deux, ils ont l'air d'être de sacrés numéros.

— Oh oui, dis-je, faisant mine d'être dépitée. Ils ont de la chance que je les aime sinon je les aurais déjà tués depuis longtemps.

Je m'amuse à faire un rire démoniaque. Noah m'imite. J'éclate de rire. Ça me fait du bien de voir qu'il me suit dans mes délires.

— Alors ? Où m'emmènes-tu ?

Il me lance un regard de travers.

— Je pensais que tu ne voulais pas savoir ?

Je lève les épaules, faisant l'innocente. Ne pas vouloir savoir ne m'empêche jamais de poser la question.

— Est-ce que tu as faim ?

— Hm, ça commence un peu, dis-je en réfléchissant.

— D'accord... allons-y doucement alors.

Je ne lui dis pas, mais je sais où il m'emmène. Il a essayé de brouiller les pistes en faisant de petits détours. Toutefois, on ne me l'a fait pas à moi. Et j'avais raison, quelques minutes plus tard, nous voilà devant l'entrée du Reading Terminal Market.

— Tu viens ici parfois ? me demande-t-il.

— Oh oui, très souvent !

— À ce point ?

— T'imagines même pas, réponds-je en riant. Pas toi ?

— En fait, ça faisait un bail que je n'étais pas venu et j'y ai repensé hier soir. Donc je me suis dit que ça pouvait être sympa d'y venir. Qu'en penses-tu ?

— C'est parfait !

Il me tient la porte pour que je puisse rentrer avant lui. Tout de suite, le brouhaha m'emporte dans cette ambiance que j'aime tant.

Le Reading Terminal Market est un endroit où nous pouvons y passer des heures. Il y a des stands où des commerçants vendent leurs produits comme sur les marchés, en passant autant par des légumes à de la viande que par des producteurs de fromage. Et le reste, ce ne sont que des restaurateurs ambulants. Il y en a pour tous les goûts : burger-frites, plat de homard, indien et même chinois. Tu peux y passer la journée et ne faire que manger.

— Un endroit que tu aimes plus qu'un autre pour aller déjeuner ?

Je regarde Noah et lui souris. S'il savait. Je n'en ai pas un que j'aime plus qu'un d'autre. Je pense que j'ai dû les tester plusieurs fois.

— Fais-moi découvrir ceux que tu préfères ! lui dis-je.

— J'espère que tu as faim parce que j'en ai plusieurs à te faire découvrir !

On se faufile dans les allées du marché, main dans la main. À chaque stand où nous passons, la nourriture étalée dans les vitrines froides me donne envie. Quant aux odeurs qui s'évaporent des planchas et poêles, elles me donnent l'eau à la bouche. Mon ventre gargouille un peu plus à chaque pas.

— On va s'arrêter ici !

À peine l'a-t-il dit qu'il s'arrête. Je manque de lui foncer dedans.

— J'espère que ça va te plaire.

Je détourne le regard pour voir le stand qu'il a choisi : des bagels.

Rien de bien exceptionnel au premier abord sauf que je connais ce stand. Et c'est vrai, ils sont tout simplement à tomber ces bagels. Pain frais, petite sauce au fromage frais qui accompagne magnifiquement le saumon. Je ferme la bouche de peur de baver. Ils font aussi des bagels à la viande, mais ils sont réputés pour ceux au saumon.

On s'installe sur deux tabourets hauts qui donnent directement sur le côté cuisine de leur stand. On voit deux hommes préparer les bagels et les donner à une dame derrière une caisse enregistreuse. Elle met les préparations dans un sachet en papier, ajoute une serviette et la boisson. Elle s'appelle Tina et est plutôt jeune. C'est la fille d'un des mecs qui est côté cuisine. Le second est son frère.

Tina vient à notre rencontre pour prendre notre commande.

— Comme d'habitude ? me demande-t-elle.

— Oui, s'il te plaît.

— Et vous, comme la dernière fois ? s'adresse-t-elle à Noah.

Je sens le regard de Noah passer de Tina à moi et vice-versa.

— Oui, s'il vous plaît, répond-il en souriant.

On regarde tous les deux Tina s'éloigner vers sa caisse enregistreuse. Je sens que Noah m'observe, j'essaie de me retenir de rire.

— Tu connais cet endroit… ! Pourquoi ne pas me l'avoir dit ?

— J'aime cet endroit, réponds-je simplement.

— On aurait pu aller ailleurs !

— Si Tina ne m'avait pas démasquée, je…

— Tu connais son prénom ?

— Pas toi ?

— Non, répond-il avec un air déçu.

— Je ne voulais pas gâcher ta surprise !

Est-ce que la journée vient réellement de prendre un autre tournant parce que je ne lui ai pas tout de suite dit que je connaissais cet endroit ? Les yeux perdus dans le vide, je ne sais plus quoi penser.

Je sens sa main essayant d'attraper la mienne. Il la serre comme pour me demander de le regarder. Je tourne la tête vers lui et là, c'est un véritable sketch. Il a un énorme sourire aux lèvres, les yeux pétillants de malice. Je vais le tuer.

— Je vais me faire avoir à chaque fois, c'est ça ?

— J'en ai bien l'impression, dit-il en se penchant vers moi.

Il pose sa tête sur mon épaule, content de lui.

— J'arrête, je ne le referai plus.

— Mouais, je ne te crois pas.

— J'attendrai que l'on se connaisse un peu mieux pour le refaire, ajoute-t-il en se marrant.

De ma main libre, je le tape sur le bras.

— Je t'assure qu'un jour j'arriverai à me venger !

La serveuse nous apporte nos boissons et s'en va.

— Elle s'appelle vraiment Tina ? me demande Noah en ouvrant sa canette de coca-cola.

— Oui. Même si avec le recul, j'aurais dû te dire un autre prénom !

Il rit de voir que je ne suis pas rancunière et que je m'amuse de le voir se jouer de moi.

— Allez, trinquons !

Je récupère ma canette de Canada Dry, et lui dis :

— À notre journée ?

— À notre journée !

On fait tinter nos canettes l'une contre l'autre et nous buvons une gorgée à notre santé. À peine avons-nous le temps de les reposer, que deux gros bagels atterrissent devant nous. Chacun son assiette, et pour le coup, le même bagel. La seule différence entre le sien et le mien, ce sont des graines de sésame sur le dessus du mien et lui, des graines de pavot.

— Ça te dit qu'on partage ? demandé-je en louchant sur son assiette.

Il finit sa première bouchée avant de me répondre :

— Partager ? Nous n'avons pas le même ?

Je préfère avaler avant de lui répondre, quand soudain, il comprend.

— Ce n'est pas le même, c'est ça ? Tu vas me dire que ce ne sont pas les mêmes pains, je me trompe ?

J'essaie de me concentrer pour ne pas rire et avaler de travers. Ce n'est pas le moment de m'étrangler. Je fais signe de la tête que oui et il se met à rire. Je pense qu'il ne s'attendait pas à ce que je lui demande cela.

Avant que je puisse lui dire de laisser tomber, il regarde nos pains et hésite. Il prend la moitié de son bagel et le met dans mon assiette. Il récupère la seconde partie du mien et la positionne de son côté. Il me sourit avant de croquer dans son bout resté en main. Une situation comme celle-là, il y a encore quelques semaines, jamais je n'aurais pu le faire. Partager ma nourriture, dire ce qui me passe par la tête, juste être moi.

Une bouffée d'angoisse monte en moi et amène les larmes en même temps. J'essaie de regarder ailleurs, frottant mes yeux au passage en faisant comme si de rien n'était. C'est peine perdue, car je sens le regard de Noah sur moi.

Un jour, va falloir que je lui explique. Quand j'en aurai la force, quand je sentirai que c'est le bon moment.

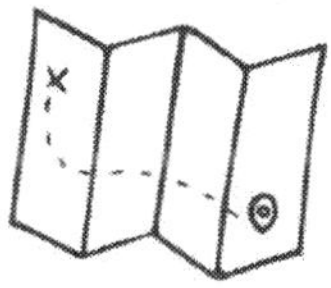

31. Noah

Nous sommes en train de manger un bagel, et nous étions en train de rire quelques instants plus tôt. J'ai juste eu le temps de détourner le regard, le temps de croquer dans mon repas, qu'elle s'est mise à pleurer. Elle a essayé d'être discrète en tournant la tête, mais je l'ai vue. Que lui arrive-t-il ? Ce n'est pas la première fois que je la vois changer d'un instant à l'autre. Passant du bonheur à la tristesse.

Je décide de faire comme si je n'avais pas remarqué, me disant qu'elle m'en parlera quand elle se sentira prête, et lance un nouveau sujet :

— Au fait, je ne t'ai pas demandé : comment s'est passé ton rendez-vous ?

— Le rendez-vous pour la librairie ? me demande-t-elle, perdue.

— Hier midi, quand tu es venue me voir à l'agence, tu m'as dit que dans l'après-midi tu avais un rendez-vous concernant la librairie. Hier soir, j'ai complètement zappé de te demander !

— Ah oui, celui-là !

Elle pose son bagel dans son assiette, boit une gorgée de sa boisson et tourne ses yeux verts vers moi.

— Il s'est merveilleusement bien passé !

— C'est… tout ? demandé-je curieux.

Un sourire se dessine doucement sur son visage. J'aime mieux la voir ainsi.

— Ce que je vais te dire là est encore confidentiel donc je compte sur toi pour le garder !

— Tu peux compter sur moi, dis-je en mimant une fermeture sur ma bouche.

— T'as intérêt ! me menace-t-elle du doigt. Il n'y a que très peu de personnes qui sont au courant !

— Promis !

— Bien ! En fait, je suis allée au rendez-vous avec Miles... nous sommes en train de réfléchir à plusieurs choses, car nous avons trouvé un nouveau local et…

— Vous allez bouger la librairie ?

— Ne me coupe pas ! dit-elle en devenant sérieuse, sinon je ne finis pas mon histoire.

Je mime un cadenas au bout de mes lèvres ce qui la fait sourire.

— On aimerait en ouvrir une seconde ! Et à la tête de celle-là, on aimerait que ce soit Miles avec une personne supplémentaire.

— C'est énorme !! dis-je, content d'apprendre cette nouvelle. C'est si grand que ça pour qu'il faille deux personnes ?

— Oui et non... dans les débuts, on s'est dit que l'on ferait un roulement tous les trois, et à terme, il faudra une quatrième personne à l'équipe pour pouvoir alléger les plannings.

— Elle se trouverait où cette seconde librairie ? Elle aurait le même nom ?

— Tu as beaucoup de questions ! dit-elle surprise.

Et encore, si elle savait toutes les questions qui se trament encore dans ma tête.

— Alors oui, on aimerait que ce soit le même nom, mais pour les dissocier, on va changer la couleur du logo et de la devanture. On penchait pour un beau bleu roi. Qu'en penses-tu ?

— Je valide !

Elle me sourit, content de voir que j'aime ce projet.

— Pour l'endroit, il est dans la vieille ville. Donc pas si loin que ça si on veut y aller à pied pour se remplacer les uns les autres. Et assez loin pour toucher encore plus de lecteurs.

— Je vois tout à fait ! Et l'intérieur ?

— À peu près le même style que la première, on ne sait pas encore exactement. Dans la seconde, il n'y aura pas autant de clarté naturelle que la première, donc à voir comment ça rend. Ce qu'on cherche surtout c'est le côté cocooning et chaleureux de l'endroit, que les gens restent pour partager des moments avec nous, avec les autres clients.

— Si vous avez besoin de bras pour peindre, aménager l'endroit, monter des meubles... j'en ai deux si besoin, dis-je en faisant mine de gonfler mes muscles.

Tout en éclatant de rire, elle s'amuse à me toucher les biceps.

— Intéressant, dit-elle en me palpant un peu plus fort. Tu penses pouvoir me battre au bras de fer ?

Retournement de situation. Je ne m'y attendais tellement pas que je la regarde, ne sachant quoi répondre.

— Hm, on verra plus tard, dit-elle en balayant sa question d'un geste de la main. Finissons de manger !

Elle lâche mon bras et retourne à son bagel.

— Je te prendrai en combat tout à l'heure, dis-je, sérieux. Et je ne te laisserai pas gagner.

Elle me lance un regard en coin, essayant de ne pas rire, mais elle finit par craquer. Et moi avec.

On termine de manger et on se promène à nouveau dans les allées du marché couvert, toujours main dans la main.

— Tu viens souvent ici ? lui demandé-je, cherchant un stand en particulier.

— Assez, oui.

— C'est-à-dire ?

— Une à deux fois par semaine, je dirais.

— Ah, oui, d'accord, dis-je stupéfait. C'est un peu comme chez toi ici du coup.

— On peut dire ça, répond-elle en souriant. C'est tellement facile de se laisser tenter quand on vient ici !

Je trouve enfin celui que je cherchais et nous nous arrêtons.

— Tu sais qu'on est passé deux fois devant ?

— Ah bon ?

— Je t'assure, dit-elle, moqueuse.

C'est toujours le même système. Une ou deux personnes qui cuisinent, une autre qui prend les commandes et paiements. Et ce même bar haut où se poser pour manger. À ce stand, comme nous sommes en début d'après-midi, il n'y a plus personne qui cuisine puisque tout a été fait le matin même.

— Des pâtisseries ?

— Je me suis dit qu'un petit dessert ne nous ferait pas de mal.

— Tu as raison ! Tu vas prendre quoi ?

Je regarde dans la vitrine et tout me donne envie.

— Ça te dit que l'on prenne à emporter et que nous allions les manger quelque part ?

— Excellente idée !

Je laisse Emma devant la vitrine et me dirige vers la jeune femme qui prend les commandes, je paye et rejoins Emma.

— Alors ? Qu'est-ce que t'as pris ?

— Tout !

— Comment ça, tout ?

— Tu verras, lui dis-je en lui faisant un baiser sur la joue.

Nous regardons la jeune femme mettre une dizaine de pâtisseries dans une boîte en carton. Plus elle en ajoute, plus Emma ouvre grands les yeux.

—T'as pas pris tout ça ?! demande Emma quand elle me voit récupérer le gros paquet.

— Hm, si, dis-je en soulevant les boîtes. On y va ?

Elle me récupère la main libre et nous voici partis pour vivre de nouvelles aventures.

32. Emma

On se balade dans les rues de Philadelphie, main dans la main. Il y a un ciel sans nuage. Il ne fait pas trop chaud, c'est une journée idéale pour se balader et prendre l'air. On se dirige doucement vers les marches.

— Ça te dit qu'on déguste notre dessert ici ? me demande Noah en me montrant un banc en retrait.

— C'est parfait comme endroit.

On s'installe, et comme à mon habitude, je ne peux m'empêcher de regarder les gens qui se trouvent autour de nous. Il y a des familles qui se prennent en photo, des gens qui font du sport, d'autres qui sont juste assis sur les marches pour observer la vue devant eux. Pour un samedi après-midi, il n'y a pas tant de monde.

— Tu viens souvent ici ? lui demandé-je, curieuse

— Plutôt, oui. Et toi ?

— J'adore cet endroit, je dirais même que je viens toujours sur ce banc.

— Tu me fais marcher ! s'écrie-t-il.

— Je t'assure que non.

Je le vois sourire puis éclater de rire.

— Nous étions faits pour nous rencontrer, dit-il doucement.

— Pourquoi ça ?

— Je viens ici tout le temps.

— Tout le temps ?

— Je joue un peu sur les mots, mais je viens très souvent ! explique-t-il.

— Et on ne se serait jamais vus ?

— Apparemment… je ne sais pas, dit-il en haussant des épaules.

Je regarde autour de moi, comment on aurait fait pour ne jamais se croiser si l'on vient souvent tous les deux ? Je reste fixée sur la grande avenue que nous avons juste en face.

— Tu réfléchis à quoi ? me questionne-t-il intrigué.

— Au fait de venir ici sans se voir. En fait, je ne viens pas ici régulièrement, mais plutôt... quand j'ai besoin de prendre du temps pour moi.

— Et … ? m'incite-t-il à continuer.

— La dernière fois que je suis venue ici, ça s'est mal terminé.

Il ne répond pas, me laissant le temps de raconter mon histoire.

— D'être là me fait forcément repenser à ce moment, car depuis je ne suis pas revenue. Je suis contente d'être ici avec toi, ça va me faire de nouveaux souvenirs dans cet endroit que j'aime beaucoup.

Il me prend la main, je détourne le regard du décor devant moi pour le regarder lui. Il paraît soucieux et ne parle toujours pas. Je prends une grande inspiration, et continue :

— Je pense que je ne t'ai jamais parlé de ma dernière relation?

Pour réponse, il me fait un signe de tête négatif.

— J'y ai mis fin, ici, dis-je en montrant les marches d'un coup de tête.

Il détourne le regard pour observer l'endroit que je viens de montrer. Je sens qu'il veut parler, mais ne dit toujours rien.

— Ça s'est mal terminé d'ailleurs, il m'a fait une scène, tout le monde nous regardait...

Il me serre la main un peu plus. Il est de plus en plus intrigué, il paraît réfléchir à ce que je lui dis, mais ne parle toujours pas.

— Je pense que c'est pour ça que je n'étais jamais vraiment revenue ici, ou du moins sur ce banc, parce que c'était du n'importe quoi la dernière fois.

— C'était quand exactement ?

J'ai un mouvement de recul face à cette question. Il ne parle pas depuis tout à l'heure et là il me demande la date ? Pourquoi ?

— Il y a quelques semaines... pourquoi ?

— Je crois que j'étais là.

— La honte, dis-je en me levant.

Je lui lâche la main au passage et me mets dos à lui. Il a vu la scène ? Je regarde les voitures passer au loin, essayant de me calmer. Aurai-je toujours ce sentiment de honte quand je raconterai quelque chose par rapport à… lui ?

Mon cœur tambourine dans ma poitrine, l'angoisse arrive à toute vitesse.

— Emma ?

Je sens Noah debout derrière moi. Au son de sa voix, je comprends qu'il est perdu et qu'il ne doit sans doute pas savoir comment agir face à cette situation. Et je le comprends, car moi-même je me sens perdue.

Je sens qu'il s'approche de moi doucement, pose une main sur mon bras droit et me caresse, sans doute attendant mon approbation pour pouvoir faire plus. Je tourne la tête vers lui et éclate en sanglots en voyant son regard. Il ouvre grand ses bras et je m'y jette pour qu'il me protège.

Il m'enroule de ses bras et me serre, très fort. Noah a ce truc, comme un don. Il sait me réconforter sans parler, juste en étant là et en faisant les gestes qu'il faut.

Il me faut de longues minutes pour me calmer. Je suis enfouie dans ses bras, il est légèrement plus grand que moi et on a cette facilité à s'emboîter l'un à l'autre. Il sent bon, il est doux avec moi. Je pourrais rester dans cette position des heures.

— Je suis désolée, lui dis-je tout bas.

— Tu n'as pas à l'être. Surtout pas avec moi.

Je me recule légèrement pour le regarder. Dans ses yeux, je peux y lire de la tristesse, des questionnements et aussi… de l'amour.

— Je…

— Tu n'as pas à me raconter, me coupe-t-il. Si à un moment tu veux m'en parler, je serai là pour t'écouter, mais je ne veux pas que te sentes obligée de quoi que ce soit avec moi.

— Je t'expliquerai, il le faut.

Il me fait un doux baiser sur le front et me serre à nouveau dans ses bras. Nous restons dans les bras l'une de l'autre de longues minutes.

— On les mange quand ces pâtisseries ?

Il se recule, ne comprenant pas ce changement soudain.

— Je n'y peux rien, je me soigne à coups de pâtisseries, dis-je en haussant des épaules.

Il me sourit et répond :

— Allons manger alors !

On s'installe à nouveau sur le banc et il me tend la boîte contenant les pâtisseries.

— Vas-y, ouvre !

À l'instant où j'ouvre la boîte, j'en ai l'eau à la bouche.

—Tu en a pris combien ? demandé-je en essayant de compter.

— Je ne sais pas trop... j'ai tout pris en double, comme ça, pas de jaloux !

— T'as bien fait, dis-je en riant, parce que je ne partage pas.

— T'es comme ça toi ?

— Quand il s'agit de nourriture, je deviens un diable.

Il m'observe, attendant de voir si c'est une blague ou non.

— Je peux être la plus gentille du monde, mais je t'assure, impossible de partager la nourriture, lui dis-je le plus sincèrement du monde.

— Et tu sais pourquoi j'ai tout pris en double ?

— Dis-moi...

— Je ne partage pas non plus.

Me voici prise d'un fou rire.

— Tu dis ça pour te foutre de moi ?

— Je t'assure que non, dit-il en riant. Avec mon ex-femme, c'était un enfer ! Quand on allait au restaurant, tu pouvais être sûre qu'elle voulait goûter le plat que j'avais pris ! Surtout au début, c'était horrible.

Me voyant rire, il continue son histoire.

— Un jour, j'ai même pris une assiette de frites en plus pour être sûr qu'elle ne pique pas les miennes. Et devine quoi ?

— Quoi ?

— Elle a pris dans mon assiette plutôt que dans l'autre.

Impossible de m'arrêter de rire. À sa façon de raconter, je sens qu'il est encore agacé d'avoir dû vivre ce genre de situation.

— Donc maintenant, tu prends tout en double ? demandé-je entre deux rires.

— J'assure mes arrières, dit-il en éclatant de rire.

— Je te promets de ne jamais te piquer de nourriture ! fais-je en levant la main droite.

— Je te jure aussi ! dit-il en m'imitant.

— Pourtant… tu as partagé avec moi ! dis-je en réfléchissant.

Il hausse des épaules.

— Tu as dû remarquer que j'ai hésité !

— C'est vrai, dis-je en riant.

Tout en essayant de me calmer, je regarde dans la boîte pour voir tout ce qui nous attend.

— Qu'as-tu pris alors ?

— Je crois qu'il y a du carrot cake, des muffins fruits rouges, du brownie, des cookies et des mini apple pie.

— T'as un peu abusé, non ?

— Non, répond-il en me souriant.

Par quoi vais-je commencer ? Je décide de prendre le muffin aux fruits et croque dedans à pleines dents. Dès la première bouchée, je sens toutes les saveurs du fruit rouge se mélanger avec la fine couche de chocolat blanc qu'il y a dessus. Un véritable délice.

— Emma ???

Je reconnais la voix tout de suite. Je relève la tête du gâteau et saute dans les bras de celui qui vient de m'appeler.

— Qu'est-ce que tu fais là ?

— Un imprévu, je t'expliquerai ! Tu manges quoi ?

— Pas touche ! dis-je en repoussant sa main en la tapant.

Je percute que Noah est toujours assis sur le banc et ne doit pas comprendre ce qu'il se passe.

— Oh, désolée, dis-je en me tournant vers lui. Noah, je te présente le frère jumeau de Charly, mon meilleur ami. Celui dont je te parlais tout à l'heure… Marty.

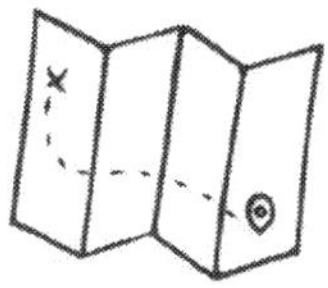

33. Noah

J'ai un léger mouvement de recul en entendant son prénom. Marty ? C'est un prénom peu commun et pourtant, j'ai l'impression de l'avoir déjà entendu à plusieurs reprises ces derniers temps.

Le voyant patienter, la main tendue vers moi pour me dire bonjour, je me hâte de me lever pour la lui serrer.

— Comment ça va ? lui demandé-je, ne sachant quoi lui dire d'autre.

— Dans l'ensemble, ça va, répond-il. Dis, Emma, t'es dispo après ?

Emma me lance un regard tout en croquant dans son muffin. Je pense qu'elle se laisse un peu de marge avant de lui répondre.

— Non, je suis avec Noah jusqu'à ce soir.

— Ah... dit-il, gêné.

Elle paraît déboussolée de sa réponse. Tout en finissant de manger sa bouchée, ses yeux passent de Marty à moi, tel un match de tennis. Qu'est-ce qu'il se passe dans sa petite tête ?

— Attends, dit-elle avant d'avaler. Il se passe quelque chose ? J'avais demandé à Charly de t'appeler !

Je le vois un peu gêné de répondre face à moi. Je décide de me rasseoir et de faire comme si je m'intéressais aux gâteaux restés dans la boîte pour leur laisser un peu d'intimité. Ils s'écartent d'un pas ou deux de moi, et j'en profite pour les regarder. Emma a pris un air sérieux, concentrée sur ce que lui raconte son ami. Quant à ce dernier, il rit entre deux phrases.

Je me permets pendant quelques secondes de le regarder un peu plus en détail. Il est très grand et fin. Habillé d'un t-shirt et d'un jean skinny noir, le tout agrémenté par une paire de vans, elles aussi noires. La seule chose de couleur qu'il a sur lui, c'est une casquette des Philly's.

— N'importe quoi, s'écrie Emma.

L'entendre me fait stopper ma contemplation de son ami pour me concentrer sur elle. Emma éclate de rire et Marty aussi. Qu'est-ce qu'il se passe ?

— Tu fais n'importe quoi ! ajoute-t-elle en le tapant sur le bras.

— Arrête de me frapper ! dit-il en se massant l'endroit où elle l'a frappé.

Emma se tourne vers moi, elle secoue la tête de droite à gauche en plissant des lèvres, se retenant de rire à nouveau.

— Oui ?

— Je crois que je vais en taper plus d'un aujourd'hui ! dit-elle en me regardant.

— Qui ça ?

— Miles ! Ce con a demandé à Marty de venir nous interrompre.

— D'accord... réponds-je simplement. Depuis quand Miles veut nous empêcher de nous voir ?

— Non, attends, comme c'est la première fois que l'on se voit réellement seuls, il craignait que ça ne se passe pas bien, explique-t-elle.

— Et donc ?

— Et donc, il a envoyé Marty pour faire comme s'il avait une urgence et que je devais partir.

— Qui fait encore ces trucs-là ?

— Miles apparemment, répond Emma en regardant Marty de travers.

— Je n'y peux rien moi, rit Marty en levant les mains comme le ferait un innocent.

Je ne sais pas si je dois rire avec eux. Voyant mon air peu réjoui, Marty s'arrête de rire net et s'assied à mes côtés, là où était Emma avant qu'il ne débarque.

— Noah ? Désolé, j'ai foiré tous tes plans. Sache que de base, je n'étais pas là aujourd'hui et comme je savais qu'Emma avait eu un rendez-vous concernant la librairie, je voulais vraiment la voir. Je t'assure, pas au point de tout faire tomber à l'eau.

Il tente un sourire timide. Il m'a l'air sincère.

— Miles fait quoi dans l'histoire du coup ?

— Cette partie-là de l'histoire était vraie, il avait peur que ça ne colle pas ou que sais-je, et il voulait que je vous retrouve pour voir si tout allait bien.

Il hausse les épaules. D'un côté, il n'a pas tort. Peut-être qu'on aurait pu bien s'entendre en ayant des gens avec nous, et qu'une fois seuls, ce soit la catastrophe. Là, je dirais surtout que la catastrophe est le fait qu'il soit venu et nous ait coupés de notre bulle.

Cela n'empêche que s'il était venu à peine quelques minutes plus tôt, il aurait vu Emma pleurait. Je lui lance un regard en biais, elle est toujours debout, là où elle était avec Marty et finit son muffin. Ses yeux sont tout de même encore un peu rougis par ses pleurs. Est-ce que Marty s'aperçoit qu'il s'est passé quelque chose?

— Tout va bien, finit par dire Emma en mettant le dernier bout de gâteau dans sa bouche. Tu peux y aller.

— Vous allez faire quoi ? demande Marty comme si de rien n'était.

— S'il te plaît, va-t'en !

— Non, attends, est-ce que tu peux me parler du rendez-vous? S'il te plaît ?

Emma me lance un regard puis se concentre à nouveau sur Marty. Il la regarde avec les yeux du Chat Botté, les deux mains liées devant lui comme pour l'implorer.

— Tu as mon avenir entre les mains, ajoute-t-il.

— Arrête, t'es pas un comédien, n'exagère pas ! répond-elle en souriant.

Peut-être a-t-elle besoin d'une pause durant notre journée ensemble ? Peut-être qu'il a bien fait de nous interrompre ?

— Marty, on a tout le temps d'en parler lundi ! Comme c'était prévu !

— Attends, dis-je en me levant, pourquoi ne prendriez-vous pas quelques instants pour en discuter ?

— Je…

— Je viens de penser à quelque chose, lui dis-je doucement pour la rassurer. Là, j'avais prévu qu'on mange un nouveau gâteau et ensuite, tout doucement, nous devions nous diriger vers ta librairie.

— Noah, je…

— Attends ! la coupé-je avec un sourire. J'étais en train de réfléchir au fait que je n'avais pas pris de veste et qu'il fallait que je fasse un détour par chez moi à un moment donné dans l'après-midi donc, je vais y aller maintenant et vous, vous allez à la librairie et je te rejoins juste après.

Elle me regarde, l'ai surpris, comme prise au dépourvu. Pourtant, je souris, essayant de la rassurer sur la situation. J'ai envie qu'elle puisse être libre de parler avec lui. Elle secoue légèrement la tête et me lance :

— Ne change pas le programme !

— Je t'assure que ça ne change rien du tout. Pour l'activité de ce soir, je préfère me la jouer sûr et prévoir une veste. Est-ce que tu en vois une autour de moi ? demandé-je en levant les mains en l'air pour lui laisser le champ libre.

Elle fait non de la tête.

— Donc voilà, l'affaire est classée, réponds-je en riant.

— Noah…

— Il n'y a pas de Noah qui tienne, dis-je en m'approchant d'elle. Je n'en aurai pas pour longtemps, juste le temps de faire l'aller-retour, insisté-je.

— Bon d'accord, cède-t-elle. Dépêche-toi alors !

Elle s'avance vers moi et m'embrasse doucement. Je lui souris, me retourne vers le banc pour récupérer mon sac à dos qui était posé au sol et regarde Marty qui n'avait pas bougé.

— Et toi, ne mange pas mes gâteaux ! T'as intérêt à me les laisser ! le menacé-je du doigt.

Emma éclate de rire. Marty sourit tout en soulevant les épaules.

— Tu prends des risques à me les laisser !

Il éclate de rire, faisant redoubler celui d'Emma.

— Je te fais confiance pour qu'il ne les mange pas ! lui dis-je avec sérieux.

Je lui fais un clin d'œil et m'en vais vers mon appartement.

Trop impatient de la retrouver, je ne mets pas longtemps à arriver chez moi. Passé la porte, je constate les dégâts que j'ai sous les yeux. En partant ce matin, j'ai laissé traîner de petites choses qui donnent l'impression que la pièce de vie est sens dessus dessous. Je prends malgré tout le temps de ranger, sait-on jamais, si ce soir Emma décide de voir où j'habite !

Alors que je m'apprête à repartir, je jette un dernier coup d'œil à la pièce et je remarque un objet échoué sur le bureau. Ce n'est autre que le carnet ouvert. Il suffit de le ranger dans l'un des tiroirs, mais au moment de le refermer, mes yeux tombent sur un passage.

Rien qu'à la première phrase, je sais de quel passage il s'agit. Mon cœur se tord par avance. Je m'assieds sur la chaise de bureau et entame la relecture de cet écrit atroce.

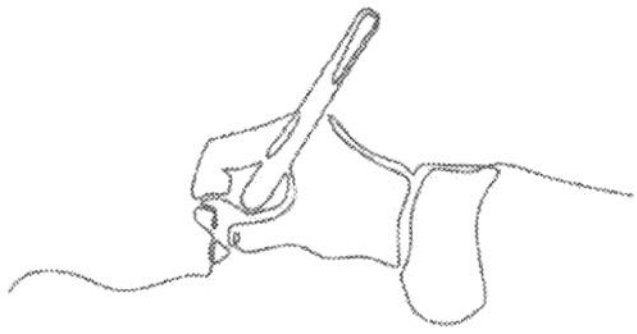

34. Le Journal

14.02.17

Il m'a frappé. Pour de vrai cette fois-ci.

Au début, tout allait bien. Nous sommes allés manger dans un restaurant, un de mes préférés. Il m'a fait la surprise de m'y emmener. Sur la route du retour jusqu'à chez lui, je sentais un peu le vent tourner, mais rien de bien inquiétant. Puis dès que nous sommes arrivés chez lui, je n'ai pas compris ce qu'il s'est passé.

Il a commencé à s'énerver, m'engueuler, m'insulter. Une chaise a volé et a failli me percuter. Et d'un coup, sans que je comprenne quoi que soit, il m'a frappée. Une gifle.

Une simple gifle et pourtant, au fond de moi je sais que ce n'est pas un geste anodin.

Dès que sa main a quitté mon visage, il s'est avancé vers moi, s'est excusé et m'a prise dans ses bras. Comme pour me réconforter. Je ne l'ai pas repoussé, je ne l'ai pas accueilli les bras ouverts non plus. J'étais tellement sous le choc que je savais même plus où je me trouvais.

Après ce moment de flottement, il a fait comme si de rien n'était et m'a reparlé du restaurant et du délicieux plat qu'il avait dégusté. Il m'a proposé de boire un verre et j'ai refusé. J'ai prétexté être fatiguée et commencer tôt demain matin pour pouvoir partir. Je ne voulais plus être ici avec lui.

****

Plusieurs heures se sont écoulées depuis que je t'ai écrit ces mots, Journal, et je n'arrête pas de me refaire la scène dans la tête. Je n'arrive pas à dormir. Je viens de relire ce que j'avais écrit et je suis obligée de revenir sur le « pour de vrai cette fois-ci » parce que je crois que je ne t'ai jamais tout expliqué.

Je pense que je ne l'avais pas fait comme pour me préserver et me cacher la vérité. Sans doute parce que je ne veux pas y croire, que je me dis que ça arrive à tout le monde d'avoir de mauvaise période, ou juste parce que j'ai peur et que j'ai l'impression d'être coincée.

Ça va faire un an maintenant que je suis avec « A » et tout se passait bien jusqu'à il n'y a pas si longtemps. Il a commencé à avoir des sautes d'humeur, à perdre patience, à crier pour un rien. Il m'a aussi fait quelques remarques sur mon physique, ma manière de rire.

Il y a une semaine, il s'est vraiment énervé. Au point de prendre son verre et de l'éclater contre le mur derrière moi. J'étais tétanisée.

Il s'est, déjà cette fois-là, excusé tout de suite et m'a dit qu'il ne savait pas ce qu'il venait de se passer. Puis trois jours après, il m'a dit qu'on était à un moment de l'année assez tendu pour lui. Il ne m'en a pas dit plus, mais j'ai compris que c'était lié avec un évènement du passé.

Je ne peux m'empêcher d'avoir les larmes qui coulent et le corps qui frissonne en t'écrivant ces mots, Journal.

Je suis totalement perdue....

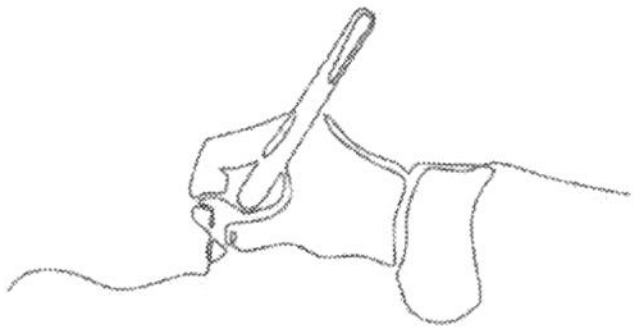

35. Le Journal

01.03.17

Hello, Journal, comment vas-tu ?

Un bail que je ne t'ai pas écrit ! Je viens de relire le dernier chapitre que je t'ai écrit et... ouh la !

Déjà, je te rassure, « A » n'est plus l'homme que je t'ai décrit.

Il est redevenu celui qui me fait des surprises, me fait rire, m'offre des cadeaux. C'est simple, il est de nouveau celui que je te présentais lors de la sortie au Memorial Lincoln !

Pour être honnête avec toi, Journal, j'ai levé les yeux en relisant mes précédents mots. Je me sens stupide de les avoir écrits. Même si, sur le moment, je sais que j'en avais besoin.

D'ailleurs, je vais le rejoindre dans moins d'une heure. Je suis tout de même un peu stressée parce que l'on va rejoindre ses parents dans un restau chic, mais je pense avoir mis toutes les chances de mon côté pour y arriver, cette fois-ci. Ça fait plus d'un an que je ne les ai pas vus, ça devrait le faire, je pense !

Allez, dis-moi bonne chance !

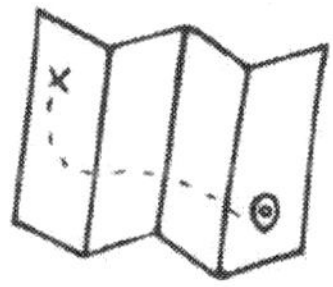

36. Noah

La sonnerie de mon téléphone me fait sursauter. Je regarde l'écran et vois le prénom d'Emma apparaître.

— Allô ?

— Alors, tu ne veux plus revenir ?

— Où ?

— À la librairie, dit-elle, surprise.

— Ah oui ! Si ! J'arrive ! Désolé !

Je n'attends pas de réponse de sa part et lui raccroche au nez. Je balance le carnet sur mon bureau et me précipite vers la porte d'entrée. Je jette tout de même un dernier coup d'œil à l'appartement, tout est rangé. J'attrape ma veste accrochée à côté de la porte et sors.

Je marche à toute allure dans les rues de la ville. J'étais tellement happé par la lecture du journal que je suis resté bien plus de temps que prévu chez moi. Normalement, je devais juste y faire un saut puis j'ai perdu du temps à lire !

En à peine quelques minutes, j'arrive au Book Corner. Je rentre en manquant de renverser un gamin qui sort de là avec sa mère. Je m'excuse d'un geste de la main et l'on m'accueille en criant :

— Aaaaah enfin !!!

Marty et Miles, en cœur, presque à me sauter dessus. Quant à Emma, elle est assise au comptoir, buvant un café.

— Bah alors, qu'est-ce que tu foutais ? me demande Miles en me tapant l'épaule.

— Je suis allé chercher une veste, dis-je en levant ma main pour la montrer.

— Et t'as mis tout ce temps ? ajoute Marty.

— J'ai pris mon temps, dis-je simplement.

Qu'est-ce que je pouvais dire d'autre ? Que je suis allé à l'appartement pour le ranger, au cas où on décide d'aller chez moi? Bien sûr que non. Que j'ai mis du temps parce que je me suis de nouveau absorbé dans la lecture d'un journal intime d'une nana qui pourrait potentiellement me plaire ? Non plus.

— Avoue, t'as préparé quelque chose ? demande Marty.

— Les garçons, vous pouvez arrêter de l'embêter ?! demande gentiment Emma.

Je fais un léger signe de tête à Emma pour la remercier de me sortir de ce traquenard.

— Mouais, dis Miles en me scrutant. T'es quand même louche, moi je dis qu'il y a anguille sous roche !

— On est d'accord, ajoute Marty.

Ils ne vont vraiment pas me lâcher ces deux-là. Alors que je m'apprête à leur répondre le plus sincèrement possible, Emma se lève de son tabouret haut, s'avance vers moi, m'attrape le bras et me tire vers la sortie.

— Allez, salut ! crie-t-elle vers les garçons.

— Non, attends, dit Miles en s'avançant vers nous, on rigolait!

— Oui, restez encore un peu ! supplie Marty.

Je n'ai même pas le temps de tourner la tête vers eux pour les regarder, qu'Emma nous traîne dehors.

— Tu voulais rester là peut-être ? me demande-t-elle, les yeux écarquillés. Désolée, je ne voulais pas être brusque…

— Tu n'as pas à t'excuser, la coupé-je en posant mon index sur sa bouche. Tu ne pouvais pas faire meilleure interruption face à ces curieux.

Elle sourit.

— En revanche, si toi tu veux rester un peu, ça ne me dérange pas. Du moment que je suis avec toi, c'est le principal.

J'enlève le doigt de sa bouche et elle me répond instantanément :

— Je ne veux être qu'avec toi.

On se regarde dans les yeux, se souriant l'un à l'autre. Mon cœur tambourine de l'entendre me dire ces mots. Je m'approche d'elle pour l'embrasser doucement, tendrement, presque au ralenti, savourant chaque microseconde de ce moment.

Je décolle mes lèvres des siennes et reste près de son doux visage. Ses joues rougissent légèrement. Je sais qu'elle a apprécié ce moment autant que moi.

— On y va ? chuchoté-je.

— Oui.

Je reprends sa main et nous voilà partis pour de nouvelles aventures.

37. Emma

Nous marchons tranquillement dans la vieille ville quand Noah me demande :

— T'en as fait quoi des gâteaux ?

— Quels gâteaux ? demandé-je innocemment.

Il s'arrête de marcher et me regarde, choqué.

— Ne me dis pas que tu les as mangés sans moi ?!

— Euh…

— Comment as-tu osé ? demande-t-il, outré.

— Je ne les ai pas mangés...

— Non ?

— Les garçons me les ont piqués, dis-je à toute vitesse.

Sa bouche s'ouvre de plus en plus au fil des secondes.

— Ils ont osé ??

— Je n'ai même pas eu le temps de comprendre ce qu'il se passait que je n'avais plus la boîte en main, je réponds en haussant les épaules.

— Je sais que la prochaine fois, je ne te confierai plus les gâteaux.

Je commence à le connaître maintenant, je sais qu'il essaie de me rouler.

— T'es pas si bon acteur que ce que je pensais finalement...

— Comment ça ?

— Tu ne m'auras pas cette fois-ci, Noah !

— T'avoir à quoi ?

Voir sa tête de petit vainqueur me faire rire. Il pensait m'avoir à son petit jeu et en fin de compte, c'est moi qui me suis vengée de tout à l'heure.

— En fait, ce ne sont pas les garçons… c'est bien moi qui les ai mangés !

Je lui hurle cette phrase à la figure tout en lâchant sa main et me mets à courir en éclatant de rire. J'ai juste eu le temps de voir différentes expressions sur son visage : sa petite mine un peu boudeuse, puis sa bouche dessinée en un O parfait et ses yeux pétillants de malice. Il a souri et a ri avec moi.

Je n'ai pas le temps de courir bien loin puisqu'il me rattrape en quelques foulées à peine. Il arrive à me soulever et à me retourner pour me mettre... sur son épaule.

— Noah ! Descends-moi !! crié-je.

— Non, c'est le prix à payer !

— Je n'ai rien fait, dis-je, innocente.

— C'est le prix à payer pour ceux qui mangent mes parts de gâteaux !

Je ris de plus belle. J'ai dû mal à m'arrêter de rire, cependant, j'arrive à lui dire :

— Tu n'as aucune preuve de ce que j'ai fait !

Noah s'arrête de marcher. J'ai l'impression qu'il réfléchit à ce que je viens de lui dire. Est-ce qu'il me croit ?

— Noah ?

Des gens passent à côté de nous. Certains rient de nous voir ainsi alors que d'autres sont choqués que l'on se comporte de cette façon, à la vue de tous. Peu importe, moi je m'en fiche de ce que pensent les gens.

Il me repose au sol et se met à ma hauteur. Il me sonde du regard. Il cherche à savoir si je mens ou non. Je souris légèrement.

— Tu mens ! dit-il après m'avoir regardé quelques instants.

— Je mens, je réponds en riant. J'ai mangé un gâteau et j'ai donné les trois derniers aux garçons !

— C'était sûr !! Tu me dois un gâteau !

— Bien, chef, dis-je en souriant. Je te le ferai moi-même si tu veux.

— Encore mieux, j'ai hâte !

Il m'embrasse et me reprend la main pour se remettre en marche.

— À ta place, j'en aurais mangé un aussi, dit-il en réfléchissant. Je dirais même que j'aurais gardé les autres pour moi.

— À vrai dire, leur donner était un moyen de les calmer.

— Les calmer ?

— Ne te voyant pas revenir, ils me posaient un milliard de questions ! Fallait les calmer donc je n'ai trouvé qu'une solution : les gâteaux.

— Hm, je comprends. T'avais pas le choix, dit-il en hochant de la tête. Dommage.

— En même temps, si tu n'avais pas tardé comme tu l'as fait, je les aurai gardés pour nous.

Je lui lance un regard en biais pour essayer de voir sa réaction. Grillée, car il m'observe.

— Tu veux savoir quoi ? me demande-t-il.

— Rien.

— Demande-moi, Emma.

— Te demander quoi ?

— Tu ne veux vraiment rien savoir ?

— Je ne vois pas de quoi tu parles.

— Si j'ai mis autant de temps, c'est... parce que j'ai rangé mon appartement, hésite-t-il à répondre. Je me suis dit que, peut-être, tu aurais voulu passer et voilà. Rien de particulier, juste je voulais que ce soit rangé. Au cas où.

Il savait que je voulais lui demander et que je n'oserais pas. Comment fait-il pour savoir si bien lire en moi ?

— D'accord, dis-je simplement.

— D'accord ?

— Oui, lui souris-je.

— D'accord, répète-t-il.

— Je suis touchée que tu aies eu cette intention envers moi. Même si, qu'on se le dise, si je dois venir chez toi, ce n'est pas pour regarder si tu laisses traîner tes caleçons.

Il paraît soulagé. Sans doute avait-il peur que je prenne mal le fait qu'il ait pu penser que je puisse avoir envie d'aller chez lui ? Qu'on soit clair, aller chez l'autre est synonyme de rapprochement intense. Je ne lui en veux pas d'y avoir pensé. Il me serre la main un peu plus fort et je sens dans son regard qu'il est content de la tournure que prend cette conversation.

Nous continuons à marcher sans parler. Juste à profiter de la présence de l'autre. Je ne lui dis pas, mais je pense avoir découvert l'activité que nous allons faire en fin de journée.

— T'es prête ? me demande-t-il.

— Toujours prête !

— Notre prochaine et dernière activité de la journée est... roulement de tambour s'il te plaît !

Je lui lâche la main et fais rebondir mes mains sur mes cuisses pour faire un semblant de bruit de tambour.

— Le bus !

— Mais non ?! m'écrié-je.

— Et si, dit-il tout sourire. J'espère que tu aimes bien !

Il paraissait content d'avoir eu cette idée et je n'ai pas dû avoir la réaction qu'il souhaitait, car il a l'air un peu tendu.

— Tu n'aimes pas ? On n'est pas obligés, tu sais. Ce n'est pas comme si on ne connaissait pas la ville, dit-il à toute vitesse.

— C'est la meilleure idée... au monde ! dis-je doucement.

— Tu ne dis pas ça pour me faire plaisir ?

— Oh non, je t'assure ! On va le faire de nuit du coup ?

— Exactement, tu l'as déjà fait ?

— Non, justement ! J'ai toujours dit que je voulais le faire, avec Marty notamment. On adore faire tous ces trucs-là, je t'en parlerai plus tard. Finalement, on ne l'a jamais fait... tu ne pouvais pas choisir meilleure activité que celle-là !!

Sans réfléchir, je me lance dans ses bras en lui murmurant un « merci ». Je le serre aussi fort que je peux et me recule pour l'embrasser sur la bouche. Ce mec est incroyable.

— Du coup, c'est pour ça les vestes ? demandé-je en réalisant.

— Oui, même s'il fait bon, j'ai peur que ça se rafraîchisse. Surtout en étant dans le bus.

— Tu penses à tout toi !

— J'essaie, répond-il en souriant. On y va ?

— C'est parti !

38. Emma

Il ne nous reste qu'une cinquantaine de mètres à faire pour rejoindre le point de rendez-vous pour le bus.

— Tu savais à quelle heure il arrivait ? demandé-je en voyant le véhicule arriver au loin.

— Oui et non. Je t'avoue que j'avais regardé les horaires, sans me dire qu'il fallait impérativement que nous soyons ici pour telle heure. Je voulais qu'on profite de cette après-midi et s'il était trop tard, je t'aurais invitée à le faire un autre jour.

— Tu es gentil, Noah, de faire tout ça pour moi.

Il me sourit, un peu gêné.

— Pourquoi tu rougis ? le questionné-je pour le taquiner.

— Je ne rougis pas ! répond-il en détournant le regard.

— Je t'embête !

Je lui mets un coup de coude dans les côtes pour continuer de l'enquiquiner. Chose qui ne fonctionne pas, car il me fonce dessus et tente de me chatouiller. Nous voilà en course poursuite, riant aussi fort que possible.

— Attends, attends, dis-je en m'arrêtant pour récupérer mon souffle.

— Quoi ?

— On ne devrait pas aller au bus ?

— Joli subterfuge, Emma, mais ça ne marche pas avec moi !

— Regarde !

Étant dos au bus, Noah fait un demi-tour sur lui-même pour regarder au loin. Ce dernier est en train d'allumer ses feux ainsi que son moteur. Il ne va pas tarder à partir. Et sans nous.

— Merde ! Cours ! crie-t-il.

Il me chope la main et me tire pour l'accompagner dans les derniers mètres qui nous séparent du véhicule.

Noah fait signe au chauffeur du bus pour lui faire comprendre que nous arrivons. On le voit garder les portes ouvertes. On saute à l'intérieur, essoufflés.

— Vous aviez le temps d'arriver, nous dit le chauffeur en souriant.

— Ah… dit Noah ne sachant que dire d'autre.

— Bonsoir, monsieur, dis-je au conducteur.

— Madame, répond-il en faisant un mouvement de la tête. Que puis-je pour vous ?

— Bonsoir, dit Noah en reprenant son souffle, je vais vous prendre deux places, s'il vous plaît, ajoute-t-il en sortant un billet de sa poche.

— Vous savez comment ça se passe ou c'est la première fois ? demande le chauffeur.

— Disons que ça fait longtemps, répond Noah en me regardant, attendant de voir ma réaction.

— Jamais fait de nuit, dis-je en regardant le conducteur.

— Bien, vous allez voir, ce n'est pas bien différent de celui de la journée. La seule chose qui change, c'est qu'il faudra redescendre ici.

— Très bien, répond Noah.

— Nous allons faire le tour de la ville pendant environ une heure, nous passerons par des lieux mythiques, nous irons voir des décors, puis nous reviendrons ici. Je vous donne également ces écouteurs, fait-il en nous les tendant, vous pouvez les brancher à votre siège et écouter les anecdotes sur les endroits que nous verrons. Des questions ? finit-il en souriant.

— Tout est dit, dis-je en récupérant les écouteurs.

— Départ dans trois minutes ! Vous pouvez aller vous installer!

Noah lui fait un signe de tête, récupère ma main et m'entraîne vers l'escalier qui permet de monter à l'étage. Nous avons de la chance, il n'y a pas beaucoup de monde assis dans le bus. Je compte sept personnes. Je continue de suivre Noah jusqu'au fond du bus, où l'on s'assied côte à côte.

— Contente ? me demande Noah en m'observant.

— Très !

— Ça se voit, ton sourire est énorme et tes yeux pétillent, dit-il avant de m'embrasser.

Je ne sais pas si c'est le fait de faire ce bus de nuit, ou de l'attention qu'a Noah envers moi de m'offrir ce type d'activité, ou la course poursuite juste avant, ou juste sa présence, mais… oui, je suis heureuse à ce moment même.

Je lui reprends la main et la lui serre fort. Mon cœur tambourine intensément dans ma poitrine et je ne peux m'empêcher de sourire.

— Tu ne m'as pas écouté ? demande Noah en faisant un signe de la main devant mes yeux.

— Pas du tout, dis-je en riant.

— Je te demandais si tu voulais qu'on partage nos écouteurs ? m'interroge-t-il en souriant.

— Oui, faisons ça !

Il me lâche la main le temps d'ouvrir le petit paquet de protection autour des écouteurs. Il les branche sur le siège devant lui et me tend une oreillette. Dès que je la positionne dans mon oreille, une musique se fait entendre et je pouffe de rire.

Noah fait semblant de marcher sur le rythme de la musique à l'aide de ses bras. On a eu la même pensée en même temps. La musique me rappelle fortement une musique de soldat marchant en rythme, un peu comme ceux présents devant le château de la Reine d'Angleterre.

Un fou rire me prend, je n'arrive plus à m'arrêter, à tel point que les personnes présentes autour de nous se tournent pour me regarder. Aucun ne me juge, au contraire, ils sourient de me voir rire des bêtises de Noah. Ils doivent tous avoir les écouteurs aux oreilles, car personne n'est choqué de voir Noah faire semblant de marcher.

Le bus se met à trembler, le chauffeur a redémarré le moteur. Nous voilà partis pour l'aventure.

Nous faisons le tour de la ville en passant par la vieille ville, Chinetown, l'hyper centre avec ces grands buildings et nous finissons par passer par les marches de Rocky. Plus nous avançons dans la ville, plus les lumières dans le ciel changent puisque le soleil se couche. Quand nous arrivons aux marches, le ciel est teinté d'orange et de rouge. L'endroit est tout simplement magnifique. Le chauffeur s'arrête et nous accorde cinq minutes.

— C'est le seul endroit où vous pouvez descendre, profitez de la lumière et de ce magnifique coucher de soleil, nous dit le conducteur dans un micro.

Tout le monde descend et se rue sur les marches. Certains les gravissent vite et d'autres les montent tranquillement. Chacun se retrouve en haut pour admirer la ville en contrebas. Le soleil passe entre les immeubles, c'est incroyablement beau et apaisant. Noah se place à mes côtés et m'enlace pour savourer ce moment avec moi. Malgré les bruits de voitures, l'endroit reste calme. Comme un lieu hors du temps.

Nous finissons le tour en bus et nous voilà à l'endroit où nous étions plus tôt. Nous remercions le chauffeur pour ce moment et nous marchons mains dans la main, en silence, en direction de la librairie.

— Merci pour cette journée, Noah, c'était incroyable ! lui dis-je en m'arrêtant devant notre destination.

— Merci à toi, me chuchote-t-il.

— À moi ? Je n'ai rien fait...

— C'est toi qui as rendu cette journée incroyable.

Il se rapproche de moi et m'embrasse tendrement. Je descends mes mains sur le bas de son dos et le serre un peu plus contre moi. On est collés-serrés et j'aime ce qu'il provoque chez moi. Je dirais même que j'en veux plus. Sans réfléchir, je passe mes mains sous sa veste, puis son pull ainsi que son t-shirt, et touche sa peau chaude.

Je le sens rire dans ma bouche. Il se recule légèrement et me dit :

— Non pas que je n'aime pas ce que nous faisons, mais ne serait-ce pas mieux si nous étions à l'intérieur ?

Mon cerveau est encore bloqué sur la sensation de sa peau chaude sur le bout de mes doigts pour réussir à me concentrer sur ce qu'il me dit.

— On est dans la rue... dit-il en regardant autour de nous.
— Ah, oui.
Je me détache de lui et farfouille dans mon sac en bandoulière.
— Je dois avoir les clés quelque part, attends ! lui dis-je en fouillant.
— Emma, je ne disais pas ça pour…
— Ah, je les ai ! crié-je en soulevant mon trousseau de clés tel un trophée. Allez, viens !
Je ne l'attends pas et me dirige vers la porte de la librairie. Je mets la clé, tourne et ouvre la porte à la volée. Je vois Noah toujours planté à l'endroit où nous étions l'instant d'avant.
— Qu'est-ce que tu fais ? demandé-je, étonnée.
— Emma, attends, dit-il tout bas en s'avançant doucement vers moi.
— Qu'est-ce qu'il y a ?
Je me tiens dans la librairie et Noah vient se planter devant moi, seul le pas de porte nous sépare. Je remarque surtout que pour le moment, il est encore à l'extérieur et qu'il n'a pas l'air très serein.
— Emma, tu es sûre ?
— Euh... oui ! dis-je faisant mine de réfléchir. Pourquoi je ne le serais pas ?
Avant de répondre, il m'attrape les deux mains. Il a l'air anxieux, mal à l'aise. Qu'est-ce qu'il lui prend ? Deux minutes avant, nous nous embrassions, j'avais mes mains sous son pull et là, il est... inquiet ?
— Emma, avant d'aller plus loin, j'aimerais que l'on discute.
— Discuter de quoi ?
— De toi, de nous. Je ne veux pas précipiter les choses.
— Ce n'est pas le cas !
— T'es sûre ?
— Oui !!
Il n'a pas l'air de me croire. Je souffle. Je souffle d'impatience parce que j'ai envie de reprendre là où nous nous sommes arrêtés. Je souffle d'agacement parce qu'il ne veut pas me croire.
— Noah, que veux-tu que je te dise exactement ?
— Que t'es prête ?

— Prête pour… ?

— Prête à aller plus loin avec moi, lâche-t-il dans un souffle.

— Je n'ai jamais été aussi prête de toute ma vie, Noah. Je sais que nous allons devoir avoir une conversation. Je dois t'expliquer plusieurs choses de mon passé pour que tu comprennes un peu tout ce qui me passe par la tête quand nous sommes à deux. Tout ça je le sais, mais ce que je sais surtout, c'est que je suis prête à tourner la page et à enfin avancer. Je veux avancer à tes côtés. Je te veux. Toi. Et personne d'autre. C'est peut-être dingue dit comme ça puisqu'on ne se connaît pas depuis longtemps, mais aujourd'hui j'ai eu comme un déclic. Voir tout ce que tu fais pour moi, la manière dont tu te comportes avec moi, que tu fasses à attention à ce que je souhaite... Oui, j'ai peur, mais... je veux essayer.

J'ai lâché cela d'une traite sans même laisser le temps à mon cerveau de réfléchir à ce qu'il souhaitait dire réellement. Je respire vite pour la simple et bonne raison que je n'ai pas respiré le temps de mon monologue.

J'attends. J'ai cette impression que le temps s'est arrêté. Il me regarde droit dans les yeux, je n'arrive pas à déchiffrer ce qu'il lui passe par la tête et plus j'attends, plus cela m'effraie. Et s'il me rejette ?

Je n'ai pas le temps de réfléchir plus longtemps qu'un sourire se dessine doucement sur son visage et il ne s'arrête plus de grandir.

— Tu es incroyable... dit-il doucement. Vraiment incroyable.

Je reprends de l'air dans mes poumons. Soulagée de voir sa réaction face à ma tirade. Il franchit le pas de la porte qui nous séparait pour se retrouver de mon côté de la librairie.

— Qu'est-ce que je vais faire de toi ? demande-t-il en souriant à pleines dents. Je n'arrive pas à y croire...

Il me prend la main et me fait tourner sur place, faisant virevolter mes cheveux dans les airs. J'entends au loin la porte de la librairie se claquer et sans que je comprenne ce qu'il se passe, il me soulève pour me porter en mettant ses mains sous mes fesses. Je suis pile à sa hauteur et sans attendre, je l'embrasse à pleine bouche.

Nous restons dans cette position, au milieu de la librairie, à nous embrasser. Il décide de me reposer au sol, délicatement. Je ne veux plus attendre. J'en veux plus. Tout de suite.

— Viens, lui dis-je en lui prenant la main.

Sans poser de questions, il me suit. J'habite un appartement juste au-dessus de la librairie. Il est petit, toutefois, j'ai réussi à en faire quelque de cosy. C'est limite si on court dans les escaliers pour arriver chez moi. Tellement impatiente d'être à l'intérieur que j'ai du mal à viser la serrure avec la clé pour l'ouvrir. Je dois lui demander d'arrêter de me toucher partout s'il veut que j'ouvre la porte.

À peine la porte franchie, j'enlève ma veste et mes chaussures, les laissant traîner dans l'entrée. J'attrape la veste de Noah et lui enlève. Je claque la porte du pied pour qu'elle se referme et saute dans ses bras. Nous voilà dans la même position que dans la librairie : lui me tenant sous les fesses et moi me tenant comme un paresseux à sa branche.

Étant en t-shirt à encolure large, il a tout le loisir de descendre sa bouche le long de ma mâchoire pour atterrir dans mon cou. Je fais basculer ma tête en arrière pour lui laisser le champ libre. Je sens son souffle avant qu'il ne me fasse un baiser sur la clavicule. J'en ai des frissons dans tout le corps. Je suis déjà à cran, il m'en faut plus.

Je lui fais comprendre que je veux me remettre sur mes pieds, il en profite pour attraper mon t-shirt et le passer au-dessus de ma tête. Je me retrouve en soutien-gorge devant lui. Je suis encore en jean et cette façon qu'il a de me regarder me fait accélérer mon rythme cardiaque.

— Viens, chuchoté-je en lui attrapant la main.

Il me suit jusqu'à la chambre. La visite guidée de l'appartement se fera plus tard, pour le moment, j'ai autre chose en tête comme activité.

Je décide de lui enlever à son tour son t-shirt. Je ne peux m'empêcher de mettre mes mains sur ses pectoraux ou plutôt, de le toucher où je peux. Mes mains ne restent pas en place une seule seconde. Il profite de ce moment pour glisser doucement ses mains vers mon jean. Je vois dans son regard qu'il me demande silencieusement s'il peut me l'enlever. Je fais un léger signe de tête affirmatif et je bascule ma tête en arrière, lui laissant le loisir de faire ce qu'il veut de moi.

Il enlève mon bouton et baisse la braguette d'une lenteur

inimaginable. Il veut me tuer, ce n'est pas possible. Il continue de m'embrasser sur le haut du torse, frôlant mon soutien-gorge à plusieurs reprises. Tout en baissant mon jean, il embrasse ma poitrine à travers ma lingerie. Ai-je le droit de trouver cela émoustillant ? C'est excitant et sexy à la fois.

N'ayant plus de patience, je fonce sur son pantalon et enlève bouton et braguette en deux secondes top chrono. Il ôte son pantalon et me fait reculer lentement jusqu'à ce que l'arrière de mes jambes touche le rebord du lit. Il m'aide à m'allonger avec délicatesse et le voilà sur moi. M'embrassant partout, tendrement, avec sensualité.

J'ai chaud et pourtant, des frissons me parcourent le corps toutes les secondes. Je lui caresse le dos, le torse, lui arrache un peu les cheveux. Je ne sais plus ce que je fais. Tout ce que je sais, c'est qu'il dégage doucement l'un de mes bonnets de soutien-gorge pour avoir accès à un sein. Sa bouche descend vers un mamelon, qu'il s'amuse à titiller de sa langue dans un premier temps, puis qu'il s'amuse à sucer.

Mon corps tremble de plaisir. Je vais exploser. Il me le faut. Maintenant.

Comme d'habitude, il arrive à lire en moi et comprend que je ne veux plus attendre. Il finit de m'enlever mes sous-vêtements. Sa façon de me regarder me fait exploser.

— Dans le tiroir, dis-je en lui montrant la table de nuit.

Il me fait un sourire charmeur, se penche pour ouvrir ledit tiroir, et attrape un préservatif. Il se recule pour enlever son boxer. Sans gêne, je l'observe. Qu'est-ce qu'il est sexy !

— Je rêve, où tu te rinces l'œil ? demande-t-il en riant.

— Grillée, dis-je, pas gênée pour un sou. Allez, viens.

Il finit de mettre le préservatif et vient se repositionner au-dessus de moi. Il me regarde dans les yeux, intensément.

J'ai l'impression que mon cœur veut sortir de mon corps tellement il bat avec force, et vite. Noah me pénètre doucement, continuant de me fixer pour voir s'il doit arrêter. J'ai envie de lui dire de ne surtout pas stopper et de continuer encore, plus vite, plus fort, pour toujours. Pourtant, au lieu de dire des bêtises, je l'embrasse.

Mon corps rentre en transe. Entre l'embrasser avec force, le sentir en moi lentement puis de plus en plus vite, mon cœur s'affole encore plus.

Avec l'une de ses mains, il attrape un de mes seins et s'amuse à le lécher puis à le sucer. Le voir faire m'excite encore plus que je ne le suis déjà. Il s'amuse à varier la vitesse, un coup rapide, juste après très lentement. J'ai l'impression de mourir à petit feu. Et sans que je m'y attende, il se met à me chuchoter à l'oreille « Tu es tellement sexy » et là, c'est l'explosion. Dans tous les sens du terme. Mon corps explose tel un feu d'artifice, mon cœur fait une accélération à ne plus s'arrêter. Je sens Noah me rejoindre au septième ciel.

Il reste quelques secondes sur moi avant de se retirer et s'allonger à mes côtés. Chacun essayant de reprendre son souffle.

Les minutes s'écoulent et nous finissons par calmer nos respirations. Avec la lune qui éclaire la nuit, je le vois parfaitement à mes côtés. Je remarque qu'il m'observe, qu'il regarde mes courbes, qu'il n'en rate aucune une miette. Je me sens gênée, ce qui est complètement idiot vu ce que nous venons de faire, et je ne peux m'empêcher d'attraper le drap pour me couvrir le buste.

Il m'imite en attrapant un bout du tissu pour se recouvrir.

— Ça va ? me demande-t-il doucement.

— Parfaitement, dis-je simplement.

Il s'amuse à faire promener ses doigts sur mon bras resté au-dessus du drap. Je le regarde faire, essayant de faire fuir mes démons qui ne sont pas loin. Je reste concentrée sur ses doigts alors que je sens son regard me fixer.

Plus les minutes passent, plus la réalité me revient en pleine face. J'ai fait et dit des choses que je n'avais jamais faites auparavant. Depuis quand je grimpe sur les garçons pour qu'ils puissent m'embrasser dans le cou ? Depuis quand est-ce que j'arrive à me laisser regarder pendant l'acte ? Depuis quand je ressens autant de choses en même temps ?

Je secoue la tête essayant de faire partir toutes ses questions qui, je le sais, vont me hanter une partie de la nuit.

— Dis-moi… chuchote-t-il.

Je lâche ses doigts du regard pour le regarder dans les yeux. Il a l'air déboussolé de me voir ainsi. Je suis recouverte d'un drap et muette comme une carpe alors que nous venons de faire l'amour. Dans le genre sensuel et sexy, on peut mieux faire.

Je sens sa main s'arrêter sur mon bras. Il m'observe et attend que je réponde.

— Tu penses que c'est le meilleur moment pour parler ? demandé-je tout en réfléchissant à comment m'extirper de cette situation.

— Tu sais que je ne te forcerai jamais à faire quelque chose… Je te vois tourmentée et j'aimerais t'aider.

Je me détourne de son regard et me lève du lit. Tout en essayant de me cacher derrière le drap, j'attrape une robe de nuit dans ce qui me sert de dressing et l'enfile. Je serai plus à l'aise dans cette tenue pour affronter ce qui va suivre.

Je retourne de mon côté du lit et m'assieds en tailleur, contre le mur. Noah n'a pas bougé d'un centimètre, tournant uniquement la tête pour continuer de me regarder.

Je prends une grande inspiration et lui dis :

— Très bien, parlons. J'ai des choses à t'expliquer.

39. Noah

Son visage se crispe, je sens que cette conversation va être difficile pour tous les deux.

— Je ne te couperai pas, je t'écouterai, dis-je en lui attrapant la main.

— D'accord, répond-elle doucement.

Elle inspire profondément, sans doute à la recherche de mots particuliers pour m'expliquer ce qu'il se passe dans sa tête. Je lui caresse doucement la main. Je la sens très nerveuse et, la voir dans cet état, commence à me rendre anxieux à mon tour.

Je décide de me mettre à côté d'elle, dos au mur également. Je remonte le drap sur mon corps nu, je ne voudrais pas qu'elle soit gênée de me voir ainsi. Je lui récupère sa main gauche et serre mes doigts aux siens, attendant qu'elle commence à parler.

— Avant toute chose, j'aimerais que tu saches que...

Elle met sa main libre sur sa bouche, s'arrêtant de parler. Elle retire sa main de la mienne, remonte ses deux jambes et les serre contre elle. Elle pose son menton entre ses deux genoux et regarde droit devant elle. Elle essaie de respirer lentement, sans doute pour se calmer. J'ai l'impression d'entendre les battements de son cœur qui vont à toute vitesse.

Je n'ose pas bouger et encore moins la toucher. Je ne voudrais pas qu'elle croie que je veux la précipiter. Au contraire, je veux qu'elle ait confiance en moi.

— Personne ne sait ce que je vais te raconter. Enfin, je veux dire, qu'il y a que Miles qui est au courant.

Je ne réponds pas, de peur de dire quelque chose qu'il ne faudrait pas.

— Ma dernière relation s'est très mal passée. Pour être honnête, c'était ma première vraie relation. Tu sais, celle où tu rencontres la famille, les parents aussi, où tu vas chez l'autre, où tu pars en vacances... Ce genre de relation là. Avant lui, je n'avais que de petites amourettes, puis il y a eu… lui.

Elle fixe toujours devant elle, parlant doucement presque comme un robot. Sans doute revoit-elle les moments passés avec lui dans sa tête ?

— Tout se passait pour le mieux au début. Tu sais, tout est beau, tout est rose, on a l'impression d'avoir des papillons dans le ventre et un jour, ça disparaît. Malgré tout, on passe au-dessus et on reste.

Elle laisse un petit moment de flottement avant de reprendre :

— Je pars dans tous les sens. Pour que tu comprennes, je devrais commencer depuis le début et tout te raconter. Tu ne crois pas ?

Elle n'attend pas ma réponse et recommence son histoire.

— On s'est rencontrés lors d'une soirée entre amis. Rien de plus banal. Des copains, de nouvelles connaissances pendant la soirée et j'ai fini par boire avec lui à l'écart des autres. Un peu charmeur, gentil, il me faisait rire. Bien évidemment, on a échangé nos numéros et on s'est revus. Bien que l'on soit tous les deux de Philadelphie, on a joué les touristes. Un peu comme ce que l'on a fait aujourd'hui finalement. Il me disait qu'il fallait que l'on profite de notre jolie ville et que l'on arrête de tout prendre pour acquis. Donc nous avons visité des tas d'endroits, même en dehors de Philly...

J'aperçois qu'elle frissonne. Est-ce dû à son récit ? À ce qu'elle va me raconter ? J'appréhende la suite de son histoire.

— Un jour, nous avons été au zoo. Ça ne faisait pas très longtemps que nous étions ensemble et c'était une belle journée dans l'ensemble, mais de petites piques commençaient à être lancées. Une remarque sur ma tenue puis une autre sur la route du retour quand nous avons croisé plusieurs nanas faisant un footing. Rien de bien méchant sur le coup, mais maintenant avec le recul, je me dis que j'aurais dû tout arrêter à ce moment-là.

Tout en soufflant, elle relâche ses jambes, les étend et continue de fixer un point plus loin.

— Parfois, quand je repense à ce jour, j'ai envie de faire un saut dans le temps et d'aller me secouer, de me crier de partir. Partir en courant, loin de ce mec...

Elle secoue la tête et se met à jouer avec son bracelet qu'elle a toujours au poignet.

— Je ne me suis rendu compte de rien, mais petit à petit, j'ai commencé à changer. Tant physiquement que moralement. Là où ça a vraiment commencé à déraper, c'est quand nous sommes allés chez ses parents pour la première fois. À peine quelque mois après s'être mis ensemble. Cette première rencontre avec les parents veut quand même dire quelque chose. Comme si nous officialisions notre relation à deux. Ce fut une catastrophe. Ses parents ne m'ont jamais aimée, et sa sœur, je ne t'en parle même pas, une horreur. C'est à partir de cette soirée-là qu'il a commencé à être... méchant ? Je ne sais même pas quel mot utiliser pour le décrire.

— Un connard ?

Je n'ai pas réfléchis, ma bouche a parlé. Dans la pénombre, je la vois sourire légèrement.

— Si tu veux, oui. Même si je pense que le mot n'est pas assez fort.

Elle lâche du regard son bracelet pour tourner la tête vers moi. Ses yeux brillent, prêts à lâcher les larmes qu'ils retiennent. Mon cœur se brise de la voir ainsi. J'ai envie de balayer cette conversation d'un revers de main et de la prendre dans mes bras, pour toujours. L'aider à oublier ce passé qui la ronge, l'aider à aller de l'avant, comme elle me le disait tout à l'heure.

— Je pense qu'à force, je suis devenue aveugle. Je ne voyais plus ce qu'il me faisait. Et pourtant, maintenant je sais que tout est allé beaucoup trop loin.

Elle fixe à nouveau son bracelet, laissant ses larmes s'échapper.

— Chaque jour que nous avons passé ensemble, il me rabaissait. Je ne faisais jamais les choses assez bien. J'avais le droit à des phrases comme « tu es vraiment coiffer là ? » ou « même ma grand-mère s'habille mieux que toi ». J'ai eu aussi le droit à des « t'es vraiment pas mon meilleur coup » et également des « fais un effort et souris un peu avec les autres ».

Elle énumère les phrases tout en me faisant des guillemets à l'aide de ses doigts pour bien souligner ce que cet enfoiré a pu lui dire.

— Avec le temps, j'ai arrêté d'être moi. Je m'habillais toujours en noir, chaussures classiques. Toujours un chignon avec une tonne de laques. Maquillée comme si j'allais dans un palace et je passais mon temps à sourire. Je me taisais, ne parlais que quand il me l'autorisait. Quant aux repas auxquels on était conviés, ou quand nous allions dans un restaurant, je le laissais choisir à ma place. C'était toujours une salade. Sans doute étais-je trop grosse pour lui ? C'est même sûr vu le nombre de fois où mon poids était le sujet de ses remarques. Évidemment que je bavais sur ses plats de viande avec ses frites, mais je me contentais de ma salade verte et de mon verre d'eau pétillante. Il fallait toujours faire belle figure face aux autres et quand nous rentrions, c'était encore autre chose...

Elle se repositionne avec les jambes contre elle, comme pour se protéger. J'ai le ventre qui se tord à l'écouter m'annoncer toute cette histoire. Comment est-ce possible de faire vivre cet enfer à Emma ? Cette femme est un véritable soleil. Qui a bien voulu l'assombrir ?

— Puis au bout d'un an, les coups ont commencé...

Elle dit cela avec une voix tellement calme. Je ne sais pas comment elle fait pour être aussi impassible, car moi je n'ai qu'une envie, hurler, et surtout, retrouver cet enculé.

— Ce n'était rien de grave finalement. Parfois, il me maintenait un peu trop fort au poignet parce que je ne l'écoutais pas. D'autres fois, il me marchait sur le pied quand j'étais pieds nus parce que je ne répondais pas ce qu'il fallait. Un jour, c'est allé un peu plus loin. Il m'a réellement frappée. Un coup de poing sur le bras et il m'a jetée sur le lit. C'est là que j'ai compris que ce n'était pas normal de vivre ces choses-là.

Mon ventre se serre encore un peu plus, tout comme mes

poings. J'en suis malade. J'ai le cœur meurtri par ce qu'elle me raconte et j'ai également une rage qui monte en moi. Une rage que je n'ai jamais à ce point ressentie.

— Il a tellement bien joué son jeu qu'il a réussi à me faire croire que nous allions nous marier.

Je vais vomir. C'est la goutte qui fait déborder le vase, la cerise sur le gâteau. Je ne me retiens plus et lui demande :

— Ça a duré combien de temps ?

Elle sursaute, ne s'attendant pas à ce que je parle ou peut-être qu'elle a juste oublié ma présence.

— Nous sommes restés ensemble pendant deux ans... dit-elle, honteuse.

Elle essaie de se mettre encore plus en boule contre ses jambes. Elle rentre sa tête dans ses épaules et se met à trembler. Elle ne se retient plus et se met à pleurer. Elle éclate en sanglots sans aucune retenue.

— Viens là, dis-je en ouvrant mes bras pour qu'elle vienne s'y blottir.

Je ne voulais pas la brusquer, mais je ne peux pas la laisser à côté de moi en train de pleurer sans rien faire. Pendant de longues minutes, j'essaie de la calmer en la serrant contre moi et en la câlinant. Au moment où je pense qu'elle arrive à se calmer, une nouvelle vague de sanglots arrive. Je reste patient et la maintiens contre moi.

— Attends Noah, dit-elle en s'écartant de moi. Il faut que je termine, il faut que je me calme.

Elle se lève du lit et se met à faire les cent pas devant moi. Elle souffle longuement et petit à petit, arrive à se calmer. Elle se met face à la fenêtre, et reprend son récit d'une voix cassée :

— En fait, ce sont mes proches qui m'ont mis en tête qu'il voulait me demander en mariage. Pourquoi voudrait-il se marier avec moi ? Je n'étais jamais assez bien, dans aucun domaine. Nous n'habitions pas ensemble, et les dernières semaines, on se voyait beaucoup moins.

Je jette un coup d'œil autour de moi et arrive à retrouver mon caleçon. Il a été jeté au pied du lit. Doucement, je me lève et le récupère. J'essaie de l'enfiler sans faire de bruit, tout en continuant d'écouter Emma me parler.

— Mes proches ne savaient pas ce qu'il se passait. Avec le

temps, je les voyais moins. Je prétextais le travail, les vacances, des évènements. Chacun avait ses occupations donc ça passait. Et quand je les voyais, je faisais toujours en sorte que ce soit le midi et j'avais toujours une excuse d'un rendez-vous pour écourter ses moments. À la fin, ma sœur s'inquiétait. J'avais mauvaise mine apparemment. Jamais je ne lui ai expliqué tout ça, et encore moins les coups qu'il pouvait me donner... Et je ne lui expliquerai jamais.

Je décide de me rapprocher d'elle. Je reste dans son dos, à deux pas. Je veux être là si l'envie lui prend de revenir dans mes bras.

— Le problème c'est qu'il savait y faire avec les autres. C'était le parfait gentleman, le parfait beau-frère, le parfait gendre. Le mec idéal sur tous les points. Jamais il n'a eu de mauvaises notes quand nous étions en communauté. Toujours serviable, la petite blague qu'il fallait, le petit compliment qui plaisait...

Je vois son reflet dans la fenêtre. Elle regarde dans le vide, un peu perdue.

— Comment as-tu fait pour le quitter ? demandé-je doucement.

— Un jour où je sentais qu'il allait me demander en mariage, j'ai farfouillé chez lui. Bien sûr, je n'ai rien trouvé et j'ai décidé de lui rendre visite à son travail. Sauf que quand je suis arrivée, il ne m'a pas vu tout de suite et je l'ai surpris au téléphone avec une autre. Des « bébé » à tout bout de champ m'ont fait tout de suite comprendre que finalement, je n'étais pas la seule pour lui. Je suis donc partie en l'insultant de tous les noms. Je me suis réfugiée sur les fameuses marches, comme tu le sais, et il m'a suivie. Je ne sais pas où j'ai eu cette force, mais je l'ai baffé. Incroyable, mais vrai. Encore aujourd'hui, je ne sais pas comment j'ai fait, c'est parti tout seul. Et comme nous étions avec du monde autour, il n'a pas pu être « comme à son habitude », dit-elle en mimant les guillemets.

— Effectivement, ça aurait été compliqué pour lui s'il avait levé la main sur toi devant du monde...

— Je suis partie de là en courant, espérant qu'il ne me retrouve pas...

— Il t'a retrouvée ?

Elle fait oui de la tête. Un frisson me parcourt. Que lui a-t-il fait ?

— J'étais revenue ici me faire un sac pour partir quelques jours. Ayant l'habitude de venir, il est entré sans demander la permission bien évidemment et... j'ai eu peur ce jour-là. Il est entré dans une colère noire, je ne l'avais jamais vu dans cet état. Il a tenté de me frapper, me hurlant que je lui appartenais et que je n'avais aucun droit de le quitter. À ce moment-là, Miles est entré et l'a dégagé. Littéralement dégagé. Alex a dévalé les escaliers. Miles lui a gueulé de ne jamais remettre les pieds ici où il risquerait d'avoir affaire à lui.

Mon sang se glace dans mes veines. Ai-je bien entendu ce qu'elle vient de dire ?

— Tu as dit qu'il s'appelait comment ?

Elle se retourne vers moi, ne comprenant pas ma question subite.

— Mon ex ?

— Oui, tu as dit son prénom à l'instant.

— Je... Il s'appelle Alex...

Ma tête tourne. Ça ne peut pas être une coïncidence. Dites-moi que je rêve. Je décide de m'asseoir sur le bout du lit et me penche la tête en avant, calant mes mains de chaque côté de ma tête.

Ce n'est pas possible...

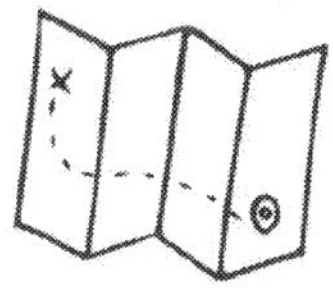

40. Noah

— Noah, qu’est-ce qu’il se passe ?

Je sens sa main dans mon dos et le lit s’affaisser à mes côtés.

— Est-ce que tu... peux me le décrire ?

— Pourquoi ?

— S’il te plaît, lui demandé-je doucement.

— C’est tout ce que tu as retenu de ce que je viens de te dire ?

— S’il te plaît, Emma…

— Il est légèrement plus grand que moi, brun. Il a les cheveux longs... enfin, pas assez pour qu’il puisse se les attacher, mais suffisamment pour faire un effet comme les mannequins tu vois ? me détaille-t-elle. Toujours bien habillé.

— Ce n’est pas possible, bordel … répété-je pour moi-même.

Mon cerveau va dans tous les sens puis bloque sur un détail en particulier, tout se relie en une fraction de seconde. C’était l’élément qui me manquait.

Emma est la fille du carnet. C’est obligé.

Je me lève du lit et me place devant la fenêtre. Je sens Emma se lever du lit pour me rejoindre. Je sens sa main se placer sur mon bras, cherchant à comprendre ce qu’il se passe.

— Noah ? Dis-moi...

Que lui dire ? Et comment ?

« Au fait Emma, j’ai ton journal. Celui où tu parles de choses personnelles et que j'ai lu et relu cinq ou six fois depuis que je l'ai trouvé. Et ton connard d'ex, qui t'a fait vivre un enfer, t'a même trompée, avec Ashley, ma secrétaire, car ça fait plusieurs semaines que je le vois venir la chercher tous les vendredis soir. Pour être honnête, je pense qu'inconsciemment j'ai eu un doute que c'était toi par moment, parce que beaucoup de choses étaient similaires avec ta façon d'être, mais tout ceci ne pouvait pas être vrai. Puis tout à l'heure, j'ai rencontré Marty et là... C'est vrai, combien de personnes ont un meilleur ami qui se prénomme ainsi ? Et là, la goutte d'eau avec la description exacte d'Alex. Là, il n'y a plus de doute possible. »

Je secoue la tête, serre les lèvres pour m'éviter de dire ce qui me passe par la tête. Il faut que je digère cette bombe que je viens de me prendre en pleine tête. Comment lui dire sans lui faire de mal ? Sans qu'elle se sente trahie ?

Sa main qui me caresse le bras me fissure le cœur. Je veux revenir en arrière et oublier cette conversation. J'aimerais presque revenir plusieurs semaines plus tôt et n'avoir jamais trouvé ce journal et juste un jour, venir à la librairie pour faire connaissance.

Elle tire sur mon bras, me forçant à me retourner vers elle. Je regarde partout sauf son visage. Je ne sais pas mentir et j'ai peur qu'elle comprenne ce qui se trame.

— Hey... dit-elle en me prenant le visage entre ses mains. Regarde-moi.

Elle me tient et je n'ai d'autre choix que de la regarder droit dans les yeux. Je sens mon cœur battre jusque dans mes oreilles. Comment est-ce possible d'être heureux et l'instant d'après avoir peur de l'avenir ?

Il me faut du temps pour digérer, il faut que j'aille chercher le journal chez moi pour vérifier si c'est vrai. Il y a encore une chance pour que ce ne le soit pas, non ?

— Je ne pensais pas que te raconter tout ça allait autant te remuer...

Si tu savais...

— J'aurais tellement aimé que tu ne vives pas tout ça, murmuré-je doucement. Visualiser ces scènes me fout la rage, tu n'imagines pas à quel point !

— Ce qui compte maintenant c'est ce qu'il se passe ici, tu ne crois pas ?

On se regarde intensément. Comment peut-elle être si calme après son récit ? Sans doute parce qu'elle n'a pas tous les éléments du puzzle. Quand elle aura toutes les cartes en main, je ne pense pas qu'elle sera si sereine.

— Tu penses à quoi ? me questionne-t-elle, intriguée.

— Est-ce que ça t'embêterait que l'on fasse une pause dans cette conversation ? Que... juste on profite de cet instant ?

Je dois lui paraître bizarre. Plus tôt dans la soirée, on savait qu'on devait parler tous les deux et maintenant, je lui demande de stopper alors qu'elle n'a pas fini ? Ou du moins, j'en ai l'impression. À l'idée qu'il se soit passé d'autres choses, mon estomac se serre davantage.

— Je t'assure que ça va maintenant, Noah, dit-elle pour me rassurer. Je voulais juste t'en parler pour que tu comprennes qu'au début, ce n'était pas contre toi si j'agissais bizarrement.

— Je sais, ne t'en fais pas, dis-je en lui faisant un baiser sur le front.

Elle me lâche le visage pour venir se blottir dans mes bras. Je la presse fort, trop fort sans doute, mais je ne peux pas faire autrement. J'ai besoin de la sentir contre moi.

Comment ai-je fait pour ne pas comprendre que la fille que je cherchais était là depuis le début, devant moi, sous mes yeux ?

Il faut que je trouve quelque chose à dire ou à faire pour me l'enlever de la tête. Demain, dès que j'ai un moment seul, j'irai chez moi et je vérifierai mes conclusions. En attendant, je dois essayer de rester le plus naturel possible. Une idée me vient :

— Tu me fais visiter ton appartement ?

— Pour de vrai ? s'étonne-t-elle.

— Bah quoi ? Tout à l'heure, nous étions un peu occupés, je n'ai pas eu le temps de voir.

Je la sens rire dans mon torse.

— Comme tu veux, dit-elle en se reculant de moi.

— Attends.

Avant qu'elle ne s'éloigne, je lui attrape le visage et l'embrasse tendrement. Je passe mes pouces sous yeux rougis d'avoir pleuré et finis par lui faire un petit bisou sur le bout du nez. Elle sourit. Ce qui me fait sourire instantanément.

— Allez, viens, que je te montre mon palace !

Elle m'attrape la main et je la suis dans son univers. Elle allume une lampe dans un coin de la pièce et me permet de voir ce qui se cachait derrière l'obscurité. Une grande pièce à vivre, un canapé moelleux au centre et en accompagnement une table basse. Juste devant, la fameuse bibliothèque qu'elle m'avait envoyée en photo lors de nos premiers échanges de messages. Sur le côté, une kitchenette toute mignonne. Elle m'emmène voir sa salle de bain, avec sa grande douche. Et on finit par la chambre qui est accolée à sa salle d'eau, où nous étions quelques instants plus tôt, avec le lit, deux tables de chevet et une étagère pour ses vêtements contre le mur opposé à la fenêtre.

— C'est petit, mais cosy.

— Je suis d'accord, il te représente très bien.

— Merci, dit-elle en rougissant.

Je continue de la suivre et elle m'invite à m'asseoir avec elle sur le canapé.

— Question bête : tu n'as pas de télé ? Comment tu fais pour Netflix ?

— Tout de suite Netflix, hein, dit-elle en souriant. J'utilise l'ordi. En fait, c'était soit la bibliothèque soit la télé et le meuble qui allait avec. Le choix a vite été fait.

— Le contraire m'aurait étonné, dis-je en la prenant contre moi. Et le chat ? Il est où ?

— Weasley ?

— C'est son nom ?

— Tu ne savais pas ? dit-elle en se retournant vers moi.

— Comment je l'aurais su ?

— Bah... quand tu es venu à la librairie ? demande-t-elle doucement.

Je fais un signe négatif de la tête. Un prénom comme celui-là, je m'en serais souvenu.

— Et donc ?

— Donc quoi ? demande-t-elle en s'installant de nouveau contre moi.

— Pourquoi ce prénom ?

Elle se redresse de nouveau et décide de totalement se tourner vers moi. Elle a l'air choquée de mes questions.

— Tu le fais exprès Noah ?

Je croise les bras. J'adore la faire tourner en bourrique.

— Il est roux, je ne pouvais pas faire plus simple comme prénom, tu ne crois pas ?

— Mmh, c'est vrai... Quitte à jouer à ça, tu pouvais le faire jusqu'au bout.

— Et comment tu l'aurais appelé ?

— Pattenrond.

Elle me regarde, perplexe, et éclate de rire. Je ne me retiens plus et ris avec elle.

Je l'aime putain.

Je m'arrête net de rire, bloqué sur mes pensées. Il faut que j'arrête de me voiler la face, je l'aime, et ce depuis un moment déjà. Avant de lui dire, il faut que je sache comment gérer le problème « c'est moi qui ai ton journal » et essayer d'apaiser cette culpabilité qui grandit en moi. J'aimerais profiter d'elle chaque seconde avant d'en arriver à ce moment que je redoute.

Elle remarque que je ne ris plus et se fige.

— Noah ?

Je ne lui réponds pas et m'avance vers elle. Je veux l'embrasser. Je veux la toucher. Je la veux partout sur moi. Je veux la sentir.

Je m'arrête à quelques centimètres de sa bouche, la fixant dans les yeux. Son regard brûle d'un je ne sais quoi. On dirait un mélange de plaisir, d'envie, d'excitation. Je n'attends pas plus et me jette sur sa bouche. Je veux la goûter, la sentir. J'en veux encore, plus vite, plus fort. J'arrive à récupérer le bas de sa chemise de nuit et la passe au-dessus de sa tête. Elle se retrouve totalement nue. Mon envie redouble d'intensité. Et je vois que c'est la même chose pour elle.

On continue de s'embrasser comme si c'était un besoin vital à notre survie. Je la fais se mettre à califourchon sur moi sur le canapé et profite de sa douceur à chaque caresse. Je ne tiens plus, je la prends sous les fesses, me lève du canapé et me dirige vers sa chambre.

***

On l'a de nouveau fait dans la salle de bain, alors que je voulais juste me rafraîchir après nos moments passés.

Nous voilà à deux, enlacés dans son lit. Elle s'est endormie depuis un moment, mais il est impossible pour moi de fermer l'œil. Ressassant sans cesse tout ce qu'elle m'a dit tout à l'heure, essayant de faire le rapprochement avec ce que j'ai pu lire dans le Journal.

Une grande partie de moi se persuade que ce n'est pas elle, et une petite voix en moi me dit de ne pas me voiler la face, et qu'au fond, je soupçonne cela depuis un moment.

Je suis dans un gros bordel et je ne sais pas encore comment je vais me sortir de là.

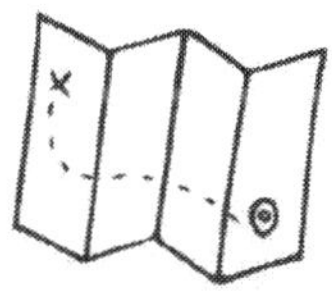

41. Noah

J'ai dû sombrer un petit moment parce que c'est le soleil qui passe par la fenêtre qui me réveille. Je mets quelques instants pour me souvenir où je me trouve et quand je vois Emma, allongée à mes côtés, endormie, tout me revient en tête.

Je me mets sur le dos et fixe le plafond. Aujourd'hui on est dimanche, on est censés passer la journée avec Steevie. Je suis tiraillé entre deux, car j'ai envie de passer la journée avec eux, et de l'autre, j'ai ce besoin de retourner chez moi et m'enfermer pour relire le Journal pour faire le lien avec tout ce qu'il s'est passé hier.

Je lui ai fait la promesse d'être là aujourd'hui et de passer la journée avec elle et Steevie, donc je ne peux pas passer outre et faire comme si j'avais quelque chose de prévu. Même si, en soi, relire des notes dans un carnet peut s'avérer être un rendez-vous, non ? Non.

Je vais tout de même essayer d'aller à mon appartement avant de partir pour notre journée. Trouver un prétexte pour la laisser et la rejoindre plus tard. J'ai besoin d'être sûr de moi avant de lui en parler.

J'essaie de me lever du lit sans réveiller Emma. À peine suis-je debout que j'entends :

— Tu fais quoi, jolies fesses ?

Ne m'attendant pas à ce type de phrase, je ris en tournant la tête vers sa jolie voix encore endormie.

— Tu regardes les fesses des hommes avant le café ? Intéressant.

— Mmh, j'ouvre les yeux et je tombe nez à nez avec. Ou devrais-je dire nez à fesses. Je ne pouvais pas faire autrement, dit-elle en rougissant, fière de sa blague.

— J'allais me doucher... dis-je en riant. Tu viens ?

— Pourquoi pas, répond-elle en souriant timidement.

De longues minutes dans la douche plus tard, après s'être longuement savonnés l'un l'autre, Emma nous fait couler deux cafés. Serviette autour de la taille, je m'assieds dans le canapé et récupère le mug fumant qu'elle me tend.

Elle est emmitouflée dans un gros peignoir éponge rose fluo. L'activité dans la douche était torride ; le temps de se rincer, l'eau est devenue bouillante et là, nous buvons un café fumant ; je lui demande :

— Tu n'as pas chaud comme ça ? lui demandé-je en la reluquant.

— Non, pourquoi ? dit-elle en se regardant. Un subterfuge pour que je fasse tomber le peignoir, c'est ça ?

Je ris de la voir me parler ainsi.

— Grillé, dis-je en souriant.

Elle me lance un regard rempli de sous-entendu. Je me concentre sur ma tasse de café pour ne pas lui sauter dessus une nouvelle fois.

— Il est quelle heure ? demande Emma en se dirigeant vers l'entrée de son appartement. Tu n'aurais pas vu mon téléphone par hasard ?

— Non, attends, je vais t'aider à le chercher si tu veux.

Je repose ma tasse sur la table basse et me dirige vers la chambre. Avant de commencer mon enquête d'objet perdu, je récupère mes vêtements laissés sur le sol et m'habille. En même temps, je jette des coups d'œil dans la pièce pour essayer de trouver le téléphone. Aucune trace. Je décide de me baisser pour regarder sous le lit quand j'entends :

— C'est bon, je l'ai !

Déjà la tête penchée sous le lit, je m'apprête à me relever quand je remarque une boîte. En une fraction de seconde, ma main se tend pour l'attraper. Je veux l'ouvrir. Mon côté curieux ressort instantanément. Je veux voir ce que contient cette boîte.

Je tends l'oreille, et distingue au loin qu'Emma pianote sur son téléphone. Ma main continue son chemin vers la boîte jusqu'à la toucher. Je l'attire à moi doucement.

Mon cœur bat tellement vite que j'ai l'impression qu'il veut sortir de mon torse. Je place mes mains sur le couvercle, prêt à ouvrir.

Je retiens ma respiration.

Que vais-je découvrir dans cette boîte ?

Je n'attends plus et l'ouvre délicatement.

Des carnets.

Une dizaine de carnets, tous identiques.

Je reste bloqué quelques secondes avant d'en récupérer un. Je l'ouvre à la première page et j'y vois un « Cher Journal » que je connais trop bien.

La même écriture. La même façon d'écrire la date sur le haut de la page.

Emma est celle que je cherchais depuis le début.

Emma est l'auteure du journal que j'ai lu.

42. Noah

Une boule vient se nicher dans ma gorge. Je ne me sens pas bien, j'ai des nausées. Je claque le carnet dans la boîte, la balance sous le lit et me lève en une fraction de seconde.

Je m'assieds sur le lit essayant de me calmer.

J'ai la preuve, dans cette caisse sous le lit, qu'Emma écrit des journaux intimes.

Je me laisse tomber en arrière et me retrouve allongé sur le lit. J'inspire doucement et recrache l'air par la bouche.

Au fond de moi, j'ai toujours eu ce pressentiment que c'était elle. Néanmoins, c'était trop énorme pour que ce soit possible. Encore hier, j'y ai pensé et c'était impossible que le destin mette le carnet ainsi que l'auteure sur mon chemin.

Je ferme les yeux et pose les mains sur ma tête. Je dois me calmer pour essayer de réfléchir. Je trouve cette situation irréaliste. Comment suis-je censé dire à Emma que j'ai son journal ? Que je l'ai lu ? Que je la connais plus que ce qu'elle croit ? Dans quelle merde suis-je ?

Je ne me sens vraiment pas bien. Je me relève et cours dans la salle de bain qui est juste à côté. Je vomis dans les toilettes, espérant que mon mal-être parte avec le reste. Je tire la casse d'eau et me rafraichis le visage au lavabo.

Peut-être que je me trompe ? Que les carnets dans la boîte sous le lit ne sont qu'une coïncidence ? Que je fais un mélange entre le journal trouvé il y a quelques semaines et ceux présents dans la pièce à côté ?

Oui, obligé.

Pourquoi voir cette situation comme quelque chose de mal ? J'apprécie la fille du carnet, j'apprécie Emma. C'est même incroyable ce qu'il se passe.

Je croise mon regard dans le miroir… je me trouve pitoyable. Je sais qu'il va falloir que j'aie une conversation avec Emma. Je ne peux pas rester dans le déni.

— Est-ce que ça va ?

Je tourne ma tête et découvre Emma contre le battant de la porte. Elle a un air inquiet.

— Ça va ? répète-t-elle.

— Oui, réponds-je après quelques secondes.

Je remarque ses yeux froncés et son regard soucieux.

— Qu'est-ce qu'il y a, Noah ?

— Rien, ça va.

Je ne vais pas plus loin dans mes réponses. En même temps, que lui dire ? Je n'ai pas encore le courage d'affronter la conversation que l'on aura. De plus, une petite part de moi espère que je me trompe et il faut que je vérifie dans le carnet, qui se trouve sur mon bureau à l'appartement.

— Noah, dis-moi…

— Qu'est-ce qui te fait te dire que ça ne va pas ?

Je réponds un peu trop sèchement, elle a un mouvement de recul.

— Excuse-moi, Emma, je ne voulais pas répondre de cette façon… m'excusé-je immédiatement.

Elle croise les bras tout en me fixant, essayant sans doute de comprendre ce qu'il se passe.

— Je te parle depuis tout à l'heure et tu ne m'as pas répondu…

Je m'aperçois qu'elle cherche ses mots.

— Quand tu ne réponds pas, ça veut dire que quelque chose te tracasse.

Je la regarde et n'arrive pas à lui répondre. Je note tout de même qu'elle a su me cerner sur certains points, notamment le fait que je ne réponde plus quand je réfléchis.

— Noah…

Elle hésite. Elle décide de s'approcher de moi et m'attrape la main.

— C'est à cause de ce que je t'ai raconté hier ? Ce que nous avons fait ?

— Emma…

— S'il te plaît… chuchote-t-elle.

— Il n'y a rien, je t'assure.

J'ai honte de lui mentir, mais je n'ai pas la force d'affronter la conversation qui nous attend. Plus tard, je lui raconterai tout, mais pas maintenant.

— Comme tu veux, dit-elle doucement. Je ne vais pas te forcer…

Elle me sourit et je vois bien que cette discussion la rend triste. J'ai un pincement au cœur, je ne veux pas qu'elle soit triste par ma faute. Je n'ai pas le temps de répondre qu'elle sort de la salle de bain et me laisse seul.

J'ai un léger mouvement de recul lorsque j'aperçois mon reflet dans le miroir au-dessus du lavabo. Je me regarde un peu plus en détail qu'auparavant, j'ai des cernes d'avoir trop peu dormi, mes cheveux sont en bataille d'avoir séché après la douche, et j'ai les yeux brillants à cause de la conversation que j'ai eue avec Emma. Je passe ma main dans mes cheveux et rien n'y fait, ils resteront ébouriffés pour la journée.

— Noah ?

— Emma ? demandé-je en la rejoignant dans le salon.

— Ça fait plusieurs fois que ton téléphone vibre. Je ne sais pas si ce sont des appels ou des textos, mais je pense que c'est important, dit-elle en me tendant mon portable.

Je jette un coup d'œil à l'écran et mon cœur s'accélère instantanément. Huit appels manqués et quinze textos ainsi que trois messages sur la boîte vocale. Ils proviennent d'Ellie et Jake. Que peut-il bien se passer pour qu'ils veuillent à tout prix me joindre ?

Avant d'appeler, je décide d'écouter l'un des messages vocaux.

« - Noah. ? Pourquoi tu ne réponds pas ? Il faut que tu nous rappelles, c'est urgent, c'est Penny ! »

Je jette un coup d'œil rapide aux messages reçus, tous me demandant de rappeler de toute urgence. Tous en rapport à Penny.

J'ai la gorge sèche tout à coup. Il faut que je m'asseye.

— Noah ?

J'entends Emma m'appeler avec cette impression qu'elle est loin alors qu'elle est juste à mes côtés. Je me pose sur la table basse tout en appelant Ellie. Elle décroche à la première sonnerie.

— Noah ? Enfin tu me rappelles !

— Qu'est-ce qu'il se passe ?

— C'est Penny, sanglote-t-elle. On est à l'hôpital.

— J'arrive immédiatement, hurlé-je.

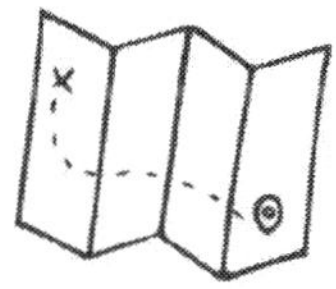

43. Noah

Penny est partie, pour toujours.

Je me répète cette phrase encore et encore, je n'arrive pas à y croire. C'est irréel.

Je sens que l'on me prend la main et la serre. Je ne bouge pas d'un centimètre. Je présume que c'est Emma qui vient de s'asseoir à mes côtés. Je la sens sangloter à mes côtés et je suis incapable de la consoler. J'ai cette sensation de ne plus rien ressentir. Que ce soient les sentiments douloureux ou même la fraîcheur ambiante du début de la nuit, je ne ressens rien.

Ce matin en me levant, je rigolais dans le lit avec Emma. Ce soir, nous sommes sur un banc devant l'hôpital qui possède Penny, sans vie. Dès que j'ai eu Ellie au téléphone, nous avons foncé jusqu'ici, et depuis, nous n'avons pas bougé.

Ellie et Jake passaient la journée chez Penny. Un dimanche comme un autre, et nous les aurions sans doute rejoints dans la soirée. Quand ils sont arrivés là-bas, tout se passait bien. Penny avait fait à manger, avait disposé de la décoration pour faire une jolie table et elle commençait déjà à préparer le goûter. En plein milieu d'une conversation, Penny s'est plainte d'avoir mal au cœur. La seconde suivante, elle était au sol.

Jake, ayant une formation de premiers secours, a pu commencer les soins pendant qu'Ellie appelait à l'aide. Les secours sont arrivés très rapidement et grâce aux premiers soins de Jake, Penny était en bonne voie. Avec Emma, nous avons eu le temps d'arriver et de la voir. Puis à peine deux heures après, tout est allé très vite, son état de santé s'est dégradé. Cette fois-ci, ils n'ont pas pu à la réanimer.

Un frisson me parcourt le corps. Je ne réalise pas ce qu'il se passe.

— Vous devriez rentrer.

Je continue de fixer, loin devant moi, une lumière. Me concentrer sur quelque chose d'aussi anodin qu'un éclairage me fait paraître les choses tout autour moins importantes.

— Tu m'as entendue ? me demande Ellie.

Elle s'agenouille devant moi, comme le ferait un parent pour consoler son enfant. Je perds la lampe des yeux et regarde attentivement ma sœur. Elle qui a toujours les yeux pétillants de bonheur, ce soir ils brillent de tristesse. Mon cœur se serre un peu plus. Elle qui a constamment le sourire aux lèvres, il est caché loin derrière sa moue des mauvais jours. La douleur s'intensifie dans ma poitrine. Je déteste voir les gens que j'aime malheureux.

Elle pose sa main sur celle d'Emma qui tient la mienne.

— Vous allez rentrer ? me répète-t-elle.

Je ne réponds pas, la fixant du regard.

— Tu sais que tu as le droit de craquer ? me demande-t-elle, doucement.

Dans mon champ de vision, je vois Jake reculer pour s'isoler. Quelques secondes plus tard, je l'entends pleurer. Ce qui fait redoubler les sanglots d'Emma à mes côtés. Les yeux d'Ellie brillent un peu plus, et mon cœur est en miettes. C'est injuste ce qui nous arrive.

— Nous allons rentrer, chuchoté-je.

Je ne me sens pas capable de parler plus fort que ce que je viens de faire. Vu leurs réactions, ils m'ont entendu. Ellie se relève et s'avance pour rejoindre Jake un peu plus loin. Emma me serre la main un peu plus fort avant de se lever à son tour. Nous marchons silencieusement tous les quatre vers le parking de l'hôpital.

— On se voit demain ? demande Ellie à Emma.

— Bien sûr, répond-elle en me lançant un regard.

Elle me lâche la main pour enlacer Ellie, puis Jake. Je n'ai pas le temps de réagir qu'Ellie et Jake me serrent dans leurs bras chacun leur tour.

— À demain, dit Ellie.

Emma me reprend la main et nous marchons, en silence, vers ma voiture. Le temps de la route, aucun mot n'est prononcé. Tellement absorbé par mes pensées que je me dirige naturellement chez moi. C'est en éteignant le contact de la voiture que je me rends compte de l'endroit où nous sommes.

— Désolé, Emma, tu voulais que l'on aille chez toi peut-être ? demandé-je, la tête ailleurs.

— Non, ne t'en fais pas.

— Tu voulais peut-être que je te laisse toute seule ?

— Non.

— Ou que je te dépose chez Miles ?

— Je veux être avec toi, Noah.

— D'accord, réponds-je simplement.

***

— Je peux te faire visiter plus tard ? Je préfère que l'on aille se coucher, dis-je sans attendre la réponse.

Je sens Emma se faire toute petite derrière moi. Je lui attrape la main et lui demande silencieusement de me suivre jusqu'à la chambre. Nous passons par la cuisine et le salon. Je remarque qu'elle jette des coups d'œil autour d'elle en silence. J'ouvre la porte de la chambre, éclaire la pièce et m'empresse de fermer les rideaux à la fenêtre. Je me tourne vers mon dressing pour sortir un t-shirt ainsi qu'un short de pyjama et les tends à Emma.

— La salle de bain est juste là si tu veux, dis-je en montrant, d'un signe de tête, la porte à côté du lit.

Je sors de la chambre, laissant Emma seule, pour aller chercher un verre d'eau.

J'entends l'eau de la douche se mettre rapidement en route. Je regarde autour de moi, l'appartement est dans la pénombre, mais mon œil est attiré par mon bureau qui se trouve dans le coin de la pièce. Instinctivement, je me dirige vers lui et je comprends pourquoi mon corps est attiré par cet endroit. Je découvre le journal, ouvert, posé au centre du bureau, attendant sagement que quelqu'un tourne les pages.

Je regarde autour de moi, vérifiant qu'Emma ne se trouve pas dans les parages. J'arrête de respirer quelques secondes, me concentrant sur les bruits ambiants. L'eau de la douche coule toujours.

Je n'attends pas plus et me hâte de refermer le carnet. Je le range dans le premier tiroir qui me vient. Je m'éloigne du bureau, de peur d'être pris la main dans le sac, et retourne dans la chambre avec mon verre d'eau.

Je pose ma boisson sur la table de chevet et m'assieds sur le bout du lit, attendant le retour d'Emma.

— Tu ne veux pas aller te doucher ? me demande Emma en sortant de la salle de bain avec une serviette autour d'elle.

— Si, je vais y aller.

— Je t'attendais, dit-elle en me souriant.

— Désolé, je pensais que…

— Noah, on peut prendre une douche ensemble sans qu'il ne se passe quelque chose, fait-elle en s'asseyant à mes côtés. Je voulais juste…

— Désolé, la coupé-je.

— Ne le sois pas, répond-elle en me prenant la main. Depuis que nous sommes partis de l'hôpital, j'ai peur d'être maladroite avec toi. J'ai peur de faire ou dire quelque chose qu'il ne faudrait pas…

— Ne dis pas de bêtises, Emma… chuchoté-je. C'est moi, je ne sais plus ce que je dois faire. J'ai l'impression d'être perdu…

Le silence se fait autour de nous. Le temps s'étire jusqu'à ce que je décide de bouger.

— Je vais à la douche, je me dépêche.

— D'accord, répond-elle simplement.

— Fais comme chez toi, ajouté-je en lui faisant un doux baiser sur le front.

Je me concentre sur l'eau chaude qui coule sur mon corps, essayant d'oublier le reste. Cette astuce ne fonctionne qu'un cours instant, car tout me revient en tête, puissance mille. Le départ de Penny se mélange à un souvenir vieux de vingt-et-un ans. Je ferme les yeux pour tenter d'y échapper. Au point que des étoiles apparaissent. Je veux oublier. Je me focalise sur ma respiration, repoussant toutes les émotions qui pointent leurs nez.

— Non, non, non… Pourquoi ? Pourquoi Penny ?

J'étouffe dans la douche, j'ai besoin d'air. J'éteins l'eau, récupère ma serviette posée sur le haut de la porte de douche, la positionne sur les hanches et sors de la douche. Je sens que ma respiration est rapide, je ne veux pas craquer. Je ne dois pas craquer.

Je récupère une petite serviette posée sur le rebord du lavabo et me la passe sur le visage. Je passe un coup de main sur la vitre pleine de buée et vois mon reflet dans le miroir. Un mouvement se fait dans la glace et je vois Emma sur le pas de la porte.

Je me retourne en une fraction de seconde, toujours la respiration haletante.

Emma s'avance d'un pas vers moi, je remarque qu'elle est au bord des larmes.

— Noah ? Ça va ? me demande-t-elle, hésitante.

Je n'ai pas le temps de réaliser quoi que ce soit qu'elle accourt vers moi. Sans m'en rendre compte, je suis tombé à genoux, explosant en sanglots. Je crie de colère, de désespoir, d'injustice, de tristesse.

Elle me prend dans ses bras, pleurant avec moi.

44. Emma

J'ouvre les yeux, et les referme aussitôt. J'ai un mal de tête atroce. Je porte les mains à ma tête pour essayer de calmer la douleur tout en essayant de comprendre ce qu'il m'arrive. J'ai des courbatures aux bras sans même savoir pourquoi.

Je ne sais plus quel jour nous sommes. J'essaie d'ouvrir à nouveau les yeux et ne reconnais pas mon plafond. Je ne me souviens pas où je me trouve. Je regarde autour de moi et tout me revient en tête en une fraction de seconde, tel un coup de poing dans les entrailles. Penny.

Je m'assieds, trop rapidement pour ma tête qui se met à tourner. Je cligne des yeux et aperçois Noah par la porte de la chambre restée entrouverte. Nous avons dû nous endormir d'épuisement. Après ses confidences, aucun de nous n'a parlé. Nous avons juste pleuré et consolé l'autre comme nous pouvions.

Je décide de me lever et d'aller directement dans la salle de bain. Je sais qu'une douche m'aidera à avoir de la force pour commencer cette journée.

Dans la pièce, il y a une fenêtre brouillée que j'ouvre en battant. Un peu d'air me fera le plus grand bien. J'ouvre le robinet d'eau chaude et m'apprête à enlever mes vêtements quand je perçois mon reflet dans le miroir. Je sais déjà ce que je vais y voir, mais je m'avance pour mieux m'observer.

J'ai les yeux gonflés et rouges d'avoir trop pleuré avant de dormir. Je n'ai pas beaucoup de couleurs sur le visage, sans doute lié au manque de sommeil. Mes cheveux vont dans tous les sens. Je ne reste pas plus longtemps devant mon reflet et me dirige vers la douche tout en laissant ma tenue éparpillée sur le sol.

Dès les premières gouttes sur mon corps, je sens que je me détends. Même s'il ne fait pas froid, je prends une douche bouillante. Au fond de moi, j'ai l'espoir que l'eau emporte avec elle tous ces sentiments qui se déchaînent en moi. Après un long moment, je sors de la douche, récupère un peignoir sur le portant, enveloppe mes cheveux dans une serviette, et vais dans le salon.

Je découvre Noah assis sur le canapé, une tasse de café en main. Dès qu'il m'aperçoit, il pose sa boisson sur la table basse, se lève et vient à moi. Il m'enlace sans un mot, et pourtant, je comprends tout ce qu'il a en tête et dans le cœur. Il se recule légèrement pour m'embrasser. Un baiser qui veut tout dire. Doux, tendre, attentionné.

— Tu veux du café ? demande-t-il en souriant timidement.

— Volontiers.

— Assieds-toi, je t'apporte une tasse.

À peine le temps de m'asseoir, qu'il est déjà de retour avec un mug en main.

— Tiens, dit-il en s'asseyant à mes côtés.

Je réponds par un sourire et m'empresse de prendre une gorgée. Allons-nous reparler d'hier soir ? Faire comme si de rien n'était ? Je ne sais pas quoi dire de peur d'être maladroite. Je reprends une lampée de café pour éviter de parler.

— Est-ce que… tu as des questions ? m'interroge-t-il doucement.

— Des questions ? le répété-je.

A-t-il entendu mes pensées pour me demander cela ?

— Sur ce qu'il s'est passé hier…

— Je…

Je me concentre sur ma tasse entre mes doigts. Ai-je envie d'en parler ?

— Si tu ne veux pas en parler, je comprendrai, Emma, je t'assure, me rassure-t-il.

— J'ai peur d'être maladroite dans mes questions, lui avoué-je.

— Pourquoi le serais-tu ?

Je hausse des épaules ne sachant quoi répondre.

— Emma, regarde-moi, s'il te plaît.

Je quitte ma boisson des yeux pour me tourner vers lui. Il me fixe intensément dans les yeux, sérieux.

— Dis-moi si je me trompe, mais, toi et moi, c'est du sérieux ? Je veux dire, je ne me vois pas sans toi durant les prochains mois. Tu m'as touché en plein cœur, Emma.

Ma vue commence à se brouiller. Je ne m'attendais pas à ce genre de conversation dès le réveil. Je fais un signe de tête affirmatif pour lui confirmer que je pense la même chose.

— Certains sujets n'ont pas encore été abordés, et c'est normal, on vient juste de se rencontrer finalement. J'ai tout de même cette sensation que l'on se connaît depuis des lustres, pas toi ?

Je souris de cette vérité.

— J'aurais préféré ne pas vivre une telle épreuve dès le début avec toi. Le départ de Penny…

Mon sourire s'efface et une larme se met à couler. Il l'arrête de suite à l'aide de son pouce.

— Avec Ellie, nous avons perdu nos parents quand nous étions jeunes. J'avais douze ans, Ellie onze. Accident de voiture.

Je n'ose pas ouvrir la bouche de peur de l'interrompre.

— N'ayant aucune famille, nous avons été trimballés de famille d'accueil en foyers et de nouveau dans des familles… La vie n'a pas été simple pour nous quand nous étions gamins. En plus de gérer la perte de nos parents, nous avons dû nous soumettre à des conditions de vie qui n'étaient pas des plus simples ni des plus joyeuses, mais ça, c'est un autre sujet, dit-il en balayant sa phrase d'un coup de main. J'ai beaucoup pleuré au début puis j'ai décidé que je ne pleurerais plus. Je préférais me battre que de pleurer.

Une seconde larme s'échappe et coule sur ma joue.

— Et je n'ai jamais pleuré… jusqu'à hier. Je crois même que c'est toi qui m'as permis de pleurer.

Je dois paraître étonnée, car un sourire discret se dessine sur son visage.

— Ta façon d'être avec moi, ce que tu dis, ce que tu fais... J'ai vraiment cette impression que tu me connais déjà par cœur, comme si tu savais ce qu'il fallait faire ou ne pas dire hier. Et quand j'étais dans la douche, tout m'est venu tel un ouragan et j'ai été submergé.

Il remet doucement une mèche de cheveux derrière mon oreille.

— L'Ouragan Emma, chuchote-t-il en souriant.

Son regard se fait plus insistant, plus intense. Je sais que de me dire tout cela ne doit pas être facile pour lui, et pourtant, j'avais une infime partie en moi qui espérait tout ceci. Que ce que je ressentais pour lui, que tous ces sentiments si forts, soit réciproques.

Mon cœur s'accélère dans ma poitrine. J'approche mon visage un peu plus près du sien, toujours en le regardant droit dans les yeux.

Nous nous embrassons délicatement, doucement. Dans ce baiser, je ressens ses émotions, ses sentiments. Les miens se mélangent. J'ai l'impression de tout jouer avec ce baiser. Comme s'il était vital et qu'il nous permettait de jauger ce qu'il se passe entre nous.

Il m'enlève la tasse des mains pour la poser sur la table basse. Il intensifie son baiser. J'enlève la serviette sur ma tête et ouvre mon peignoir.

— Attends, dit-il d'une voix rauque.

Il m'attrape la main et se lève du canapé. Il me conduit dans la chambre.

— On sera mieux ici, dit-il en m'enlevant mon peignoir.

***

C'était intense. Nous avons fait l'amour doucement, amoureusement. Après toutes les émotions de la veille, je pense que nous nous sommes rapprochés encore plus. Je ne m'attendais pas à ce genre d'évènement en me réveillant tout à l'heure et surtout pas après la conversation que nous avons eue juste avant.

— Ton téléphone sonne ! lui crié-je à travers la chambre.

Il est sous la douche pendant que moi je finis de me préparer.

— Tu pouvais décrocher, répond-il en sortant de la salle de

bain avec une serviette sur les hanches.

Mes yeux captent tout de suite les dizaines de gouttes d'eau qui parcourent à toute vitesse son torse.

— Arrête de mater, me dit-il en riant. Oui, allô ?

Je décide de faire le lit en attendant qu'il finisse son coup de fil.

— C'était Ellie. Je lui ai dit que nous venions de nous réveiller et que nous arriverions d'ici trente minutes.

— Elle t'a cru ?

— Pas du tout, sourit-il. Je ne pouvais pas lui dire que j'avais été happé par l'Ouragan Emma tout de même ?

Je prends le premier oreiller qui me vient sous la main pour le lui balancer.

— Allez, va te préparer !

Quinze minutes plus tard, nous voilà en voiture pour rejoindre Ellie et Jake chez Penny. L'ambiance n'est plus la même que quelques instants plus tôt. Nous sommes passés d'une atmosphère joyeuse à un climat pesant.

Il n'y a que le bruit du moteur qui nous accompagne le temps de la route. Personne ne parle. Noah se gare juste devant la maison de Penny. J'ai l'impression de manquer d'air. Je ne suis venue qu'une fois ici, néanmoins, j'ai l'impression de revenir chez moi. Un lieu où régnaient la bonne humeur, l'amour et la gourmandise.

En ouvrant le portillon, mon cœur se serre de retrouver cette maison sans la propriétaire. Alors que je suis pratiquement à la porte d'entrée, j'entends Noah dire :

— Je ne peux pas.

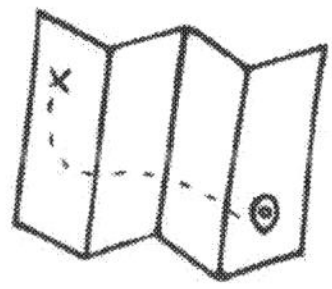

45. Noah

— Noah ?

Emma fait marche arrière pour venir me rejoindre. Je n'ai pas passé le portillon, je m'en sens incapable. Je ne suis jamais venu ici sans que Penny soit absente.

— Noah ? Parle-moi... me dit-elle doucement. Je suis là...

Je fixe la maison, incapable de bouger.

— Je sais que c'est horrible de revenir ici sans que Penny soit là... commence-t-elle, mais pense à tous ces bons moments que tu as vécus ici avec elle.

Je souffle, essayant de me contrôler. Je suis nerveux, nauséeux.

— C'est normal d'être chamboulé de revenir ici, ajoute-t-elle en me prenant la main.

Son contact me calme instantanément. Je prends le temps de respirer lentement. Une fois, deux fois. Je ne réfléchis pas et suis Emma jusqu'à la maison.

***

Dix jours que ma vie a pris un tournant et j'ai du mal à me stabiliser. L'enterrement de Penny était beau et simple, comme elle l'était.

À ma plus grande surprise, il y avait plus de monde que ce que je pensais lors de ses funérailles. Il y avait de la famille que je n'avais jamais vue, d'autres personnes que je n'avais pas croisées depuis de longues années et... Rachel était là également.

Dès que je l'ai aperçue, j'ai voulu aller la voir. Pour savoir si elle allait bien, comment elle vivait ce drame, si elle avait besoin de quelque chose et quand elle m'a vu approcher, elle m'a fait un signe de tête pour me saluer et s'est mise à mon opposé le temps de la cérémonie. Le message était clair.

Ce matin, nous avons eu rendez-vous avec un notaire pour le testament. J'y suis allé avec Emma, car je ne me sentais pas d'y aller seul.

Son héritage est simple : Penny me lègue sa maison, cède sa voiture à Emma ainsi qu'une partie de ses affaires à Ellie et Jake. C'est tout, rien de plus.

— Vous êtes sûr qu'il n'y a rien d'autre sur la succession ?

— Non, me répond le maître en me tendant la feuille.

Sur le papier, trois phrases sont écrites de la main de Penny. L'a-t-elle modifié depuis qu'elle m'en avait parlé ?

***

— Je vous léguerai ma maison, dit Penny.

— Ah bon ? demandé-je, étonné.

— Je ne vois plus personne de ma famille, il ne me reste que Rachel et toi. Je veux que vous viviez ici. J'aimerais que cette maison continue à avoir de la vie après que je ne sois plus là pour en profiter avec vous.

— Je ne sais pas quoi dire... dis-je.

— Je pourrais la donner à Ellie et Jake, tu sais que je les aime autant que vous deux, mais ils viennent de construire leur maison. Autant que je la donne à un autre jeune couple prêt à vivre de belles aventures, m'explique-t-elle, malicieuse.

— Merci, Penny, la remercié-je en me levant du fauteuil pour lui faire une bise sur la joue. Mais s'il te plaît, arrêtons de parler d'héritage, t'es encore là.

— Je voulais juste te prévenir. Tu sais, nous ne sommes pas éternels.

***

C'était il y a six mois à peine.

Repenser à cette conversation me fait frissonner. Le fait qu'elle ait enlevé Rachel du testament veut dire qu'elle l'a réécrit après notre séparation. Avait-elle un souci de santé pour pressentir son départ ?

— Au revoir, monsieur, dit Emma.

Son coup de coude dans les côtes me permet de me faire revenir à la réalité et de laisser mes souvenirs de côté.

— Merci, dis-je en tendant ma main.

Nous décidons de rentrer chez moi à pied. Profiter du soleil ne peut que nous faire du bien.

— Ça va ? me demande Emma après quelques minutes de marche.

— Oui…

— Tu es sûr ?

— Je n'arrête pas de réfléchir à ce testament…

— Tu savais qu'il y en avait un ? me questionne-t-elle.

— Oui, elle m'en avait parlé. Je savais également ce qu'elle y avait mis, ou du moins, me concernant.

— Et… ?

— Normalement, la maison était pour Rachel et moi.

— Ah…

— Je me demande à quel moment elle a changé.

— Après ta séparation sans doute.

— Sans doute, oui…

— Que vas-tu faire ?

— Pour ?

— La maison ? précise-t-elle.

— Je ne sais pas… Je ne me vois pas la revendre…

— Laisse-toi le temps de réfléchir et tu verras bien, dit-elle pour me rassurer.

— Tu as raison, dis-je en la remerciant d'un signe de tête. Un café ?

— Bien sûr !

Nous nous arrêtons dans un Starbucks pour nous prendre un rafraîchissement. Je reste sur mon habituel café froid, et cette fois-ci, Emma ne me fait aucune remarque sur ma boisson. Quant à elle, elle se prend un frappucino vanille.

— Tu restes sur quelque chose de simple aujourd'hui ?

— Parfois ça fait du bien, dit-elle en souriant. C'est réconfortant.

— Tu as raison, dis-je en lui reprenant la main.

Arrivés chez moi, nous nous installons dans le canapé.

— On se regarde un film ? propose-t-elle.

— Si tu veux. Choisis le programme, je vais faire du pop-corn, réponds-je en lui donnant la télécommande.

Alors que le sachet de pop-corn tourne dans le micro-ondes,

je repense aux derniers jours qui viennent de passer. J'ai cette impression d'être ailleurs, comme si ma tête était détachée de mon corps.

Depuis dix jours, je ne suis pas retourné au travail. J'ai prévenu mon assistante de mon absence. J'avais besoin de prendre du temps après le départ de Penny et surtout, gérer ses affaires. Je sais que ce n'était pas à moi de le faire, mais personne d'autre n'a pris les choses en main donc je l'ai fait.

Emma m'a soutenu durant cette période. Elle m'a beaucoup aidé à passer certaines étapes comme ce matin avec le testament. Elle est extraordinaire.

La sonnerie du micro-ondes me sort de mes pensées. J'amène le plat de pop-corn sur la table basse et m'installe près d'Emma.

— Alors ? Film ou série ? la questionné-je.

— Film.

— Que tu as déjà vu ?

— Un de mes préférés… répond-elle en souriant.

— D'accord, je suis prêt !

Elle appuie sur la touche lecture de la télécommande et dès les premières images, je reconnais le film. Connaissant Emma, je ne m'étonne pas de retrouver ce film dans ses favoris. Je la sens me regarder, attendant ma réaction.

— J'adore ce film aussi, lui dis-je en la regardant.

Je la vois se demander si je me moque d'elle ou non.

— Qui n'aime pas Willy Wonka ?

Elle sourit et se concentre sur la télévision.

46. Emma

Noah s'est endormi au bout de vingt minutes de film. Je pense que le fait de se détendre devant un film l'apaise après ces jours difficiles.

Alors que je m'empiffre de pop-corn, mon téléphone posé sur la table basse se met à sonner. Je balance le plat à mes côtés, récupère mon téléphone et me lève pour répondre. Je ne voudrais pas réveiller Noah alors qu'il est paisible.

Je ne regarde pas qui m'appelle et décroche tout en me mettant à l'autre bout de la pièce.

— Allô ?

— Ça va ? Je ne te dérange pas ?

Je reconnais Miles au bout du fil.

— Non, tu ne me déranges pas. Que se passe-t-il ?

— Pourquoi tu chuchotes ? demande-t-il, étonné.

— Noah dort, je ne veux pas le réveiller. Allez, dis-moi !

— J'ai eu le banquier au téléphone, j'ai une date de rendez-vous. Et j'ai aussi réussi à avoir l'architecte pour les travaux. C'est génial ce qu'il a prévu !

— Pourquoi tu ne m'as pas appelée plus tôt ? J'aurais pu être là quand tu les as appelés ! m'agacé-je.

— Parce que tu étais occupée ce matin, me rappelle-t-il.

— Ah… merci, dis-je, gênée.

— T'as un papier pour noter ? Il faut pas mal de choses pour le banquier donc je vais te dire ce qu'il faut pour que tu puisses préparer de ton côté.

— Ouais, attends que je trouve ça.

Je jette un coup d'œil autour de moi et vois le bureau de Noah. Il doit forcément avoir un bout de papier et un stylo. Je m'approche, tire sur la chaise et m'assieds dessus pour avoir un meilleur accès.

— Attends, j'ai un stylo, mais pas de papier, dis-je à Miles toujours en attente.

J'ouvre le premier tiroir du bureau et découvre un tiroir vide. Étonnée, je reste bloquée quelques secondes.

— C'est bon ? demande Miles au bout du fil.

Je secoue la tête pour me ressaisir.

— Attends, dis-je en ouvrant le second tiroir.

Je reste bloquée sur ce que je vois. Le tiroir est plein et en bordel et mes yeux se focalisent sur une seule chose : un carnet.

Ou devrais-je dire, mon journal.

47. Emma

— Je te rappelle, dis-je en raccrochant au nez de Miles.

Je pose mon téléphone sur le bureau tout en continuant de fixer le contenu du tiroir ouvert.

J'ai tout de même un moment de doute, mais je le reconnais, je suis sûre de moi.

Je secoue la tête sachant que cela n'est pas une coïncidence. Peut-être que je me trompe et que c'est juste un carnet qui ressemble au mien ?

Je tends la main.

Mon cœur s'accélère.

J'ai peur.

Je souffle doucement pour essayer de calmer mon cœur qui s'affole.

Des mois que j'ai perdu ce journal et pendant tout ce temps, il était dans ce tiroir ?

J'attrape le carnet, et l'ouvre à la première page.

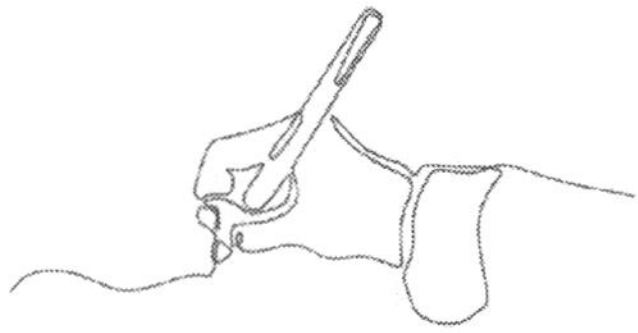

48. Le Journal

Juillet 2016

Deux ans que tu n'es plus là, maman. Ton absence est parfois très difficile à supporter, comme aujourd'hui.

J'aimerais te dire tout ce qu'il se passe dans ma vie. Te dire les choses qui me rendent heureuse.

Notre commerce fonctionne du tonnerre ! Et bien plus que ce que l'on espérait. J'aurais tellement aimé que tu sois là.

J'ai une nouvelle boisson préférée ces temps-ci, à la mangue. Et j'ai coupé mes cheveux, courts, comme tu les aimais.

Tu me manques, maman.

49. Emma

Relire ces quelques phrases me tord le cœur. Je me rappelle avoir commencé ce journal le jour de l'anniversaire de la mort de maman. Le texte est décousu, brouillon, peu m'importait à ce moment, je voulais juste écrire ce que j'aurais aimé lui dire.

Avec maman, nous pouvions parler de tout et n'importe quoi, et les conversations partaient dans tous les sens.

— Emma ?

La voix de Noah me sort de mes pensées. Je me tourne vers lui perdue.

— Ça va ? s'inquiète-t-il.

Je suis incapable de répondre.

— Tu… Tu pleures ? demande-t-il en se levant du canapé pour me rejoindre.

Je passe la main sur mon visage étonnée de découvrir qu'il est humide. Je ne me suis pas rendu compte que je pleurais.

Alors qu'il s'approche de moi, il s'arrête net.

— Je… Tu… bégaye-t-il.

Je fais un mouvement affirmatif de la tête. Il paraît gêné de ma découverte.

— Ce n'est pas ce que tu crois, dit-il.

— Qu'est-ce que je suis censée croire ?

— Je viens seulement de comprendre que c'était toi, la propriétaire de ce journal.

Je referme le carnet, récupère mon téléphone échoué sur le bureau et me lève de la chaise.

— D'accord, dis-je simplement.

Mon cœur est meurtri par cette découverte de mon journal dans son tiroir. J'ai mal d'avoir relu ce que j'avais écrit. Je suis triste de voir qu'il avait ce secret. Si je ne venais pas de le découvrir, m'en aurait-il parlé ? Si oui, quand ?

Je reste plantée devant lui sans savoir quoi lui dire. Tout se bouscule en moi.

— Emma… Je te le jure, c'est une coïncidence !

Je m'avance pour traverser la pièce, mais il se met devant moi, m'obligeant à m'arrêter.

— Est-ce que je peux t'expliquer ?

— Tu l'as depuis quand ? le contré-je.

Mes sentiments commencent à se préciser, et à cet instant, je sens la colère monter en moi. Il a lu des parties intimes, des choses que j'ai inscrites pour les sortir de ma tête, des évènements dont je ne voulais parler à personne.

— Depuis quelques mois, répond-il.

— Quand as-tu su que c'était moi ?

— J'ai commencé à avoir un doute quand j'ai rencontré Marty…

— Pourquoi ne pas m'en avoir parlé ?

Je vois qu'il réfléchit pour me répondre. Cela m'agace.

— Tu attendais quoi pour me le dire ?

— Je ne sais pas, dit-il, embarrassé. Je t'assure que j'ai voulu te le dire plusieurs fois…

— Mais ?

— Je ne voulais pas gâcher nos moments. On est si bien quand on est à deux, tu crois que je voulais perdre ce temps pour t'expliquer tout ça ?

— Oui, tu aurais dû, réponds-je du tact au tact.

— Non, Emma… souffle-t-il.

Je le sens désemparé par cette conversation.

— Tu m'en veux parce que je n'ai pas voulu te blesser ?

— Me blesser ?

— On se connaît que depuis quelque temps et là-dedans, il y

a des choses très personnelles, dit-il en montrant le carnet dans ma main. Si j'avais su que c'était toi quand je t'ai rencontrée à ce speed dating, je ne t'aurais sans doute pas abordée.

Mon cœur chute dans ma poitrine. Ai-je bien entendu ce qu'il vient de me dire ? Vu sa tête, il ne pensait pas me donner cette révélation maintenant.

— Que faire pour que tu arrives à me croire ?

— Rien… chuchoté-je.

En plus de me sentir trahie, je suis déçue. Est-ce que toute notre relation est basée sur ce que j'ai pu écrire dans ce carnet ? Comment le croire quand il me dit qu'il n'a découvert que récemment que c'était moi la propriétaire de ce journal ?

Je sens mes joues inondées de larmes. Il faut que je sorte d'ici.

50. Emma

Instinctivement, mes jambes m'ont amenée au banc sur les marches de Rocky.

Deux jours que je suis partie de chez Noah et je suis toujours bouleversée par la situation. Il connaît mes secrets les plus profonds, il a lu des écrits personnels, on se voit quasiment tous les jours, des sentiments forts sont nés au fur et à mesure de notre relation.

Je suis perdue.

Il a essayé de me joindre plusieurs fois et je n'ai jamais décroché le téléphone. Pourtant, ce n'est pas l'envie qui manquait.

Je regarde la vie qui passe autour de moi. Les gens sont heureux, ils sourient, ils rient, courent, parlent et moi je suis là, attendant que les réponses viennent à moi.

Il faut que je bouge. Il faut que j'aille voir Noah.

Sans réfléchir plus longtemps de peur de changer d'avis, je me lève et me mets à marcher rapidement vers l'agence de voyages de Noah.

Nous sommes en fin d'après-midi, et nous sommes vendredi. Peut-être qu'avec un peu de chance, il n'y aura pas de clients et je pourrai lui parler sans risquer de le déranger pendant ses rendez-vous.

J'arrive à la porte, respire profondément et entre dans l'établissement. L'ambiance est joyeuse, car j'entends des rires en entrant. Mes yeux mettent quelques instants à s'habituer à la lumière artificielle du lieu.

Le bureau de Noah se trouve sur la droite, un peu plus en retrait. Sur la gauche, presque devant la vitrine, celui de sa secrétaire.

Je comprends que les rires que j'entends proviennent de ma gauche, mais décide de ne pas me concentrer dessus et cherche du regard Noah dans son espace.

Je l'aperçois, la tête dans un dossier. Il est tellement concentré qu'il ne m'a pas vue. Je m'avance doucement à lui quand on me percute violemment sur ma gauche.

— Aïe, crié-je.

— Désolé, je ne vous ai pas vue, me répond une voix masculine.

Mon corps entier s'immobilise. Cette voix.

Non, non, non.

Je vois au loin Noah relever la tête et être étonné de me voir ici.

— Emma ?

Je tourne mon regard vers cette voix que j'espérais ne plus jamais entendre.

Celui dont je parle dans mon journal, mon ex… Alex.

51. Noah

Je la vois se décomposer sur place quand elle aperçoit Alex.

J'ai l'impression que la scène se déroule au ralenti. Ses yeux passent d'Alex à Ashley à plusieurs reprises. Elle me lance un nouveau regard et se précipite vers la sortie.

Je n'attends pas plus et me dépêche de la rejoindre dehors. Je bouscule Alex en sortant, mais ne m'en excuse pas.

— Emma ? hurlé-je regardant à droite et à gauche en sortant de l'agence.

Je la discerne au loin, traversant la rue. Je me précipite pour la rejoindre. Elle tourne un coin de rue, je cours davantage. Par chance, je la connais, et j'ai ma petite idée de l'endroit où elle va. Petit à petit, j'arrive à la rattraper et nous nous retrouvons devant les marches du Museum of Art, soit les marches de Rocky.

Elle grimpe les marches et s'assied sur l'une d'elles. Jc prends mon temps pour la rejoindre, je ne voudrais pas qu'elle parte alors qu'elle était venue me voir à l'agence.

— Tu ne t'assieds pas sur le banc aujourd'hui ? demandé-je.

Elle me fait un signe de tête pour me répondre que non tout en continuant de regarder loin devant elle.

— Je peux m'asseoir ?

Elle hausse des épaules.

— Je suis désolé, dis-je en m'asseyant à ses côtés.

— Pourquoi ?

— Pour tout, dis-je, sincère.

Un petit vent fait flotter ses cheveux. Elle tourne son visage vers moi.

— Qu'est-ce qu'il faisait là ? me demande-t-elle avec de l'amertume dans la voix.

— Ce que je vais te dire ne va pas te plaire…

— C'est avec elle qu'il me trompait ?

— Oui, réponds-je sans donner de détails.

— Tu le savais ?

— Qu'il te trompait ?

— Que c'est un coureur de jupons et qu'il fait sans doute la même chose avec elle ? précise-t-elle.

— Non…

Je prends un grand bol d'air avant de me lancer dans mes explications.

— Je ne veux pas remuer le couteau, mais j'ai cru comprendre à un moment que c'était de lui que tu parlais dans ton journal.

— Qu'est-ce qui t'as fait comprendre ? demande-t-elle en regardant à nouveau la vue devant nous.

— Un jour, il est venu chercher Ashley. Il venait toujours le vendredi soir ou le samedi midi, selon la fin de semaine de ma secrétaire, expliqué-je. Et cette fois-là, j'avais ton journal sur mon bureau… Je l'avais lu durant le midi et je l'avais laissé sur un coin du bureau. Et quand il est arrivé, il l'a tout de suite remarqué et il ne le lâchait pas des yeux. J'ai essayé de comprendre pourquoi. Et lors d'une énième relecture, mon cerveau a assemblé toutes les pièces du puzzle et j'ai deviné que c'était de lui que tu parlais.

Une larme coule sur sa joue. Mon cœur se tord de voir que je continue de la faire souffrir alors que je ne le veux pas.

— Depuis combien de temps ? me demande-t-elle.

— De ?

— Qu'il vient chaque week-end ?

— Je ne pourrais pas te donner de date exacte, un moment déjà…

Je la vois fermer ses yeux et respirer doucement pendant quelques instants.

— Je ne veux plus pleurer pour cette ordure, dit-elle en se

levant, prête à partir.

— Attends, dis-je en me levant à mon tour.

— J'aimerais que tu me laisses Noah.

— Tu étais venue à l'agence… pour me parler ? risqué-je.

— Effectivement, mais… j'ai cette sensation que tout est lié, qu'il vaut mieux tout oublier et passer à autre chose. Il n'y a rien de bon à retenir de toute cette histoire. Désolée, Noah…

À ses paroles s'ajoute un sourire triste.

— Emma, s'il te plaît, laisse-moi une chance de t'expliquer les choses !

Je finis ma phrase en chuchotant, car elle est déjà partie.

Désemparé, je m'assieds sur la marche où nous étions installés quelques instants plus tôt. Je la regarde s'éloigner, cheveux au vent, jusqu'au moment où elle est trop loin pour que je puisse encore la voir.

Mon cœur, en miettes, vient de partir avec elle.

52. *Emma*

- Quelques mois plus tard –

Nous sommes en automne et beaucoup de choses ont changé ces derniers temps. Notamment le fait que je sois à la tête de notre nouvelle librairie. Elle se trouve à l'opposé de la première et j'avais besoin de changement. Il fallait que je change de quartier pour m'aider à tourner la page. Je ne faisais que penser à Noah, du fait de la proximité de son agence avec la librairie.

J'ai déménagé aussi. J'ai un petit appartement à deux pas de notre nouvelle librairie et je m'y plais beaucoup. On commence à avoir une clientèle régulière. Notre librairie tourne bien et c'est le principal. Ce serait mentir de dire que je vais bien, car ce n'est pas le cas. Certains jours, j'ai Noah dans la tête du matin au soir, et le lendemain, j'arrive à me persuader que cette histoire était vaine.

Sur les conseils d'Abby, j'ai commencé un nouveau journal. Je peux ne rien écrire pendant dix jours et à l'inverse, gribouiller à l'intérieur du matin au soir non-stop. Cette manie d'écrire me rappelle à quel point cela m'avait fait du bien lors du départ de maman. Donc j'espère que cela aura le même impact cette fois-ci, même si ce n'est qu'une rupture avec Noah et non un décès.

— Bonjour, m'interpelle une voix féminine.

— Bonjour, réponds-je par automatisme.

Je relève la tête de mon journal pour tomber nez à nez avec Ellie qui vient d'entrer dans la librairie.

Mon souffle se coupe de la voir ici. J'avais oublié à quel point elle ressemblait physiquement à Noah, hormis le port de lunettes et l'absence de barbe.

Je pose mon stylo sur mon carnet, fais le tour du comptoir et m'avance vers Ellie.

— Bonjour, me répète-t-elle en souriant.

— Ellie, comment vas-tu ? demandé-je, surprise de la voir ici.

— Ça va. J'ai longtemps hésité à venir ici, dit-elle en regardant les lieux. C'est magnifique ce que vous avez fait de cet endroit. Même univers que l'autre ; chaleureux, cocooning à souhait. J'adore ! s'extasie-t-elle.

— Merci, réponds-je, gênée. Tu as besoin de quelque chose ?

— Tu te souviens les livres que l'on m'a offerts à mon anniversaire ? demande-t-elle en sortant les romans en question de son tote bag. J'aimerais les échanger, si c'est toujours possible ?

— Oui, bien sûr, vas-y, dis-je, surprise.

Je lui fais un geste de la main vers les centaines de livres pour lui faire comprendre qu'elle peut faire comme chez elle. Elle me tend ceux qu'elle a dans la main, me sourit et se dirige vers les bibliothèques à la recherche de nouvelles lectures.

Je m'apprête à retourner derrière mon comptoir pour la laisser tranquille quand elle m'interpelle à l'autre bout de la pièce.

— Est-ce que je peux te poser une question ?

— Dis-moi.

Je pose ses romans sur le comptoir et vais la rejoindre au milieu des livres.

— Comment, toi, tu vas ? demande-t-elle en m'observant.

— Ça va, m'étonné-je.

— Sincèrement ?

— Oui.

Est-elle venue pour les livres ou me passer un interrogatoire ?

— Tu as quelqu'un en ce moment ?

Elle est là pour un interrogatoire.

— Pourquoi cette question ?

— Je m'intéresse à toi, dit-elle simplement.

— Je ne veux pas paraître odieuse en disant ça mais si tu t'intéressais à moi, tu n'aurais pas attendu des mois avant de venir me voir.

— C'est vrai, admet-elle. Et je m'en excuse. Comprends-moi, mon frère est mal depuis quelque temps. Ou plutôt devrais-je préciser, depuis que tu es partie.

Mon cœur tambourine dans ma poitrine.

— Désolée, je ne voulais pas dire ça comme ça, mais c'est la réalité, depuis que tu es partie, il est au plus mal…

J'ai du mal à avaler ma salive.

— Le nombre de fois où j'ai voulu venir te voir, si tu savais… mais j'avais cette impression de la faire à l'envers à Noah. Tu comprends ?

— Bien sûr, dis-je, sincère. C'est ton frère, c'est normal que tu veuilles faire attention à lui.

— Je t'apprécie beaucoup, Emma, ce que je t'ai dit lors de mon anniversaire était vrai. Votre séparation m'a beaucoup attristée, ainsi que Jake. C'est comme si nous avions perdu quelqu'un de la famille.

Je sens mes yeux se brouiller de larmes.

— Et ce matin, je me suis dit qu'il ne fallait pas que je te mette de côté et que je devais changer ça, donc me voilà ! L'excuse des livres est pourrie, je te l'accorde, mais je voulais avant tout venir pour voir comment tu allais.

Elle contourne une table pour venir à mes côtés.

— Donc, je répète ma question, comment vas-tu ?

— On a connu mieux, réponds-je tout bas.

Elle fait les deux pas qui nous séparent pour me prendre dans ses bras. Je craque sans même comprendre pourquoi.

— Tu nous manques, dit-elle en me serrant fort.

— Vous me manquez aussi, réponds-je.

Après quelques minutes, nous décidons de déjeuner ensemble pendant ma pause du midi. Je ferme la librairie vingt minutes plus tôt que prévu, mais les clients comprendront.

Nous nous arrêtons dans un restaurant italien. Avec le froid qui commence à s'installer, nous serons plus à l'aise à l'intérieur que de manger sur un banc dans un parc. Pendant le repas, nous bavardons d'elle, de Jake, de leur projet d'enfant. Nous parlons de moi, même si j'évite certains sujets encore trop sensibles.

— Tu fais quoi ce soir ? me demande-t-elle alors que nous finissons notre dessert.

— J'emmène mon père voir le match d'ouverture de basket… pourquoi ?

— Sérieux ?

— Pourquoi ça t'étonne ?

— Avec Jake, nous y allons aussi ! se réjouit-elle.

— C'est vrai ?

Elle affirme d'un mouvement de tête tout en portant une cuillère remplie de tiramisu à sa bouche.

— Ça te dit que l'on y aille ensemble ? propose-t-elle.

Elle voit que je tique un peu.

— Il ne sera pas là, précise-t-elle.

— D'accord, réponds-je, enthousiaste. On se rejoint là-bas directement ?

— Oui, c'est plus simple je pense, réfléchit-elle. Je t'enverrai un texto en fin d'après-midi pour te dire où nous sommes placés.

— On fait comme ça, dis-je en faisant tinter mon verre d'eau contre le sien.

53. Emma

— Tu es sûr que ça va ? m'inquiété-je.

— Oui, promis, me répond mon père. Ce n'est qu'un mal de tête, mais pour ce soir, je préfère rester à la maison au calme.

— Tu as raison. On ira une prochaine fois, ce n'est pas grave.

— Non, ma fille, toi, tu y vas ! me stoppe-t-il d'un geste de la main.

— Comment ça ?

— Je reste ici, toi, tu vas aller voir le match de basket.

— Dis pas de bêtise, papa, on va le regarder à deux, ici, dis-je en montrant la télévision.

— Appelle Miles pour qu'il y aille avec toi, tu n'as pas intérêt à rester avec moi.

Après plusieurs minutes de lutte, je cède et décide de partir sans lui au match d'ouverture. J'appelle Miles juste avant de démarrer pour lui proposer de venir avec moi, il accepte dans la seconde.

— On se rejoint là-bas ? demandé-je.

— Oui, ne t'embête pas à venir me chercher. Envoie-moi le billet par mail et c'est bon !

— D'acc, je te l'envoie !

Je raccroche, envoie directement le billet numérique et démarre la voiture.

Aller voir un match de basket avec mon père est une tradition que je veux mettre en place avec ce dernier mais, cette fois-ci, c'est loupé. Demain, je penserai à regarder pour prendre des places pour le prochain match. Ce n'est que partie remise.

Arrivée sur place, j'envoie un message à Ellie pour savoir où elle se trouve, car je suis toujours sans nouvelles d'elle.

Elle me répond uniquement le numéro de sa place.

« S 394 »

Par chance, nos sièges ne sont qu'à deux allées d'écart. Je vais tout de même aller leur dire bonjour avant d'aller m'installer pour attendre l'arrivée de Miles.

Je fais le tour et réalise que cela fait un moment que je ne suis pas venue ici. L'ambiance est bon enfant, de la musique, des danseurs, des supporters aux couleurs de leurs équipes.

Je repère la porte qui corresponde à leurs places. La vue du terrain me coupe le souffle. Le stade est gigantesque, lumineux, énorme. J'adore !

Je jette un coup d'œil à la foule assise dans les gradins, espérant apercevoir Ellie ou Jake, c'est bourré de monde, je ne vois rien. Je décide de descendre les quelques marches qui me séparent de leur rangée.

Je vérifie et trouve leurs places. Les sièges sont vides. Je relève la tête pour essayer de les trouver, l'endroit est bondé. Je regarde à nouveau leur place, réfléchissant à ce qu'elle m'avait dit. Est-ce que nous devions nous retrouver ailleurs ? Au vendeur de hot-dog ? Dans une boutique ?

Je vais m'asseoir ici quelques minutes, en attendant qu'ils arrivent et je repartirai ensuite. Tout en m'installant, je jette tout de même un coup d'œil autour de moi pour essayer de voir Ellie ou Jake dans les parages.

— Qu'est-ce que… ?

Quelque chose me gêne sous mes fesses. Je me relève et regarde ce qui peut bien m'être inconfortable. Je découvre un carnet. Il est blanc, je ne l'ai pas vu, car il est de la même couleur que le siège. Je regarde autour de moi pour voir si quelqu'un est à la recherche de ce calepin. Apparemment non. Comment est-il arrivé ici ?

Personne ne regarde dans ma direction. Je récupère le carnet et m'installe à nouveau. Je décide de l'examiner, car ma curiosité a été piquée.

Un peu matelassé, pas trop grand ni trop petit, blanc. Il n'est pas usé et sur le devant, en bleu clair est inscrit « *Love Diary* ». L'inscription me fait sourire.

Est-ce que je l'ouvre ?

L'envie est trop forte, je n'hésite pas une seconde de plus.

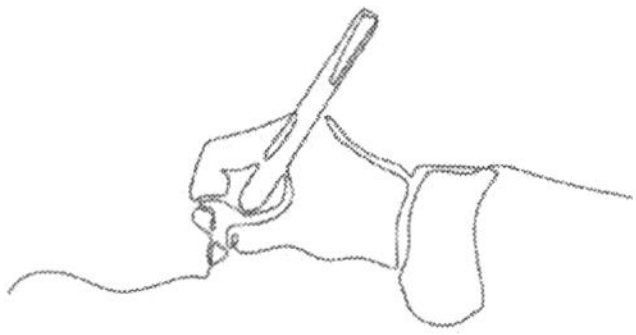

54. Le Journal

Emma,

J'ai réfléchi à des dizaines de manières de te parler, de te revoir, de t'approcher… rien ne me paraissait assez bien jusqu'à ce que je pense à ce scénario. Quoi de mieux qu'un carnet pour te dire mes pensées les plus secrètes ? Et dans un lieu que tu apprécies tant ?

Des semaines que je pense à toi à chaque moment de la journée. Le moindre détail me fait penser à toi, la moindre odeur, la moindre nourriture. Comme si l'univers entier voulait m'attirer à toi, et l'univers a raison, j'ai envie d'être à tes côtés, et ce, depuis le premier jour Emma.

Quand j'ai trouvé ton journal aux marches du Museum, j'ai cru que c'était le destin qui m'aidait à continuer ma route. Je venais de me faire tromper par mon ex-femme, dans notre lit, et en allant me balader, tu étais sur ma route. Depuis le début, tu es ma destinée, Emma.

J'ai été honteux de lire des écrits aussi intimes de quelqu'un que je ne connaissais pas puis très rapidement, l'envie de te retrouver a été comme une évidence. Je voulais te connaître, je voulais entendre ta voix, je voulais écouter tes histoires. J'ai lu et relu ton journal parce que je voulais avoir le moindre indice qui puisse m'aider à te retrouver. Comment aurais-je pu t'identifier ? À l'heure actuelle, je sais que cela n'aurait pas été possible, mais j'aurais pu retourner la ville s'il le fallait.

Puis Jake m'a forcé à aller au speed dating. Je lui avais dit que l'on irait, histoire qu'il lâche l'affaire, et c'est le contraire qui s'est passé. Je pense que je ne le remercierai jamais de m'avoir obligé de mettre les pieds là-bas.

Dès que nous sommes arrivés à ta table, j'ai su que tu m'attirais. J'ai su que je te reverrai et que nous allions passer de merveilleux moments.

Quand je suis venu te voir à la librairie, je ne voulais plus te quitter.

Je n'avais qu'une envie : te faire sourire tout le temps. J'aime tellement ton sourire. Et te faire rire aussi, le son que j'adore le plus au monde. Quand tu ris, tes yeux ont de petites paillettes. Je t'ai déjà dit que j'aimais tes yeux ?

Le moindre moment avec toi me faisait craquer un peu plus. Ce n'était jamais suffisant et j'en voulais toujours plus. Une minute de plus avec toi, une nouvelle histoire que tu me racontes, un dernier baiser…

Au fil des jours, j'ai oublié le journal. Je n'avais que toi en tête. Puis un jour, lors d'un de nos rendez-vous, des détails m'ont rappelé ce que j'avais lu et sur le coup, je n'ai pas réellement percuté. Je pensais que c'était une coïncidence amusante.

C'est quand j'ai rencontré Marty que je me suis dit que ce devait être plus qu'une simple coïncidence. Ce jour-là, je t'ai laissée avec Marty et j'ai prétexté devoir rentrer prendre une veste chez moi. C'était vrai, mais ce n'était pas ma principale idée quand je suis rentré. Il fallait que je vérifie que je me faisais une idée et que tu ne pouvais pas être la nana du carnet.

Tu m'as appelé en plein milieu de ma lecture d'un « chapitre » qu'il m'est difficile de lire à chaque fois. J'ai tout mis dans un coin de ma tête, me persuadant que c'était impossible que ce soit toi.

Puis tu m'as parlé d'Alex… Je n'avais plus aucun doute. J'étais meurtri par ton histoire et confus de remarquer que mes doutes s'avéraient vrais.

J'ai tenté de te le dire, je t'assure, mais comment faire ? Comment faire sachant que cette révélation allait forcément gâcher nos formidables moments ? Comment faire alors que j'avais ce pressentiment que j'allais te perdre ?

Penny est partie, tout est passé vite à ce moment-là. J'avais totalement oublié cette histoire de Journal, ou plutôt en partie. J'y ai pensé un soir et je l'ai caché volontairement dans mon bureau. Je n'avais pas la force d'affronter cette situation ce jour-là. Je ne pouvais pas perdre Penny et toi à quelques jours d'intervalle…

Finalement, tu l'as découvert par toi-même…

Parfois, je me demande s'il y avait réellement un bon moment pour parler de tout cela. Est-ce que la situation aurait été différente si je t'en avais parlé plutôt que tu tombes dessus ? Je n'en sais rien…

Le destin a voulu te mettre sur mon chemin par deux moyens différents : avec ton journal et avec ta rencontre.

Tu veux savoir ce qui est le plus fou dans toute cette histoire ?

Je me suis accroché à cette inconnue du carnet, tout en tombant amoureux de toi dans la vie.

Tu m'as fait succomber dans tous les sens du terme, Emma.

Trois mois que je ne t'ai pas vue, que je n'ai pas entendu ta voix. Ce n'est pas l'envie qui manque de te voir, mais j'avais peur d'être maladroit, peur de t'étouffer. Je voulais te laisser du temps pour avaler ce qu'il s'est passé.

Un supplice pour moi d'attendre que le temps passe en espérant que tu ne m'oublies pas. Même en écrivant ces mots, je me rends compte que je ne sais pas si tu as quelqu'un dans ta vie, si c'est le cas, c'est déplacé de ma part vis-à-vis de ton nouveau compagnon, mais… tu es la femme de ma vie, Emma, je ne peux pas continuer à attendre. Je te veux avec moi, chaque jour qui passe je veux être à tes côtés !

J'étais un lion en cage alors j'ai fait quelques aménagements dans ma vie.

J'ai viré ma secrétaire, Ashley. Elle savait qu'Alex sortait avec toi quand ils se sont mis ensemble. Sachant cela, il m'était impossible de travailler avec elle. Et de savoir qu'Alex pouvait débarquer à tout moment à l'agence m'était insupportable. Cela dit, je l'aurais accueilli comme il se doit et je pense que ça m'aurait pas mal déchargé... si tu vois ce que je veux dire. En lisant ces mots, tu dois forcément te rappeler du jour où tu es venue à l'agence pour me voir et que tu es tombé sur lui. J'ai une explication ! C'est ce jour-là que j'ai viré Ashley. Il était venu pour l'aider à embarquer ses affaires. Sa présence n'a duré qu'une vingtaine de minutes maximum, pendant lesquelles j'essayais de me contrôler pour ne pas lui en mettre une. Et tu es venue pile pendant ce temps-là... Mais je t'assure, il ne remettra jamais les pieds dans le quartier.

Depuis, je travaille avec Ellie. Elle a quitté son job à l'hôtel et a décidé de bosser avec moi. Et tu la connais, elle ne renonce jamais. Chaque jour, elle me disait « alors ? Tu vas la voir quand ? ». Nombreuses de nos conversations se sont finies par ses « tu vas la perdre ». Et comme je t'ai dit au tout début de cet écrit, je voulais faire les choses bien.

C'est donc là que j'ai mis mon plan à exécution.

J'ai eu une discussion avec Miles et Marty. Je suis allé les voir un dimanche après-midi, quand je savais que tu étais avec Steevie. Les deux m'en ont voulu de la tournure des choses, mais en leur expliquant, ils ont compris que je ne voulais pas prendre le risque de tout perdre. À ce moment-là, ils m'ont dit que tu n'étais pas au top, mais que tu ne montrais rien. J'étais déchiré entre attendre le bon moment pour revenir vers toi ou tout laisser tomber pour te rejoindre à la seconde. Les garçons ont su me persuader que je devais patienter jusqu'à aujourd'hui.

D'ailleurs, tu m'excuseras, car j'ai fait mentir ton père. Il n'a pas mal à la tête... Miles est allé le voir et lui a expliqué ce que je souhaitais faire. Il a demandé à me rencontrer et je suis allé chez lui. Tu dois être étonnée en lisant ces mots, mais je t'assure que tout ce que je te raconte est vrai. Ton père est quelqu'un d'incroyable, Emma. Il a une manière de parler de toi, on sent tout l'amour qu'il te porte à chacune de ses paroles. D'ailleurs, même chose pour ta sœur, Abby. Ah oui, ce soir-là j'ai eu le droit à toute ta famille. Ton père, Abby et bien sûr Miles et Marty étaient là.

C'est ce même soir que je leur ai demandé leur aide et nous avons mis en place « Le plan Basket ». Il a fallu que je demande l'aide d'Ellie, qui a bien évidemment sauté sur l'occasion pour me dire qu'il était temps que j'agisse et elle est venue te voir.

Si le plan a bien fonctionné, tu es en train de lire ces lignes.

J'aimerais que tu saches que je t'aime, Emma, et ce dès les premières lignes que j'ai lues de ton Journal et encore plus depuis que je t'ai rencontrée.

Je terminerai cet écrit par ses mots : si le plan a fonctionné jusqu'au bout, je suis assis juste derrière toi.

Noah

55. Emma

J'ai le cœur qui bat à toute vitesse, j'ai les yeux pleins de larmes. J'ai l'impression de rêver. Je referme lentement le carnet et me retourne doucement. Effectivement, Noah est assis juste là, il me regarde en souriant.

Le voir me fait sourire aussitôt. Je le fixe, essayant de me persuader que tout ceci est réel.

— Bonjour, salue-t-il en me faisant un signe de la main.

— Bonjour, dis-je en l'imitant.

Son sourire s'agrandit. Je le vois me détailler, sans doute pour voir si quelque chose a changé depuis ces trois derniers mois.

— Tu es jolie, dit-il en se levant.

Il se penche pour passer au-dessus du siège. Il se retrouve à mes côtés, ses yeux allant du carnet que j'ai dans les mains à mon regard.

— Tu...

Je ne lui laisse pas le temps de continuer sa phrase que je me jette sur lui pour l'embrasser. On parlera plus tard, pour le moment je veux juste rattraper le temps perdu. Je veux l'embrasser, l'enlacer, l'entendre rire, lui parler, le toucher.

Pendant une fraction de seconde, je le sens se figer quand mes lèvres touchent les siennes, sans doute le temps de réaliser ce qu'il se passe, car l'instant d'après, la passion, l'impatience et l'amour se font ressentir. Il me prend dans ses bras, resserrant notre étreinte. Bon Dieu, que c'est bon de le retrouver.

— Hey, doucement avec ma fille !

Je me détache de la bouche de Noah comme si j'avais commis une faute. Je reconnaîtrais cette voix n'importe où.

— Papa ? crié-je, surprise, en le voyant derrière Noah.

— Bon alors, on s'installe pour regarder l'ouverture ? demande-t-il innocemment.

— Je… T'es venu comment ? bégayé-je.

— Miles et Marty sont venus me chercher juste après ton départ.

— Marty ? m'étonné-je.

— Comme si j'allais rater ça ! répond une voix dans mon dos.

Je me tourne et découvre Marty ainsi qu'Abby et Steevie, souriant de toutes leurs dents. J'ai l'impression de rêver.

— On s'installe ? demande Ellie, accompagnée de Jake, qui apparaît à son tour.

J'éclate de rire en constatant qu'ils sont tous présents. Moi qui pensais passer la soirée avec mon père, me voilà entourée de tous ceux que j'aime. Je n'arrive plus à me retenir et lâche les larmes que je contenais depuis la lecture du journal de Noah.

J'ai à peine le temps de réaliser ce qui m'arrive que des bras m'entourent. Je suis encerclée par Marty d'un côté, puis de Noah de l'autre. Et tous se collent à nous pour faire un câlin collectif. Pas pratique entre deux rangés de sièges, mais peu importe, je sais que je garderai ce moment en tête pour toujours. Mon cœur déborde d'amour.

— Allez, viens, on va s'installer. On vous laisse ici, et on se retrouve un peu plus tard ? demande Noah.

— S'installer où ? demandé-je, désorientée.

— On va aller s'installer, toi et moi, aux places que tu avais réservées et on laisse tout le monde ici, explique-t-il en montrant les sièges vides autour de nous.

— D'accord, dis-je encore sous l'émotion de la situation.

Noah me prend la main et m'aide à le suivre parmi les allées. Je me retourne pour jeter un coup d'œil aux autres, et tous ont le sourire. Marty et Miles se tapent dans la main, Abby embrasse notre père. Je pense qu'ils sont ravis que leur plan se soit bien déroulé.

Je souris de les voir ainsi. Je suis touchée de voir à quel point ils ont mis du leur pour que mon histoire avec Noah puisse reprendre. Je suis émue de voir que nos deux familles s'entendent si bien. J'ai le cœur qui bat la chamade d'être si heureuse à cet instant.

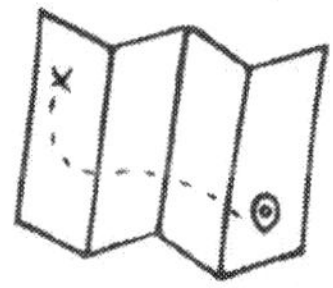

56. Noah

Je peux enfin souffler quelques instants, le plan s'est déroulé à merveille. Elle a lu le carnet, elle m'a embrassé. Putain, elle m'a embrassé ! J'avais tellement peur qu'elle me rejette, me balance le carnet ou même qu'elle m'insulte… En écrivant dans le journal, j'ai hésité à parler d'Alex, de remuer un peu tout ce qui s'était passé, mais j'ai bien fait. J'avais un espoir au fond de moi qu'elle veuille bien de moi et… elle m'a embrassé !

Après trois mois sans aucune nouvelle, j'avais le droit de m'imaginer tous les scénarios possibles. Je suis heureux de voir la tournure de la situation.

Je la suis jusqu'aux sièges qu'elle a réservés. J'ai le cœur prêt à sortir de ma cage thoracique tellement il bat à toute vitesse.

— Ça va ? me demande-t-elle, préoccupée.

— Je suis un peu sous le coup des émotions de nos retrouvailles, avoué-je.

— Et… ?

— Je suis heureux, Emma. Si tu savais comme je suis heureux que tu sois à mes côtés…

Elle me sourit, les yeux brillants. Elle me serre la main un peu plus fort et vient se nicher dans mon cou. Nous restons dans cette position un long moment, profitant de l'ambiance autour de nous. C'est le feu dans les gradins avec les supporters qui chantent, crient et rient. C'est de la folie sur le terrain avcc les pom-pom girls, les joueurs, il y a même des danseurs.

Avec le bruit ambiant, Emma vient me parler à l'oreille pour être sûre que je l'entende :

— On profite du match et on parle tout à l'heure ?

Je fais un signe de tête affirmatif pour lui répondre. Nous profitons de ce moment, main dans la main.

***

Le match était intense. La soirée est passée beaucoup trop vite, je ne voulais pas qu'elle finisse.

— Tu vas bien ? me demande Emma en me fixant.

— Oui…

— Dis-moi ce qui te tracasse.

Nous sommes dans sa voiture, juste devant chez moi. Elle a demandé à me raccompagner, invitation que j'ai acceptée dans la seconde. J'étais venu au match avec Ellie, donc aucun problème de ce côté-là.

Elle coupe le moteur, enlève sa ceinture et se tourne vers moi.

— Je regrette d'avoir perdu tout ce temps… avoué-je.

— Tu sais, Noah, je t'en ai voulu. Beaucoup même… chuchote-t-elle en me regardant dans les yeux. Mais pas longtemps, ajoute-t-elle en souriant timidement.

De savoir qu'elle m'en a voulu me fait un pincement au cœur, même si c'était inévitable et je le savais. Et là, qu'elle me dise que maintenant ce n'est plus le cas, mon cœur se gonfle d'amour. J'ai envie de sauter, crier, courir tellement je suis heureux de son aveu.

— Quand j'ai vu Ellie passer la porte de ma librairie, je n'avais qu'une envie : lui demander comment tu allais, prendre de tes nouvelles, savoir si tu avais le moral, admet-elle en souriant de plus en plus. Que veux-tu…

— Et moi qui avais peur de revenir vers toi, confessé-je.

Elle glousse de m'entendre dire cela. Nous entendre avouer nos sentiments me fait réaliser que nous avons perdu bêtement ce temps alors que nous avions besoin l'un de l'autre.

— Je pense que j'étais vexée que tu saches des choses très personnelles. Même si nous en avons parlé quelques fois, c'est différent, tu comprends ?

Je hoche de la tête.

— Finalement, je me dis que si tu as trouvé mon Journal c'est que le destin était ainsi. Que si nous nous sommes rencontrés à ce speed dating, c'est que la vie voulait que l'on se croise. Je dirais même que l'univers entier voulait que nous nous retrouvions pour vivre une belle aventure ensemble. Tu ne crois pas ?

— C'est ce que je me disais depuis le début… et aussi que j'étais fou de penser ça !

Elle rit de ma réponse.

— À vrai dire, ces trois mois sans toi m'ont fait réfléchir, reprend-elle, sérieuse. J'ai ressassé notre rencontre, nos conversations, notre histoire… et parfois, je me demandais si nous aurions été aussi proches sans le journal. Et tu veux savoir ce que j'en pense ?

— Dis-moi !

— Que s'il fallait tout recommencer, je referais tout de la même manière, je ne changerais absolument rien ! C'est l'ensemble qui fait que notre histoire n'est pas comme les autres, c'est toutes ces petites choses assemblées les unes aux autres qui font que nous sommes ici dans la voiture à cet instant précis, précise-t-elle en nous montrant du doigt.

Ses yeux brillent d'un je ne sais quoi, elle sourit de toutes ses dents et ses joues rougissent. J'ai le cœur qui explose tel un feu d'artifice de l'entendre me dire tout cela.

— Qu'est-ce que je t'aime, Emma !! crié-je.

Elle sursaute, ne s'attendant pas à ce que je hurle dans l'habitacle.

— Je t'aime tellement, Noah, si tu savais…

Elle s'approche de moi, nous nous fixons dans les yeux quelques secondes avant de nous embrasser amoureusement.

Epilogue - Noah

- 18 mois plus tard –

Le printemps est de retour et l'air est bon. Avoir le soleil toute la journée fait du bien au moral et promet de bons moments à venir. Rouler en voiture, après une journée de travail, les fenêtres grandes ouvertes avec une bonne musique à la radio me donnent parfois envie de voler. J'ai un sentiment de liberté pendant quelques instants.

Quelquefois, pendant mon trajet jusqu'à la maison, je repense à tout ce qui a changé depuis quelques mois et je me surprends à sourire.

Ellie est devenue mon associée. Je n'arrivais pas à trouver quelqu'un d'assez bien pour remplacer Ashley que j'avais viré et l'idée est venue naturellement qu'Ellie reprenne sa place. Il était hors de question qu'elle soit juste mon assistante, et en discutant, l'idée qu'on s'associe est vite venue sur la table.

J'ai mis mon appartement en location et j'ai décidé d'aller vivre dans la maison de Penny. La décision s'est prise naturellement avec nos vies qui ont évoluées. Emma est venue s'installer avec moi et a lâché son appartement sans regret.

— Bonjour, mes amours, dis-je en passant le portillon de la

maison. Vous me manquiez donc j'ai décidé de rentrer plus tôt !

— Nous sommes contentes de te voir, répond Emma en s'avançant vers moi.

J'embrasse Emma et lui prends notre fille nichée ses bras.

— Bonjour, Penny, maman a été sage aujourd'hui ? lui demandé-je sérieusement.

Emma rit chaque jour de cette blague que je fais à notre bébé. Penny a six mois et son prénom était une évidence pour nous deux dès que nous avons su le sexe de notre enfant.

— Un jour, elle te répondra non et tu ne sauras pas quoi dire, dit-elle, malicieuse.

— J'ai hâte, réponds-je en souriant.

Je fais un baiser sur la joue de ma fille qui me regarde les yeux grands ouverts. Elle gazouille et je souris davantage de l'entendre faire ces sons.

— On en fera voir de toutes les couleurs à maman, tu verras, lui chuchoté-je.

— Je t'ai entendu ! rit Emma alors qu'elle retourne sur le porche de la maison.

— Si t'es comme ta mère, je suis foutu, ajouté-je à l'attention de Penny.

Elle n'a que six mois et pourtant, elle ressemble déjà énormément à Emma. Quand elle sourit, elle a les mêmes paillettes dans les yeux qu'elle. Je l'aime déjà tellement, je ne pensais pas que c'était possible. Comment est-ce possible d'avoir autant d'amour pour un si petit être ? Incroyable ce sentiment qui m'habite depuis qu'elle est née.

— Tu viens t'installer ? me demande Emma en me montrant un verre de citronnade.

— J'arrive !

Je prends quelques secondes pour regarder ce que j'ai sous les yeux, une magnifique maison, une femme sublime qui m'attend, une jolie petite fille dans les bras.

Mon Dieu, qu'est-ce que je suis heureux !

FIN

Remerciements

Je n'arrive pas à croire que cette seconde histoire est terminée…

Pour vous raconter un peu, j'avais commencé à écrire cette histoire lors de ma grossesse, début 2020. Puis j'ai laissé tomber car je n'y arrivais pas. Puis, un an plus tard, me voilà la reprendre, tout effacer pour tout réécrire, et la voici entre vos mains.

Merci à mon mari de m'avoir poussé les jours où j'avais une flemme d'écrire. Avec tes « il te reste combien de chapitres à écrire? » même les jours où je n'écrivais pas. Peut-être qu'au fond, tu voulais plus que moi que ce roman sorte. Surtout qu'à chaque fois, je te disais « je ne sais pas, dix peut-être » puis j'en ai écrit huit de plus. Il ne comprenait pas pourquoi je dérivais comme ça, et je vous avoue que… moi-même, parfois, je me dis « ah il se passe ça? d'accord... » haha.

Merci à mon mari (encore) car l'idée de ce carnet retrouvé sur les marches de Philly était son idée. Philadelphie est notre ville de cœur. On y a passé de merveilleux moments et j'ai essayé de vous le retranscrire dans ce roman. Quand j'avais un doute sur un lieu, il m'a aidé à me resituer.

La nostalgie de ne pas y avoir mis les pieds depuis plus de

deux ans m'a permis -je pense- de vous faire voyager dans les moindres recoins. Ceux que l'on adore le plus. J'ai passé des heures et des heures sur Google Map ou Google Earth. J'ai farfouillé les moindres cartes de restaurants, car je voulais vraiment vous y amener.

D'ailleurs, le Book Corner est une vraie librairie avec la devanture verte mais… je n'y suis jamais entrée. J'aime croire que l'intérieur est comme je l'ai décrit dans le roman.

J'espère qu'avec cette histoire, vous voyez Philadelphie d'un nouvel œil et qui sait, peut-être avez-vous envie d'y aller ?

Je m'égare dans mes remerciements…

Merci à Marie. Toi, qui a toujours su me dire quand ça n'allait pas dans l'histoire, la réaction des personnages, les incohérences avec les prénoms. Toi qui m'a aidé pour la couverture, et surtout, qui m'a écrit ce fabuleux résumé qui se trouve sur la quatrième de couverture. Des années que l'on se connaît et tu es toujours là, à me suivre dans mes projets de folie. Je ne te le dirai jamais assez, merci…

Merci aux deux Céline. Eh oui, je ne pouvais rêver mieux que vous deux. Au taquet dès le début, à me réclamer la suite quand je n'arrivais pas à suivre le rythme. Et surtout, vous avez, chacune, avalée la moitié du roman en deux jours. Toutes les deux nostalgiques de quitter les personnages, je vous ai dit que je vous voulais pour mon prochain roman. Merci beaucoup les filles pour votre enthousiasme, votre réactivité, vos réactions qui m'ont touché…

Merci à ma maman qui m'a toujours réclamé la suite. Car je lui avais donné le début de cette histoire à la fête des mères. Et… elle attendait la suite. Impatiemment. Jusqu'au jour où elle m'a dit « laisse tomber, je le lirai quand il sera en broché ». Voilà maman, j'espère que tu as aimé ce roman jusqu'au bout et que l'attente valait le coup.

Merci à chacun de vous, qui avez lu cette histoire. Merci de me permettre de vivre de mon rêve d'être auteure. Merci pour vos retours (bons ou mauvais) car ils m'aident à m'améliorer un peu plus à chaque fois. Merci pour vos messages au quotidien, qui me boost.

À très vite, pour de nouvelles aventures…

Floriane Joy

Auto-édition

Christmas, love and be merry (broché et numérique)

Christmas, love and be merry

(octobre 2021)

Lucie est une amoureuse de Noël, et elle ne s'en cache pas. Des décorations du sapin au pull d'elfe, rien n'est laissé au hasard pendant cette période qu'elle adore. Elle est donc déçue lorsqu'elle apprend que son nouveau patron, très attirant malgré sa froideur, déteste les fêtes de fin d'année...

Alors lorsqu'elle passe, comme d'habitude, son week-end au marché de Noël et qu'elle tombe nez à nez avec lui, elle s'interroge. Quelle peut bien être la raison de sa présence ? Une coïncidence ? Pourtant, elle le recroise quelques jours après. Elle n'en croit pas ses yeux...

Et si la magie de Noël existait vraiment et avait réussi à le charmer ? Et si Lucie finissait aussi par être charmée ?

FLORIANE JOY
CHRISTMAS
Love
AND BE MERRY

Printed in Poland
by Amazon Fulfillment
Poland Sp. z o.o., Wrocław

28210667R00172